بسم الله الرحمن الرحيم

الطبعة الثانية: 1430 هـ - 2009 م
الطبعة الثالثة: 1433 هـ - 2012 م
الطبعة الرابعة: 1435 هـ - 2014 م
الطبعة الخامسة: 1437 هـ - 2015 م
الطبعة السادسة: 1440 هـ - 2018 م
الطبعة السابعة: 1444 هـ - 2023 م

ردمك 978-9953-87-622-1

الدار العربية للعلوم ناشرون
Arab Scientific Publishers, Inc.

إصدار
الدار العربية للعلوم ناشرون م م ح

التوزيع في المملكة العربية السعودية
دار إقـــراء للنـــشـــر

مركز الأعمال، مدينة الشارقة للنشر
المنطقة الحرة، الشارقة
الإمارات العربية المتحدة
جوال: 585597200 971+ - داخلي: 0585597200
هاتف: 786233 - 785108 - 785107 (1-961+)
البريد الإلكتروني: asp@asp.com.lb
الموقع على شبكة الإنترنت: http://www.asp.com.lb

facebook.com/ASPArabic twitter.com/ASPArabic www.aspbooks.com asparabic

لوحة الغلاف: تفصيل من لوحة الفنان فاتح المدرّس
تصميم الغلاف: الفنان محمد نصرالله

الملهاة الفلسطينية

IBRAHIM NASRALLAH

ERASER CHILD

إبراهيم نصرالله

طفل الممحاة

لن يعرف الجنود ما حدث، فعلًا، في الحرب
قبل عودتهم إلى منازلهم

الدار العربية للعلوم ناشرون
Arab Scientific Publishers, Inc.

دروس طفل الممحاة

دَرْس الزَّغبْ.. درس التَّعبْ
درس الحَسَبْ من غير نَسَبْ
دَرْس الرسائل والهوى درْس الرُّتَبْ
درس الغَضَبْ!!!!
درس العجايب والعجبْ!

دَرْس الزَّغب.. درس التَّعب!

عتبة الحياة
التي تبدأ من سطح

حين أدرك أن ثمة شيئًا غريبًا قد حدث في رأس العريف فؤاد، قرّر أن يُعيد له حياته متتبِّعًا مسارها منذ اليوم الأول الذي التقاه فيه.

***

- أنظر جيدًا. قال له.

حاول العريف فؤاد أن يحدِّق ما استطاع في الجهة التي حدَّدها له صاحبه، فلم يرَ شيئًا.

- هل ترى ما أراه؟

هزَّ العريف فؤاد رأسه، فليس من اللائق ألّا يرى شيئًا مما يراه صاحبه، وقال: أجل.

- أعني هل ترى بوضوح؟

هزَّ رأسه ثانية وكان أقلّ ثقة بنفسه وبصاحبه!

- أرى السيِّدة الوالدة مشغولة بغسيل ثيابكم، وفَرِحَة بذلك الصّابون الذي تستعمله لأوّل مرَّة في حياتها. إنها تتلفَّتُ، تبحث عنك لا بدّ، أتراها؟

هزَّ العريف فؤاد رأسه ثالثةً، لكنه لم يكن متأكّدًا من أنه ينظر في الاتجاه الصّحيح.

- من هنا بدأت حياتك، أتعرف ذلك؟ من هنا تمامًا! ومن هنا ابتدأ اهتمامي بك، أو بعبارة أخرى لفتَّ انتباهي!!

.. ها أنت تدور حول البيت، تحاول تسلُّق أغصان الشَّجر الجافَّة، تغرس أظافرك الطريَّة في الجدار الطينيِّ للبيت، تحاول الصّعود، تنزلق، وحين تهمُّ ثانية، لا تستطيع؛ ثمة غصن تَعلّق بثوبك كما لو أنه لا يريدك أن تصعد للسّطح، تنتبه إليه، تتخلّى عن المسافة التي قطعتَها صعودًا، لم تكن كبيرة على أيِّ حال، أليس كذلك؟ ها أنت تُبعد الغُصن بعصبيَّة طفل لا يستطيع، بعدُ، أن يملك موقفًا حادًا، حتى، من غصن جافّ.

وتصعد..

لقد غدا الأمر الآن أكثر سهولة من قبل، كان يمكن أن تمسح مُخاطَك ولو بطرف كمِّك، قبل أن تحاول مرَّة أخرى، لأن مخاطك سيُضايقك بعد قليل، ويلسعكَ كنحلة، في وقت ليس من السّهل عليك فيه أن تحكَّ أنفًا دائم الجريان كأنفك.

الشمسُ أكثر حرارة مما هي عليه في مثل هذه الأوقات من السنة، يمكن أن أستنتجِ هذا من الضِّيق البادي على ملامح السيدة الوالدة، الضِّيق الذي يُطيِّرُ نصفَ فرحها برغوة الصابون، رغوة الصابون التي تختفي فيها أصابعها، وتظهر، كما لو أن في الأمر سحرًا، سمعتْ عنه طويلًا، وللمرَّة الأولى تراه.

تنزلق أصابعها، تتخلّل بعضها بعضًا، ككائنات غريبة عليها تمامًا، كائنات طريفة مُهَرِّجة، تتشيطن، تُخفي رؤوسَها وتُظهرها، غير عابئة بشيء.

أترى؟!

أختاك لا نلمحهما الآن، إنهما أبعد بكثير من مدى عيوننا، لا بدَّ أن الصغيرة تحاول الإمساك بالبقرة من قرنيها، في الوقت الذي تقوم فيه الكبيرة بحلبها..

فالوقت ضحى.

والدك عبد الله، هناك، لا بد، في الحقل، صحيح أننا لا نراه كما لا نرى شقيقتيك، لكنه هناك وينتظر طعام الإفطار

في هذه الأماكن شبه المنسيّة، أنت تعرف، ليس على الأمّ أن تُعيد الأمر أكثر من مرَّة على بناتها كي يفهمن الدَّرس ويعمَلْن به.

نستطيع من هذه الناحية أن نقول : إن السيّدة الوالدة تجلس مطمئنة وهي تلتفّ على وعاء غسيلها.

ثمة ما يجعلها تنتبه إلى ذلك اللهو الذي تمارسه أصابعُها.

إنها تتوقّف.

صمتًا.

إنها تحاول التقاط حركة تنبئ عن وجودكَ في المكان.

صمتٌ كامل ينتشر، فقاعات الصابون تتفجَّر، تُحْدِثُ خشخشةً ناعمة كقدمين صغيرتين في حقل من الأعشاب الجافة.

هل تسمع ؟!

قلبها يُحدِّثها، يُقلِقُ راحتَها، هذا واضح، يمكنك أن تراها الآن تهمُّ بالوقوف. أترى، ها هي تقف، تنفض بقايا الماء والصّابون عن راحتيها؛ تتّجه للباب أم للشُّباك ؟ لا نعرف. ها هي تتّجه للشُّباك؛ عبره تستطيع مشاهدة الساحة الخلفية للمنزل وامتدادات الخلاء التي تنتهي ببعض أشجار الكينياء، والنّخلة الوحيدة التي نجتْ من ذلك الحريق الكبير الذي اجتاح أخواتها قبل سنوات.

أنتَ تعرف أنك لستَ هناك!!

وتُدرك هي ذلك.

لو مضينا معًا الآن إلى الجانب الآخر للمنزل لرأيناكَ متشبثًا بصعوبة بحافة السَّطح.

لقد انشغل قلبُها أكثر، ثمة شيء يقال منذ القديم حول قلوب الأمهات وقدرتِها على الإحساس بالأشياء، وأنا أحد أولئك الذين لا يجرؤون على التَّشكيك فيه. ألستَ معي ؟!

يمكننا القول: إنها بدأت تتوجَّس خِيْفَةً من عدم ظهورك، هي التي نادرًا ما كانت تفتقدك، لأنها لا تسمح لك بأن تغيب عن عينيها. ها هي تحاول التقاط أي صوت يدلُّ على وجودك في المكان، لكنها لن تسمع غير

صياح ديك، سيخيّل إليها أنه واحد من الدّيوك الكسولة التي لا تنهض من نومها قبل وصول الشمس إلى خاصرة السماء!

ها هي تُطلقُ صوتَها..

أريد أن أسألك بصراحة: هل سمعتَها؟ لا، لا أريد إجابة أعرفها!!

الشيء الأول الذي أحسّتْ به السيّدة الوالدة على الفور، كيف أن الدِّيك قطعَ صياحَه من منتصفه تقريبًا، تاركًا لصوتها حريَّة ملء الفضاء.

وللحظة، كانت مستعدَّة للتَّراجع عن رأيها المتسرِّع في الدِّيك، وقد أبدى تفهُّما لأحاسيسها التي تمور بين أضلاعها.

بالمناسبة، أنا واحد من الأشخاص الذين يؤمنون إلى حدٍّ بعيد بهذا التواصل بين مخلوقات الله وإن اختلفتْ لغاتُها وأجناسُها، وفصائلُها أيضًا، وأنتَ مثلي!!

ذلك الفزعُ الذي سيدبُّ في أوصال دجاجاتكم وأغنامكم في الليلة العاصفة تلك، ألم يكن حبْل نجاتك، حين لم يتمكَّن أولئك الذين تسللوا لاختطاف عينكَ، بل وربما حياتك من الوصول إليك؟!

لا تستطيع أن تُنكِرَ ذلك!!

لكن، دعنا الآن من المستقبل، ولا تجعلْني أستحثُّ خطاه. فكلُّ شيء تستطيع استعجاله سواه. ولنَعُدْ إلى أمِّكَ التي أحسَّتْ بما أحسَّتْ به تجاه الدِّيك.

ها هي في حَيْرة من أمرها، كما قالت العرب ولم تزل تقول. أتغادر النافذة باتجاه الباب أم تُطلِق صوتَها يتتبعكَ ويعيدكَ؟

ما دامت قد وصلت الشّباك ونادتْ، فلا يُضيرها أن تنادي مرَّة أخرى، خاصةً وأن الديك لم يعد لإطلاق صياحه، في ظل صمت طال.

لعل الغرفة ابتلعتْ بعض صوتها في المرَّة الأولى، لأن رأسها لم يكن خارج النافذة كما يجب. لم تتأكَّد من ذلك، لكنها حرصتْ أن يكون رأسها خارج النافذة تمامًا هذه المرَّة؛ وإن أصبح خوفها أكبر من أن تصبح صرختها الثانية سببًا في إيقاظ شقيقتك الرَّضيعة.

أنت تعرف، صرختان، لا استجابة لهما أمر يبعثُ على القلق دائمًا.

- فؤاااااد.

ها هي تنادي.

لم تستيقظ الصغيرة. الحمد لله.

ها هي تترك لندائها الفرصة كي يبلغ أقصى نقطة يمكنه الوصول إليها.

إنها تتراجع إلى الوراء أقلّ من خطوة، دون أن تفارقَ عيناها المساحات الممتدة أمامها.

وفجأة...

ها أنت تهوي من أعلى السّطح.

لا تقلْ لي إنك كنتَ تحاولُ اختصار الطَّريق على ندائها. ها أنت تهوي. أتسمع ذلك الصّوت الذي يصدر عنك؟ هل كنت تبكي أم تضحك؟ أم ماذا؟

ها أنت تمرُّ أمام عينيها، خطفًا، ها هي تلمحك. اللحظةُ أقلّ من ثانية نعم، لكنها كافية كي تعرفَ أُمٌّ أن ابنها هو الذي يمرُّ خطفًا أمام عينيها ويهوي.

ها أنتَ ترتطمُ بالأرض.

وها هو الصمتُ، الذي لم تستطع السيدة الوالدة اجتياز عتباته بصرخةٍ، يمتدُّ. إنها تحاول الآن اجتياز عتبة البيت بكلِّ ما في بدنها من قوة متداعية. تصل الباب؛ وستحمد الله فيما بعد أنه كان مُشرعًا، لأنها لم تكن قادرة على فتْحه في لحظة عصيبة كتلك.

تتعثّر قليلًا بطرف ثوبها، لكنها لا تسقط، وبفطنة الغريزة المرتبِكة تمضي راكضة لذاك المكان الذي سقطتَ فيه، تحتَ الشّباك تمامًا، لكنّها ستقف مصعوقةً هناك، لأنك غير موجود في المكان الذي من المفترض أن تكون فيه!

إنها تنحني على الأرض باحثة عن آثار دمك، عن حفرة في الأرض قد تكون ابتلعتْك، عن أيٍّ شيء يُشير إلى أن طفلًا في الرَّابعة من عمره قد سقط هنا.

ولكن لا شيء.

- يا خراب ديارك يا "خَيْرِيَّة".

بدأتْ تصيح، وكلّما انتصبتْ لتبحثَ بعينيها، تعود لتحفر، قبل أن تفقد الأمل وتبدأ الشكَّ في عقْلها.

- لقد جُننتِ يا خيريَّة، وهذا كلّ ما في الأمر.

لكنها تعرفُ أنها رأتكَ، بل وتذكَّرتْ رائحتكَ المزيجَ من التراب والمخاط والعرق المجبول بريش الصِّيصان والأعشاب الجافة!

ولم يكن بإمكانها، بالطَّبع، أن تشكَّ في أنفها وعينيها معًا.

ها هي تستدير، باحثةً عن قشَّةٍ تتعلَّق بها، أو إنسان.

- لا يُعقل أن يختفي الولد من بين يديَّ، من أمامي وأنا أحدِّقُ فيه!

إنها تركضُ نحو باب الغرفة التي غادرتها، ها أنتَ أمامها، لكنّها تجتازُكَ، تتوقّف، ثم تعود إليك، ها أنتَ تُحدِّق في وجهها، مُستغربًا هذا الكمَّ من الدّموع الذي يهطل من عينيها، إنها تحتضنكَ؛ أنتَ بين يديها ثانية، أنتَ بلحمكَ وعظْمِك، أنت الذي هويتَ من أعلى المنزل، وارتطمتَ بالأرض، ارتفعتَ قليلًا، نهضتَ.. دون أن تتفقَّدَ نفسَك، أو تنفضَ سحابةَ الغبار التي اختطفتْ ما تبقّى من لونك، واستدرت لتمضي في الاتجاه المعاكس للاتجاه الذي كانت تهرول فيه أمّك. نظرتَ إلى وعاء الغسيل فلم ترها تحيط به، ثم واصلتَ طريقكَ، لتجدها أمامكَ تعدو، وتتجاوزك قبل أن تعودَ وتلحقَ بك، وتقفان في النهاية وجهًا لوجه. مخاطك قد فقدَ بريقه المعتاد لفرط اختلاطه بالتّراب، وعيناك تلمعان بحَيْرة ابن الرابعة الذي رأى أمَّهُ تحتضنه بلا سبب، وصوتك يخرج مُتلعثمًا

- تبكين، لماذا، ما الذي حدث؟!!

بقية الحكاية
وما دار حول دور الملائكة فيها

تلك واحدةٌ من المعجزات التي لم تستطع السيّدة الوالدة كِتْمانها، على الرّغم مما ستسببه لها من مشكلات.

في قرية صغيرة، في عشرينات القرن العشرين، كان أهم ما يمكن أن يحدث هو أن يحدثَ شيء ما، أيّ شيء، لأن عدم وجود حكاية، لا يعادله إلا عدم وجود الخبز، أو انحباس المطر، أو هبوب داء غامض يختطفُ الأرواحَ مُخلِّفًا أسراره الغامضة والكثير من الأثواب السوداء.

ولقد وُلِدَت الحكايةُ، ولم تكن بحاجةٍ لهبَّة هواء تنقلها إلى القرى المجاورة وليالي صمتها المتعطشة.

أنتَ لا تعرف!!: إن أسوأ ما يحدث في هذه الحياة أن يجلس رجلان، أو رجل وامرأة، دون أن يجدا كلمة تُقال؛ فما بالك أن تجلس قرى بكاملها صامتة!

إنه الجحيم، وأنا أعني ذلك تمامًا!!

حكايتُك، كما ترى، كانت خطوة باتجاه تحويل الليل الكبير هناك إلى ابتسامات وشهقات، واستعادة عِبَرٍ أهمّها: من له على هذه الأرض يوم سيحياه رغم كلّ شيء. و: لم يَنْجُ من موت محقّق كهذا، إلا لأن الإرادة الإلهية قد أعدتْ له الكثير مما سيراه لاحقًا!

وهذا صحيح!!

بإمكاننا الآن أن نعود إلى السيّدة الوالدة، إنها تجلس وتحتضنكَ، فهي لم تعرف بعد أن احتضانها لك سيطول، دون أن يكون لها يدٌ فيما سيحدث في المرَّة الكبيرة القادمة.

أتلمحُ شقيقتيك؟ لقد وصلتا النّخلة اليتيمة عائدتَين من الحقل.

ما يُقَطِّعُ قلبَ البرِّ اليابس هذا العام، أن الصَّيف قد جاء بلا شتاء، وكان، صيفًا مُحاصرًا بين ربيع لم يُزهر، وخريف لن يجد على جسده حتى ورقة واحدة تلهو بها الرّيح.

الوالدةُ التي حملتكَ من حوْش البيت إلى المصطبة المُبلّلة، لم تزل محنيَّة عليك، تتسمَّع وقْعَ نبضاتك، ناسية غسيلها الذي راحتْ تتلاشى عن سطحه فقاعاتُ الصابون السّاحرة وتموت.

اقتربتْ شقيقتاك، أحسَّت الوالدةُ بذلك، دخلتا الحوش عبر البوابة الخشبيَّة المتهالكة. وقفتا أمامكما صامتتين، انفجرتْ دموعُ السيدة الوالدة من جديد.

- ما الذي حدث؟ سألتْ سَعْدَة - الكبيرة، وبكتْ سُعاد - الصغيرة.

- قَطَّعَ قلبي، اللـه يجازيه!

أمام جملة كهذه حدَّقتِ الصغيرتان إلى ذلك الموقع الذي من المفترض أن يكون القلب فيه، فوجدتا أن ثوب السيدة الوالدة سليم، ولا آثار للدَّم عليه، تراجعَ قلقهما، لكن البكاء استمرَّ، فبدأتا تبكيان، قبل أن تنطلقَ سَعْدَة لإخبار السيد الوالد في الحقل، لكن، وقبل بلوغها باب الحَوْش، تنهض الوالدة وتجري وراءها.

ها هي تُمسكها وتعود بها، هل ترى؟!!

ها هي سُميَّة الرَّضيعة تستيقظ أخيرًا باكية، ثمة شيء ما، فيها، من السيدة الوالدة، تمضي إليها سَعْدَة تحملها، وتقوم بما عليها القيام به. وللحقِّ فقد كانت تُدرك واجباتها الملقاة على كتفيها، هي التي لم تتجاوز السّابعة من عمرها بعد، كما تدرك امرأة كبيرة ما عليها وأكثر. وإذا كان لا بدَّ من كلمة حق تُقال هنا، سأقول: لقد كانت أمُّك تَلِد، وسَعْدَة تُربي. سَعْدَة التي لم تُعجبك، لأنها ببساطة ليست ولدًا يمكنكَ اللعب معه، لكن

لنعترف أنكَ لم تتمنَّ يومًا أن تكون ماتتْ بدلَ أخيك الأكبر الذي اختطفه الموت من بين يديك وأنتَ تحدِّق فيه.

لنختصر كثيرًا. الآن! يمكنني أن أقول لك: نلتقي في المساء؛ دون أن أودِّعك!

يصلِ السيدُ الوالد؛ شمسٌ غاربةٌ كبيرة خلْفه، أفق دام، وعشرات طيور الدُّوري التي تتقاطر وتندسُّ في شجر الكينياء.

كما تركناها قبيل الظُّهر سنجدها، منكفئة عليك، لا أثر للدموع في عينيها الآن، لكن ذلك لن يدوم طويلًا.

ها قد بدأتْ تبكي ما إن رأت السيدَ الوالد. وبدوركَ رحتَ تبكي.

ها هو يسألها، لماذا تبكين؟

فتبكي أكثر.

ها ذراعه تمتدُّ وتختطفكَ من بين يديها، ها هو يسألكَ: ولماذا تبكي حضرتك أيضًا؟!

- لأنني حشران! ستقولُ له.

يدفعكَ بيده باتجاه الباب، تمضي بخطواتٍ ثقيلة وساقين منفرجَتين، خائفًا أن يذهب صبر النهار كلّه هباء في لحظة واحدة. وخائفًا أكثر من أن تراكَ شقيقتُكَ سَعْدَة وقد بللتَ ثيابك.

إحساسُك المُبكّرُ بالكرامة، من الأمور الأساسية التي شدَّتني إليك، أتعرف ذلك؟!

بهدوء تختفي، بهدوء تعود، دون أن تُتيح لأحدٍ فرصةَ الضَّحك عليك. لكن السيدة الوالدة لم تزل على حالها، تبكي، وهذه إحدى عاداتها التي لا نستطيع القول إنها سيئة، حتى لا نُسيءَ إليها.

لكلِّ غيمة قطرةٌ أخيرة من ماء تُلقي بها وتتلاشى، أو ترحل بعد حين، لكن ما يُتعب السيِّد الوالد أن دموع السيدة الوالدة إذا ما بدأت، فإنها لن تتوقّف قبل أن تجفَّ الوالدة نفسها تمامًا وتتشقّق.

هكذا، تراه الآن يستدير مُزمجرًا، يعبرُ العتبةَ الضيِّقة للغرفة، يخرج للحوْش، يدور حول البيت، ويدور.

لقد باتَ مطمئنًا أن الأولاد بخير على الأقلّ، وهذه نعمة إذا ما تحقَّقتْ، لا يحق للمرء بعدها أن يبكي. تلك إحدى حِكَمِهِ التي ترعرعتْ في أرض القناعة لدرء وطأة الفقر وأحزانه، وجعل الأرض أقلّ يُتْمًا أمام صيف، يجتاحُها، لا شتاء خلْفه.

***

نحن الآن في اليوم الرّابع بعد حادثة السُّقوط، السيد الوالد في الحقل، عيدانُ الذُّرة جافة، أوراق الفجل والبطاطا والبصل مُحترقة دون أن تنبئ عن نضوج ما تحت الأرض من ثمار، الدَّلو الذي يُنزله الآن في البئر، سيعود بعد قليل نصفه ماء ونصفه تراب.

هذا ما كان يخشاه دائمًا.

حالة كهذه، كانت على الدّوام كافية لتكثيف هموم الدنيا كلّها في همٍّ غامض واضح، لا يستطيع معه المرء شيئًا، سوى طلب رحمة الله.

وهكذا، حين سيصلُ البيتَ في المساء.

ها هو يصل!

سيكون قد نسيَ أن امرأته بكتْ ثلاثةَ أيام متواصِلة، وأن موعدَ كلامها عن سبب بكائها قد حان!

- لقد سقطَ الولدُ من فوق السَّطح.

ها هي تقولها.

وبفزع سيصرخ: وهل حدثَ له شيء؟!!

- لا. لقد سقط قبل ثلاثة أيام!

- لهذا كنتِ تبكين؟ وما ذلك الشّيء العظيم الذي كنتِ تفعلينَه بحيث لم تنتبهي له وهو يصعد للسّطح ويهوي بعد ذلك؟

- كنتُ أغسِل.

- تغسلين؟!! ماذا، ماذا سأقول لكِ؟ ألا تستطيعين تحمُّل مسؤولية أولادك؟

ها هي على وشك بدء فصل آخر من البكاء.

ها هو الذي لا يمكن أن يحتمل شيئًا كهذا يختصر:

- الحمد لله، جاءت سليمة!

تُلملم السيدة الوالدة طلائع دموعها، تنظرُ إليه غيرَ مُصدِّقة أن الأمر انتهى عند هذا الحدّ، ينظران إليك في الزاوية التي رحتَ تدسُّ فيها جسدَك ما استطعتَ، وعلى جانبيكَ سَعْدَة وسُعاد.

لم يكن مستعدًا لأن يسمع منها ما حدث، وخوفه من أيام قادمة تنتظره، يلوحُ في مخيّلته شاسعًا ومقفرًا.

- كما لو أن يدًا شيطانيّةً حملتْنا وألقتْ بنا ههنا. قال لنفسه عند الظُّهر.

......

أنتَ تعرف، أو لا بدَّ أنك سمعتَ على الأقل، أن الشارع المُعبَّد الطويل هناك، يشبه الصِّراط المستقيم، فعلى الجهة الغربية منه تبدأ الحقول، وعلى الشرقية منه تبدأ الصّحراء. لكنك ستُحرم منه طويلًا، لأنك ستمضي ما سيأتي من طفولتك ما بين زاوية البيت وعتبة المدرسة التي لن تستطيع الوصول إليها بأمان، إلا إذا كانت تحفُّ بك قامةُ خالك، تحرسُكَ، وتدْفع الموتَ المتربِّص بك؛ وهل ثمة موتٌ أقسى من ذلك الذي يترعرع في تراب الثأر؟!

لقد غدوتَ الهدف الأكثر إغراء لشهوة الدّم، مُذ غدوتَ شهيرًا في تلك الامتدادات. صحيح أنهم لم يهددوا بقتلكَ، بل باقتلاع عينكَ لا غير! ولكن من قال إن هذا أقلّ شدَّة من القتل؟

لو لم تسقط من على السَّطح لما كانوا قد سمعوا بك!

ولكن، دعنا من هذا الآن، فكلُّ شيء سيقال في حينه..

......

لم تترك السيّدة الوالدةُ شيئًا في أواخر تلك الليلة المتكئة ظلمتُها على فتيل سراج مُتهالِك، إلا وقالته للسيد الوالد. لكن أوّل ما نطقتْ به هو طلب رضاء الله.

- الله يرضى عليه!

لقد بحثتْ طوال الأيام الثلاثة الماضية عن سرِّ هذه المعجزة التي تفتّحتْ في فِناء بيتها، فلم تجد إلا تفسيرًا واحدًا لما حدث؛ وها هي تبوح به للسيد الوالد.

- كما لو أن ملاكًا رفعه، وملاكًا آخرَ تلقَّفه، هذا كلّ ما يمكن أن أقوله لك.

ولأنّ الأمر كان من فصائل المعجزات فعلًا، فها أنتَ ترى السيد الوالد يهزُّ رأسَه موافِقًا، وشاكرًا الله على الدّور الذي لعبه المَلَكان هنا في بيته، دون بيوت أهل القرية، فكم من ولد سقطَ من على سطح بيت أقلّ ارتفاعًا من بيتكم فمات، وكم من طفل نطحته بقرة أو سقط عليه حجر من سنسلةٍ فمات، وكم من..

- الحمد لله. قال لها، وردّدتْ ذلك وراءه.

بعد فترة صمت، ها هي تقول:

- ولكن يا عبد الله، لماذا يرفعه ملاك إلى السَّطح ويُلقي به، فيتلقَّفه آخر؟! مثل هذا لا يحدث إلّا إذا كان الأول شريرًا، أيْ شيطانًا، والثاني طيبًا، أي ملاكًا حقيقيًّا، أليس كذلك؟!

- صدَقتِ، فهذا أمر معروف عن الملائكة ومتفقٌ عليه، أيّ وجود شيطان شرير وملائكة أخيار.

- لولا رحمة الله لضاع دمُ الولد بينهما. قالت خَيْرِيَّة جملتَها واستغفرتِ الله وطلبتْ رحمته.

لكنَّ الشيء الأكيد أنهما قَبِلا معًا دوْر الملَكين في حكاية أبنهما التي ستنتشر، ليُشارَ إليه فيما بعد كواحد من الأولاد المبارَكين، قبل أن يحدث ما سيحدث، ويأتي من يهددهم باقتلاع عين الولد، بل والقضاء على حياة حَماها المولى عزّ وجلّ ورعاها بنفسه، حين كتبَ له النجاة.

سأقول لك الآن شيئًا تعرفه، أو ربما تُحسُّه في أسوأ الأحوال: هذه الحادثة بطريقة أو بأخرى، لم تكن سوى عتبة الحياة التي ستعيشها فيما بعد، والتي سينقلبُ معناها، إلى ذلك الحدِّ الذي سيدفع أمك لإعادة النّظر بينها وبين نفسها في مسألة الملكين حين ستهمس لزوجها المتيقِّظ في ليالي الرُّعب التي ستهب على بيتكم الصغير، وعليك بالذات: لعلّ الملاك الذي ألقاه هو الملاك الطّيب، كي يريحه مما سيراه، ولعلَّ الذي تلقَّفه هو الملاك الشيطان، الذي يريد له أن يتعذّب في دنياه!

الآن، لا أستطيع أن أقول لك، كيف كانت خاطرةُ أمِّك سببًا في شقائك، لا أستطيع أن أقول لك كيف التقطها من يريدون الثّأر من أبيك، فانتزعوا صفةَ الولد المبارَك عنك، وألصقوا بك صفة الولد الذي لم يُنجِه الله إلا ليتيح لهم فرصةَ تحطيم قلب أبيه على ما اقترف!

قلتُ لك : أنا واحد من الأشخاص الذين يؤمنون إلى حدٍّ بعيد بهذا التّواصل بين مخلوقات الله، خيرًا وشرًا، وإن اختلفتْ لغاتها وأجناسها، وفصائلها أيضًا، وأنتَ مثلي.. و.. بيننا الأيام!

حكاية الأخ الأكبر
التي لم تكن أقلّ هوْلًا من حكايتك

ليس ثمة ضرورة للمقدِّمات، إذا ما أردنا الحديث عن حكاية أخيك الأكبر..

أعرف الآن، وتعرف معي، أن ماضيًا يَرى الأبُ فيه بأمِّ عينه مقتل ولده، مسألة ليست سهلة، وهذا ما ترك أثرًا لا يُمحى في روحه.

لنذهب إلى هنالك.

قلنا إن الصحراء تمتدُّ غربي القرية إلى ما لا نهاية، هل قلنا إنهم قلَّة أولئك الذين كانوا يملكون شجاعة التوغّل فيها؟ وهل قلنا إن القرى كانت تتعلّق بالشّارع وتلتفّ حوله كما لو انه حبْل نجاة؟!

ها نحن نقول!

حوادث كثيرة عن أناس تلاشوا وتلاشت معهم أخبارهم، بعد عبور عتبات الصّحراء الأولى، لم تزل تعيش حيّة بين البشر.

كانت الصحراء إلى جانب القرية، وما جاورها من قرى، أشبه ببحر لا حدود له.

لكنّهم فجأة جاءوا، أولئك الذين امتلكوا في أنفسهم جرأة تذليل ذلك الوحش الهلاميّ، والتعامل مع الصحراء كما لو أنها مجرد بحر.

أنتم الذين تعرفون الصحراء، لا يمكن أن تقعوا في خطأ كبير كهذا، فالصّحراء صحراء، والبحر بحر، رغم أنكم لم تشاهدوا البحر من قبل.

جاء الإنجليز بسياراتهم وبخرائطهم، جاءوا ببوصلاتهم، وبنادقهم الكبيرة اللامعة، وتعاملوا معها كلعبة جديدة، مسرحية حيَّة مُبهرة، مشهد يكمل بقية صورتهم عن هذا العالم الذي ينتشرون فيه.

سنين الفقر، جعلت الغِزلان أكثر حذرًا، فلم تعد تقترب من الجانب الآخر للطريق الطويل إلّا عند الضرورة، أيْ حين تصبح المسألة مُعَلَّقة بين معادلة الحياة والموت. لذا، كان على الإنجليز الذين وقعوا في أسْرِ الصحراء وفتنة غزلانها أن يتوغّلوا أكثر بحثًا عن أحلامهم. صحيح أنهم عرفوا فيما بعد أنكم السبب في ابتعاد تلك الغزلان، لكن زمنا طويلًا كان قد مرَّ على هذا السَّبب بحيث يصعب عليهم أن يحوِّلوه إلى ذريعة لعقابكم!

ثلاث سيارات عسكرية، هدرتْ مُحركاتها منذ الصُّبح، قطعتْ هدوءًا جافًّا، وانعطفتْ في البعيد مقابل القرية تمامًا نحو الشرق.

لم يكن في هيأتها ما يوحي ببقية المأساة. نظر إليها السيد الوالد دون اكتراث ، ورأيتَها، ورآها معك أخوك الأكبر بعينَي طفل لا يهمّه من المشهد سوى متابعة سُحب الغُبار التي تثيرها العجلات.. ورأتها نسوة، رجال وشيوخ ومواش ضامرَّة.

ويمكننا القول: لقد كان المشهد مألوفًا للجميع، رغم أن أحدًا لا يتمنّى رؤيته.

قد لا نكون الآن معنيّين بما حدث معهم في أعماق بحر الرَّمل طيلة الصباح، والظهيرة التي راحت تتصاعد حرارتها شيئًا فشيئًا إلى ذلك الحدّ الذي جعل الطفل الصغير الذي هو أنتَ يسأل أخاه: هل تعتقد أنهم سيعودون؟

– وما الذي يهمُّك أنت؟ أجابكَ موبِّخًا.

ثمة قلق غريزيّ يسكن البشر المُتناثرين على ذلك الخيط الرّفيع، ويقضُّ نهاراتهم حول كل من يتّجه للشرق، أكان منهم أم من غيرهم، أكان صديقًا أم عدوًّا.

بعد ساعات، وفي البعيد، يمكن أن نرى بوضوح ثلاثة أعمدة عملاقة من الغبار، تفترق وتختلط.

يهشُّ أخوك الأكبر أغنامه، ويهشّك معها، لكن الأعين تبقى معلّقة بلعبة الغبار التي تلتفّ حول نفسها.

كان الجنود الإنجليز أكثر بُعدًا مما تصورتما.

أعمدة الغبار الثلاثة تدور في حلقة لا تنتهي، تتقدّم وتتراجع، تنعطف، تتحوَّل إلى جبل غباري، لكنها لا تتوقف.

بعد أكثر من ساعتين، راحت أعمدة الغبار تتحوَّل إلى خطٍّ رفيع صارم، يندفع بمرونة سكين عبر جسد غضٍّ، تقترب، وقد أصبح بإمكان أهل القرية أن يسمعوا أصوات رصاص واهنة، لن تلبث أن تتصاعد قليلًا قليلًا، وحين ستغدو بعد أقلّ من بضع دقائق واضحة تمامًا، ستكون العربات الثلاث قد قطعتِ الشارعَ بجنون وأمامها غزال يركض قاصدًا أزقّةَ القرية، عابرًا بواباتها، كما لو انه يبحث عن ملجأ يحميه.

الرّصاص يدوّي، البشر يتناثرون هاربين، يندفع الغزال المذعور بين المواشي، يدوِّي الرّصاص، تتساقطُ بعض الشِّياه صريعةً، تنجو أخرى، وفجأة تفترق العربات، وقد بدا للجنود فوق ظهورها أن الغزال ينوي العودة للصحراء، حيث سيستحيل اللحاق به مرّة أخرى إذا ما تمكّن من قطع الشارع. تلتقي عربتان، الغزال بينهما، لكنه ينعطف خطفًا، ويجمع بقية جسده في قفزة عالية، تحيله في عيني أخيك، بخلافك، إلى غزال طائر، في حين تُواصل الأخرى دورانها، محاوِلةً ما استطاعتْ تحديد موقع الغزال كلما اختفى.

تجتاح إحدى العربات سورًا من النباتات الجافّة، يتناثر الدّجاج تحت عجلاتها، وفي لحظة مفاجئة غريبة يظهر الغزال ويبدأ بالتوجُّه مباشرة نحوكما. يزداد انهمار الرّصاص كثافة، تنحني قليلًا، دون أن تفارق عينا أخيك غزالا طائرًا يتَّجه نحوه. تعبر طلقة صدره، يهوي، يتجاوزه الغزال، تتبعه العربتان اللتان قد شكلتا ستار نار، متلاصقتين. عندما تصلان لجثة الطفل تفترقان، وتعودان للالتصاق على بعد ثلاثين مترًا من جديد؛

وتدوّي الرّصاصات الأخيرة في اللحظة الضَّيقة التي يُوشك فيها الغزال أن يعبر الشارع، تصيبه أكثر من رصاصة، يرتمي وسطه تمامًا.

تتوقَّف العربتان فجأة، ينزل الجنود، تصل العربة الثالثة، لكنهم وقبل أن ينحنوا لالتقاط الغزال القتيل، ستكون أصوات الصَّرخات قد بدأت بالوصول إليهم.

الآن سيتذكَّر الجنود أن ولدًا صغيرًا قد سقط صريع رصاصهم، وقريةً قد بُعثرتْ.

تقترب جموع غاضبة، تستدير بنادقهم نحوها، تقترب الجموع أكثر، يُطلقون الرصاص، في الوقت الذي تمتدُّ يدا أحدهم وتُلقي بالغزال في صندوق إحدى العربات الترابيّة. يتراجعون، دون أن يتوقّف سيل نارهم. يصعدون عرباتهم تاركين المكان يتخبط في دمه، وبعض حرائق صغيرة قد اندلعتْ في أكثر من بيت.

***

في المساء ستكون تُهمة الاعتداء على الجنود قد أُلصِقَتْ بأهل القرية، وسيق بعض رجالها للتَّحقيق معهم، ومن بينهم السيد الوالد نفسه، رجالها الذين سيعودون بعد أيام على هيئة أشباح ممزقة.

***

أما سيد القرية، فقد أنهى ما عليه من مهمَّات بنفسه، أزال آثار الجريمة، وأصرَّ على أن إكرام الميت دفنه، بحيث ووريَ الصغير التراب قبل صلاة عصر ذلك اليوم الحزين.

هل بإمكانك استعادة ذلك المشهد؟

لا..

لقد تلاشى شيئًا فشيئًا من ذاكرتك، ولم يقُم الزمان بهذه المهمَّة وحده، إذ إن السيد الوالد والسيدة الوالدة مدّا للزمان بنفسيهما يدَ العون، حين واجها الحقيقة الدّامية بالصمت.. إذ أن أحدًا، لا هما، ولا غيرهما، اعترف بأن ذلك الولد قد مات!

وهكذا، لن يكون غريبًا أن تتسلّح بوجوده، وتمضي بعد سنوات نحو مستقبلك الكبير دون أي اعتراض من أحد!

المشكلة، وأصلها، قبل الوصول
إلى تفاصيل الدور الذي لعبته عينا سَعْدَة

ذات يوم نظر عبد الله إلى يديه فوجدهما جافتين، إلى حقله فوجده جافًّا، إلى ضرع بقرته فوجده جافًا، إلى هياكل شياهه فوجدها جافّة، إلى وجوه أولاده فوجدها جافّة، إلى وجه زوجته، وما أحسَّ بأنه قادر على إطفاء عطشه تلك الليلة، من جسدها، فوجده جافًّا. وقد اكتشف بعد انتهائه، أنه لم ينته وأن قطرة واحدة من ماء الحياة لم تكن حيث يجب أن تكون!

عندها راح يحاول ما استطاع أن يعبر واحدة من بوابات النّوم، مُتسلِّلًا، ليختصر الطريق نحو الفجر، بعد أن قرر المضيَّ بعيدًا، إلى خارج حدود قريته في الغد، بحثًا عما يردُّ كلَّ هذا الجفاف.

***

إذا ما مضينا الآن لتأمله في ليلته تلك، فسنجد أنه لا يستطيع إغماض عيونه! لسبب بسيط وواضح : ان عيونه جافّة. وحين أقول (عيونه) أقصد، تلك الموجودة في وجهه وتلك المخفية في ثنايا روحه.

ها هو ينهض.. يُشرع باب الغرفة الطينيّة دون أن يُلقي، ولو، نظرة على من حوْله، يخرج، يمضي نحو الزَّريبة، يجر البقرة من قرنيها بصعوبة، وكذلك الأغنام.

أين يمضي بها؟

سنعرف بعد قليل.

عمله هذا أربك تمامًا السّاعة الدّاخلية لحيواناته الأليفة، وهي أليفة فعلًا، فحتى البقرة، لم تكن من فصيلة تلك الأبقار التي تفخر بعنادها، باعتباره ما يميزها عن بقية الحيوانات الأقل شأنًا والتي تعيش معها تحت سقف واحد!

لكن ذلك أربكَها، وأربكَ الشِّياه.

من أكثر الأمور قسوة، في ذلك العام أن تتذكَّر، ليلًا، أن هناك نهارًا في انتظارك على العتبات بعد ساعات.

الليل جنّة، والنهار جحيم.

من هذه النقطة بالذّات لا نملك إلا أن نُبدي بعض التَّفهُّم لهذه المخلوقات.

لكن، ولأن الطاعةَ جزءٌ من قانون هذا البرِّ، كي لا ينفرط ويعود متوحشًا، سارتْ حيواناته أمامه، دون أن تلتفِتَ وراءها.

قبل ساعات، كانت المسألة بالنسبة إليه لا يتعدى معناها البحث البريء عن بقايا أعشاب حول تلك القرى التي يُعرف عن آبارها أنها لا تنضب.

- الأعشاب، ولا شيء غير الأعشاب، هذا إذا سُمِحَ لنا بالاقتراب منها.

ثمة أرض تبدأ بالانحدار قليلًا قليلًا، إلى أن تغدو الانحدار ذاته.

هو يعرف أن مياه الأمطار كلّها، بما فيها تلك التي تسقط فوق سطح منزله وأرض حقله، تتسرَّب عبر التراب، وتجري فوقه إلى أن تستقرَّ هناك، في آبارهم المنخفِضة.

- هذا الماء حقّي. قال في نفسه.

تندفع الشِّياه في تسارع سيزداد. يلحقُ بالبقرة كي لا تتحوّل بعد لحظات إلى مجرد كرة تتدحرج، يُمسكُ بذيلها أولًا، تُواصل اندفاعها، تفلتُ، تبتعد.

لم يعرفْ أن رائحة الماء والأعشاب تهبُّ من بعيد وتعصف بأعضائها الجافّة.

صحيح أنه يصل المكان الآن بسرعة ما كان يتوقَّعها، لكن الشمس لم تزل بعيدة.

ها حيواناته تُخلِّفه وراءها، إلى ذلك الحدّ الذي لن يدركها قبل طلوع الشمس، وحين يصلها ستكون قد اجتاحتْ أحد أكثر حقول الذُّرة خضرة.

ها رجل ومعه صبي يجريان خلْفها، يرجمانها بالحجارة واللعنات.

ها هو يصل، يحاول أن يهدئ من غضب الرّجل ما استطاع، لا يستطيع، ها هي اللعنات تبدأ بالسّقوط عليه وعلى حيواناته معًا.

ينتصب عبد الله حاجزًا، ليذود عما تبقَّى له من هذه الدّنيا، غير أبنائه. لكن الرّجل سيواصل رشْقَه بالحجارة، ومعه ابنه الذي يلقيها بخجل. رجْمُ رجل كبير من قِبَلِ طفل صغير لا يجوز، وعيب، أنتَ تعرف، حتى لو كان هذا الرجل صاحب شياه وبقرة اجتاحت حقلًا أخضر.

- حدُّ الله بيني وبينك. يقول عبد الله. لك كل ما تطلبه مقابل خسائرك، كلّ ما تطلبه، ولكن توقّف، بالله عليك.

لكن الرجل يواصل إلقاء الحجارة.

يستدير عبد الله، يسير خلف حيواناته الهاربة، غير عابئ بالحجارة التي تنهمر وراء ظهره وتصيبه أحيانًا.

يعود ويتوقّف، ينظر لصاحب الحقل.

- حدُّ الله بيني وبينك يا رجل.

يتوقّف الولد عن إلقاء الحجارة تمامًا، لكنه يواصل الجري خلْف أبيه.

- يكفي، أبي!

ها هو يقولها، لكن أباه لا يسمعه.

- حدّ اللـه بيني وبينك. يعيد عبد الله، الـذي أبـصر حيواناتـه تتسلّق الارتفاع عائدة، تاركة إياه يحاول ما استطاع الخروج من المكـان دون دمـاء تسيل.

وهكذا يستمرُّ الأمـر: عبـد اللـه يـسير معطيًـا ظهـره للرَّجـل وابنـه، والحجـارة تتـساقط عليـه بعـد أن أصبـح مـن الـصعوبة عليهـا أن تـصل حيواناته. ها لحظة الغضب قد جاءت، لعنَ اللـهُ الغضبَ وأسبابَه، حجـر يهوي ويصيبه تمامًا في رأسه، ينفجر الدَّم. ومـرَّة أخـرى، سـيتبين لنـا بعـد قليل أنها الأخيرة، سيقول للرجل: حدّ اللـه بيني وبينك.

لكن صاحب الحقل لن يردعه حتى مرأى الدّم.

ينحني عبد اللـه، يتناول حجـرًا يقذفـه بقـوة فيـستقر في عـين الرّجـل الغاضب، فتتناثر.

يرفع الرجلُ راحة يده ليلمس عينه التي اختفت فجـأة، لا شيء سـوى مياه لزجَة وبقايا غريبة. يُحدِّقُ فيها بعينه المتبقّية، ويجنُّ، ومعه يجنُّ ولده.

تمتدُّ يد صاحب الحقل إلى خصره، تستل خنجره، تمتد يد عبد اللـه إلى خصره تستل بلطته[1].

ها قد وصلتْ طلائع الموت.

يُغِيرَانِ على بعضهما، وقبل أن يصل صاحب الحقـل إليـه، تكـون بلطـة عبد اللـه قد أصابت اليد التي تحمل السِّكين، وأوشكت أن تبترها.

ها قد وصل الموت بنفسه.

يعرف عبد اللـه أنهم إذا ما لحقوا بـه فـإنهم سـيطعمونه للغِربـان. إنـه يعدو، يرتقي الصُّعود الذي تجاوزته حيواناته، يركض.

تلوح له النَّخلة اليتيمة من بعيد، يطمئن بها.

يصل قريته وقد استيقظ كلّ من فيها، وما فيها، دمٌ يُغطي وجهه ويقطر من نصل بلطته.

ولم يكنْ صباحٌ جافٌ كهذا يحتملُ ما هو أكثر من جفافه.

---

1 - السّاطور.

من هنا بدأ عذابك الذي سيطول، قبل أن تُلقي سَعْدَة بعد سنوات طويلة قاسية بسِحرها كي تمحو آثار ذلك الفجر الدّامي الذي امتدَّ حتى خُيِّلَ للبشر أنهم سيموتون قبل انقشاعه!

مخاطر إنجاب البنت السّابعة
على السّيِّد الوالد !

كلما اتَّجهنا نحو الحاضر ستكون الأمورُ أكثر ضبابية، هذه مسألة معروفة، لا لشيء، إلّا لأن وجودك في بؤرته لن يتيح لك فرصة رؤيته كاملًا، كما يؤهلك جلوسك الآن ونحن نتأمل من هذا الارتفاع امتدادات تلك الأيام البعيدة، أيامك؛ ومهما حاول أحد أن يقول: إن تلك الأيام كانت له، فإن النّتيجة ستقف ساخرة من حجم الوهم الطّالع من كلام كهذا.

لنمض مباشرة إلى هناك.. لنمض إلى ظلالِ الحرب!!

السيدة الوالدة ومعها السيد الوالد لم يكونا خائفين عليك من موقف طيش قد تتَّخذه الحكومة بدخولها طرفًا في الحرب العالمية الثانية، لماذا؟

- أنت تعرف، عبد الله، وحيد الأبوين لا يمكن أن يأخذوه للحرب، هذه الأمور معروفة منذ أيام الأتراك، وما قبلهم والله أعلم. لكن، خوفي أن تجيء الحرب بنفسها إلينا، أليست حربًا عالمية كما يصفونها؟ ونحن ألسنا من العالم؟!

بعض الأسئلة كان بإمكان السيد الوالد الإجابة عليها بسهولة، وها هو يجيب..

- عالميَّة نعم، لكنّها إذا ما وصلت إلى هنا، فإنها لن تأتي خصيصًا من أجل اختطاف روح قُرَّة عينكِ..

- الشرّ بعيد!!

- أما سؤالكِ الصعب الذي لا أستطيع الإجابة عليه، فهو: إذا كنا من هذا العالم أم لا؟!

حَيْرة السيد الوالد في مسألة كهذه، كان لها ما يبررها، ها أنا أقولها لك بنفسي. ولأسباب لا تعدُّ ولا تحصى، كما تقول العرب. إن أصعب ما يمكن أن يحسّه المرء أن يعيش، وأن تكون حياته خارجه، لغيره مرهونةً، وهذه مسألة تعرفها أنت بالذات أكثر من سواك. أما الذي لم تكن تعرفه، فأن تكون قرى بأكملها خارج الزّمان والمكان، وقد قُدِّرَ لك أن تلمس بعض ذلك حين فتحتْ لكَ الحياة دروبها لتكون ذلك الشخص الذي سيقف آخر الأمر حارسًا وحيدًا شامخًا أمام باب سيِّد البلاد!!

دعنا من هذه الآن، ولنعد إلى حيث كنّا!

السيدة الوالدة كانت تعتبر ذلك النوع من التعليقات حول الحرمان والزمان والمكان نوعًا من:

- إنْكار النِّعْمة.

- أيّ نعمة يا امرأة، أيّ نعمة؟!!

- نعمة أن ولدكَ، وحيدكَ، لم يزل على قيد الحياة، نعمة، أنه كبر وترعرع تحت أقمار سبع بِنات، كنَّ له العوْن والسَّند، نعمة أننا استطعنا الحفاظ عليه، ودفع يد الشَّر بعيدًا عنه، ولم نفقده صغيرًا كما فقدنا أخاه.

- الحمد لله. يهمس السيد الوالد.

لعلَّ السيدة الوالدة كانت، من يومها، أكثر قدرة على استشراف الغد من غيرها، وهذه مسألة أفهمها، لأن المرأة في مسائل حسّاسة تمسُّ المستقبلَ، وما يدور خلف السّتائر، أو الكواليس بلغة أهل المسرح، كانت على الدّوام هي الأَبْصَرُ، وليس من المصادفة أو قبيلها، أن "زرقاء اليمامة" هي التي رأت وليس أزرقها!

بالنسبة لك، كان الحديث كما لو أنه يدور عن واحد سواك. ها أنت تجلس في الزاوية، هناك، هل ترى، في الزاوية المظلمة، الزاوية الأقصى، الأقلّ من زاوية قائمة، تحت سراج مريض، محنيَّ الظّهر على كتبك

ودفاترك وقلمك الوحيد، وكلّ ما تخشاه أن يتسلّلوا ذات ليل إليك، وتنتهي.

الآن، أُدركُ، أنك لو قُتِلْتَ، لا سمح الله أيامها، لما أحسستَ بأنك خسرتَ شيئًا، لكن حكمة الله التي كتبتْ لك النّجاة ومهّدت الدُّروبَ كي تصل إليك على مَهَل، ولكن بثقة، أبتْ إلاّ أن تقول لك:

- ها قد عرفتَ الحياة أخيرًا، بطُوْلها.

صحيح أننا لا نستطيع القول بعرْضِها أيضًا، لأنك لم تخرج عن الطريق الذي رُسِم لك أبدًا، ولكن من قال إن طولها أقلّ جمالًا وسِعَةَ من عرْضها؟!

لنعُدْ للسيدة الوالدة والسيد الوالد.

ها قد عدنا...

الليل يزداد حلكة حولها، البناتُ كبرن، وبخاصة سَعْدَة وسُعاد، وذهبتْ كل محاولات أبويك لإنجاب شقيق لك أدراج الرّياح، ولو كان الأمر مُتعلّقا بهمّةِ الوالد لكان أنجب لك دزينة من الأشقاء، لكن ذلك كان، على ما يبدو، نوعًا من درْس قاس ستتلقاه أنتَ بالذات، حين تكون إحدى شقيقاتك، سَعْدَة بالذات، هي الوسيلة التي سترفع عن عنقكَ سيف الموت ليحلَّ الوئام بين القريتين، ويدفن الثأر إلى الأبد.

مدينًا لها ستبقى على الدّوام.

- صحيح أنهم لا يأخذون وحيد الأبوين مجنّدًا، ولكن ماذا لو أرسلناه نحن بأنفسنا للجيش؟ قالت السيدة الوالدة. مُستعينين بأخيه الميت، أخيه الذي ليس هناك دليلٌ على أنه قد مات!

- أجُننتِ يا خيريَّة، نُرسله بعيدًا عنّا كي ينفردوا به ويقتلعوا عينه ويبتروا ذراعه. كأنكِ لم تسمعي بعدُ تهديدهم! ثم من قال لكِ إن المسألة سهلة، وماذا سيصبح؟ مجرَّد جندي!

- ربما يصبح ضابطًا، فنحن علّمناه.

- ضابطًا؟!! ماذا تقولين؟! هـذه المـراتب لم توجد لأولادنا، هذه لهـم، أعني أولئك الذين سئموا رؤيةَ النّجوم في السماء، فسعوا ما استطاعوا لإنزالها للأرض وزراعتها على أكتاف أبنائهم.

إسمح لي أن أقول: لعل سرَّ إعجابي بالسيدة الوالدة، أنها سابقة لزمانها، بل لديها نظرة استراتيجية كما يقال، تُؤهِّلُها أن ترى أبعدَ من قدميها وأرنبة أنفها بكثير؛ ولو كانت في العاصمة، وتمتلك قَدْرا من التّعليم، لكان يمكن أن تكون وزيرة في زمن لم تكن فيه امرأة قد وصلتْ، بعدُ، لموقع عالٍ كهذا.

..قد لا يُعجِبُ كلامي هذا السيِّدَ الوالد، وليس من الصّعب أن يفنِّده، إذا ما استند إلى نقطة الضَّعف الوحيدة في تاريخها، وأعني هنا: سقوطك المدوّي من على السّطح وأنتَ في رعايتها!

لماذا أقول كلامًا كهذا برأيك؟

لنستمع لوجْهة نظر السيِّدة الوالدة من فمها..

- حين أقول لكَ ذلك، عبد الله، فأنا أقوله بعد تفكير طويل، فمنذ الحادثة المشؤومة تلك، وأنا أفكِّر بالولد ومستقبله، منذ عشرة أعوام بالتحديد، وها أنا أتجرأ آخر الأمر لأقول لكَ شيئًا فكَّرتُ فيه عشرة أعوام!

إذا ما اقتربتَ أكثر، سترى أن ذلك التَّصميم غير العادي في كلماتها، قد انتقل إلى عينيها، أترى؟ حلكة الليل على شدَّتها لا تستطيع أن تحجبَ شيئًا واضحًا كهذا.

- لقد فكَّرتم طويلًا في كلّ شيء. قالت له. ولم تصلوا إلى نتيجة. أما الآن فقد جاء دَوْري!

من عجائب الأمور، وغرائبها، أن السيِّد الوالد لم ينفجر في وجهها. فقد كانت بمقاييس تلك الأيام، وفي قول قاطع كالذي تفوَّهتْ به، تتجاوز حدود ما يمكن أن يُسمح به للنّساء.

ثمة شيء سمِعتُه، ولا يجوز أن أقوله لكَ حول سبب صمتِ السيد الوالد. اسمحْ لي أن أبوح لك بجزئه الأول وللقارئ بجزئه الثاني!!

ولنبدأ بك.

لقد فهمتُ أن ذلك الإحساس الكبير بالذَّنب الذي يعتصرُ السيّدَ الوالد قد تنامى، وكبر، فلو كان حكيما بصورة كافية - وهذا ما يقوله لنفسه - لتمكَّن من لجم غضبه وقطع الطّريق على سيل الدّم المتفلّتِ لاجتياح كلِّ ما هو أمامه من بشر. فهو يعرف أن المسألة ستغدو أكبر بكثير إذا ما تمكّنوا من الوصول إليك فعلًا، واقتلاع عينك و..

أما الجزء الثاني - وهذا ليس موجهًا لك- فيقال، وأنا أعلم ذلك قبل أن يُصبح بمرتبة القول، أن السيّد الوالد قد كفَّ عن الاقتراب من السيدة الوالدة بعد إنجاب البنت السّابعة، أعني كفَّ تمامًا، وكأنه أدرك أن كلَّ ما فيه من قوة لن يستطيع - بعد تلك المحاولات كلّها- أن يُسفرَ عن ولد آخر له.

مثل هذه الأمور تُساعد على الدّوام، كما يقال، على إعادة دَوْزَنَةِ أوتار صوت المرأة حين تُحادثُ زوْجَها في الأرياف البعيدة، وربما الأرياف القريبة أيضًا!

- حين أقول ذلك، أعني، أن أولئك الذين قد يتوهَّمون أن ابننا ليس أكثر من لقمة سائغة لهم وهو بين أيدينا، لن يتجرءوا على المساس به حين يغدو ابنًا للحكومة!

تصمتُ خيريَّة الآن، وتحرصُ على أن يطولَ الصَّمتُ ليأخذ معناه، كي تتفاعل الكلمات إلى أقصى حدود تفاعلها في عقْل زوجها.

لو اقتربتَ أكثر وأحسستَ بجسد السيّدة الوالدة، فستكتشفُ أنها تُقاوم رغبة مُلحّة في الإطباق على بعوضة تمتصّ دمها بشراسة في هذه اللحظة بالذات. ها بعوضة أخرى تقترب، كما لو أنها أحسَّتْ بالملعب خاليًا لها كي تسحبَ من جسد هذه الضَّحية السَّاكنة ما استطاعتْ من دماء.

- معكِ حق!

ها هو السيّد الوالد ينطق أخيرًا.

- عليكَ إذًا أن تبدأ من الغد تحقيق ذلك.

- من الغد؟ وأشغالي التي تنتظرني لكي أُنهيها؟

- لن تنتظرَ، سأُنهيها بنفسي، ومعي البنات.

كانت تلك سنة من سنين الخير، امتدَّ الربيع فيها ليعبر مشارف شهر حزيران، فبعدَ مطر لم تره الأرض من زمن بعيد، أطلَّ ربيع رائق، خُيِّل لكلِّ من يعيشٍ في ذلك البرِّ أنه سيدوم للأبد. ولو قالت السيدة الوالدة: إن الأرض ستتكفَّل بنفسها، كما تكفلتْ بها سماء ذلك العام، لما كذَبتْ.

- سنة الخير ستنتهي على خير، أُحسُّ بذلكَ. قالت له.

ولو كانت تعرف الغيبَ لتفاءلتْ أكثر، لأن خوف الأعوام العشرة سيتلاشى، وينقشع إلى غير رجْعة، لا بسبب دخولكَ الجيش فقط، باستخدام شهادة ميلاد أخيك الميت لإثبات أنك لستَ وحيد الأسرة، بل لأن شهوة الثأر سيمحوها إلى الأبد ذلك الجمال الآسِر الذي يسكن عيني سَعْدَة.

وبيننا الأيام..

عن الرّيح
التي هبَّت وحملت الأخبار للخال في الجبال

كما لو أن الريحَ هبتْ، وحملت الأخبار التي سترسم سيرتكَ، أو على الأقلّ الجزء الأهمَّ منها في ذلك الزّمان.

- لا نقبل بأقل من عين الولد الشَّيطان.

ها قد أصبحتَ من فصيلة لم تكن منها ذات يوم ولن تكون، لذا كان لابدَّ من أن تخرج القرية كلُّها لكي تطلب صلحًا مستحيلًا.

ها هم يردُّونها..

يردُّونَ شيوخَها ورجالها، ومن هبَّ معهم من رجالات ذلك البرِّ لإقفال الباب في وجه سيل الدّم المُنْذر بالانفجار.

ها كل العيون منصبَّة عليكَ، كما لو انكَ السبب.

ذات يوم ستضربُكَ السيدة الوالدة وقد أحستْ بهذا، وتحتضنك لأنها أحستْ نقيضَه.

لكنك بعد قليل ستتحوّل إلى ولد مُقدَّس من جديد، وعلى الأقل في قريتكَ، حيث ستفتَحُ بنادق أهلكَ عيونَها على اتساعها لردِّ محاولات الموت من الوصول إليكَ. لكن السيدة الوالدة لن تطمئن.

- لن يوقف هذا كله سوى أخي إسماعيل.

قالت ذلك، كما لو أنها تقول لزوجها: ها أنتَ تُوقِعُ الحجارةَ في البئر وعليَّ وحدي إخراجها!!

مَثَلٌ معروفٌ في تلك الأنحاء وسواها.

وكما لو أن الرّيح التي هبتْ حاملةً الوعيد، هي نفسها التي ستهبُّ بعد قليل وتحمل نداء الاستغاثة الذي سيلبيه إسماعيل. يهبط من الجبال التي اختارها سكنًا له ولبعض أعوانه، يعبدُ ربَّه ويمدُّ يد العون لمخلوقاته مِن هناك.

ها هو بالباب. بابكم.

تحاول السيّدة الوالدة قولَ الحكاية دفعةً واحدة، لكنه سيقول لها: أعرف كلَّ شيء.

قوله هذا سيزيد الهالة التي تغمره بهاءً، لذا ستنظرُ إلى السيِّد الوالد نظرةً ذات معنى، لا يُلقيها على شريكه سوى ربِّ الأسْرة عادة.

أنتَ تعرف أنها كانت متعلِّقة بأخيها، وله مكانته الخاصّة في قلبها، مكانته التي لا يملؤها حبُّ أخوتها الأربعة الآخرين. ولها في قلبه مثل الذي في قلبها.

أنتَ تعرف.

انسحبتْ خطى الدّم إلى الوراء قليلًا، وبدأتْ تتراجع، ولولا العيب! كما يقال، لتراجعَ أهل القرية البعيدة عن ثأرهم.

ثلاث كلمات قالها إسماعيل، وحملتْها الرّيح إليهم جعلتهم يفكِّرون كثيرًا: هو في حمايتي.

أترى؟

كنتَ أيامها قد غدوتَ طالبَ عِلْم، أمام إلحاح السيّدة الوالدة، التي رأتْ في مُحيّاك مستقبلًا لم يتراء لها مرَّةً وهي تحدِّق في وجوه أطفال الجيران والأقارب ومن يزوْروْن القرية على عجل ليلة أو ليلتين.

ولم يكن رأيها في غير مكانه.

تعرف موقفي من رؤاها.

أسبوعان من فَزَع مرّا عاصفين، حتى أنها أوشكتْ أن تُعيدكَ لرحْمِها من فرط خوفها عليك. وتلاشى إحساسها بسَعْدَة وسُعاد وسُميّة، وسَنِيَّة التي غدتْ رضيعة تلك الأيام.

كان يجب أن تمرَّ ثلاثةُ أعوام على الأقل، قبل أن يُدرك الطفل فيك يدور حوله، قبل أن يعرف أن رأسه مطلوب، وما كلّ هذه البنادق التي تُحيط به سوى السِّياج الذي يمنع الموتَ من الوصول إليه غيلةً، بعد أن عجز عن الوصول إليه في وضح النهار.

كان يمكن سماع أصوات الرّصاص لليال طويلة من أكثر الأماكن بُعدًا، في تلك الفيافي المتأرجِحة على الخطّ الدّقيق ما بين الأرض الحيَّة والصّحراء. وقد كانت رسائلهم التي وصلتْ قريتكم واضحة.

ها أنتَ تنقطعُ عن الذّهاب للمدرسة، ها أنتم تكرِّرون طلبَ إجراء صُلْح بين القريتين، ها وجوه الخير يقولون لهم: لكم ما تريدون. وها طيف خالك إسماعيل يطوفُ مُنذِرًا.

ها هم يوافقون.

- إنها خدْعة. قال السيّد الوالد، محاولًا وضعَ حدٍّ لذلك الزَّهو الذي تبديه السيدةُ الوالدة بأخيها، ربما.

إسماعيل الذي سيحطُّ في البيت واحدًا من أهله، لا يغادره، ولا تسهو له عين.

لكن السيدة الوالدة التي لم تكن قد أحسّتْ بعدُ، بأن وقت مخالفة زوجها الرأيَ قد حان، قالت له تحت سطوة الخوف، لا سطوة الطّاعة:

- هذا غير مُطمئِن. أنا معك. سيغافلوننا وينسلّون ذات ليل ويختطفونه من بين أيدينا.

لكنها لن تنسى أن تضيف: ما إن يطمئِنوا أن إسماعيل قد غادرَ البلد.

ها قد عادت لزهْوها من جديد، في وقت لا حاجة بها لتذكُّرِه.

لنتوقّف هنا، ولننظر بملء أعيننا لذلك المشهد الذي لم تره عيناك ذلك النهار.

حدِّق جيدًا هناك.

أترى الغبار المتصاعِد.

تلك آثار خيوهم.

الصُّلْح سيبدأ بوصولهم، لكنه يبدأ بالدَّم وبه ينتهي.

لقد قبِلتُم أن تُوضع القريةُ تحت رحمتِهم، يفعلون بها ما يشاءون، علامةً على تسليم أهلها.

ها قد وصلوا.

طلائع غاضبة، بسيوف مُشرعة، وبنادق تملأ الفضاء رصاصًا، فتفرُّ الطيور مبتعدة. يلزمها على أقل تقدير ثلاثة أيام كي تتجرأ على العودة لشجر الكينياء والنّخلة اليتيمة.

ها هم يدورونَ في شوارع القرية، تنهال نِصال سيوفهم على ما يُصادفهم من أبقار وأغنام وجمال يعقرونها، وتحتَ أرجل خيولهم يتراكض الدّجاج، والبطّ، وتعوي الكلاب غير قادرة على الاقتراب.

ثلاث ساعات سيدورون، قبل أن تهدأ رياح غضبِهم. قبل أن يترجَّلوا عن صهواتهم، قبل أن يصرخ بهم رجال توافدوا من قرى بعيدة لحضور الصُّلْح: اتقوا الله، لم تُبقوا لهم شيئًا.

ها هم يترجَّلون، يهبطون بباب خيمة كبرى أُعدَّت لاستقبالهم، وعلى بابها شهود؛ ها هم يوافقون على حقن الدِّماء، يتناولون طعام غدائهم، كما لو أنهم ضيوف أعزّاء، ويرحلون!

بعد سبعة أيام لن تكون القرية قد استطاعت إزالة آثار عاصفتهم التي لم تُبقِ شيئًا في مكانه.

بعد سبع سنوات، لن تكون النّظرات القاسية التي انصبَّتْ على وجه عبد الله موبِّخةً إياه على ذلك اليوم وما تلاه، باعتباره السّبب، قد فقدتْ بعضَ جمرها.

لكن السيّدة الوالدة لن تطمئِن، وسترجو أخاها أن يبقى، وسيبقى طويلًا، إلى أن يحين موعد رحيلك! عندها سينظر إليك كما لو انّك لم تكن أكثر من قيد كان عليه أن يدورَ حوله موثقًا عشرة أعوام.

وحين سيغادر القرية لن يعود إليها أبدًا!

ولكن قبل الوصول إلى ذلك، سأحاول أن أريكَ بعض ما حدث، قبل الانتقال إلى زمن آخر سيبدو أنه زمانك وحدك.

***

لم تكن السيدة الوالدة، على قوَّة بصيرتها، ولا السيد الوالد، الذي تعطّلتْ حواسّه تمامًا منذ صباح الدّم البعيد ذاك، قادرَيْن على معرفة ما سيُفضي إليه قرارهما بدخولك الجيش، فهما، كغيرهما من عباد الله لم يكونا في تلك الأيام يُعِدَّان ابنهما للدّخول في حرب، أيّ حرب، في زمن كانت فيه قنابل العالمية الثانية وأخبارها تتوارد من كلّ جهات الأرض، بصورة لا تدفع أُمّا لاختيار الجُنديّة مستقبلًا لولدها الوحيد الذي ترعرع في العتمة تحت أقمار سبع بنات، كما قالت.

لكن الأمنيات، كما ستهمسُ السّيدةُ الوالدة لزوجها، ليست الطريق التي يسير عليها المستقبل، بعد أن أدركتْ أن المهمَّة الملقاة على كتفي وحيدها أكبر بكثير مما كان يمكن لأمٍّ أن تتصوّر. وأكبر بكثير من تلك الصورة التي ظلّت عالقة في ذهنها، وتتكرر في نومها: ولد يسقط من على السّطح، ويمرُّ خطفًا أمامَ عينيها ويرتطم بالأرض؛ لأن هناك بلدًا في الجوار ينتظره على أحرِّ من الجمر كي يُحرِّره ويرفع يد الظلم والموت عن أرض أبنائه!

لم تكن تعرف أن فلسطين بانتظارك!!!

ولكن، وقبل الوصول إلى مكان بعيد لم تكن تعرفه، ولا تعرف الجهة التي يقع فيها تمامًا، سنُلقي النّظرة الأخيرة عليك وأنتَ تودِّع القرية نحو مستقبلك الزاهر الذي ينتظرك على أحرِّ من الجمر.

حين وصلتَ نهاية الدّرب التّرابي وحولكَ رهطٌ من أقاربك الذين لم يضعوا الأسلحة جانبًا منذ ذلك الزّمان، حين لاح الشارع المُعبَّد أمامك طويلًا، خُيِّل إليك أنك تقف على حافة الدّنيا، لا لشيء، إلا لأنها المرَّة الأولى التي تصل فيها مكانًا قصيًّا لا يصطحبك فيه أحد بعده، ولولا ثقة أمّك بك ونظرة أبيك المُشجِّعة التي كانت تستحثُّكَ لتنتصب، وترفع رأسكَ ليتمكن السيدُ الوالد بدَوْره من أن يرفع رأسه افتخارًا بولده فيما بعد، لولا ذلك، لسقطتَ على كتفي أمّك باكيًا في ذلك النهار. لكنّك،

ورغم كلّ ما مرَّ بك، لم تكن ذلكَ الشخص السّاذج إلى حدِّ السَّماح لخوفه من المستقبل أن يُجرِّحَ كرامةَ أبيه.

وبصورة أو بأخرى، كنتَ تدرك بغريزتكَ أن كلَّ ما سيأتي، سيكون بالتّأكيد، أقلّ وطأة عليكَ وعلى والديك وشقيقاتك مما مضى. وكيف يمكنك أن تشكِّك في رؤى السيدة الوالدة، وهي التي حملتكَ في بطنها تسعة أشهر لم تنقص يومًا واحدًا، وأرضعتْكَ، ورعتْك، وظللتْ طريقكَ بدعوات السّلامة، ويد خالك في يدك، يمضي بك ويعيدكَ، من وإلى البيت، على طريق المدرَستين، القريبة والبعيدة، حتى أتممتَ علمك؟!

لكن ابن الثامنة عشرة، إلّا قليلا، فيكَ، لم يستطع أن يمنع دمعةً من الانزلاق على خده باتجاه شاربه لتلمع كنجمة هناك.

دمعة واحدة هي أقصى ما كان يُمكن السّماحُ به من ضعف في تلك الأيام؛ وإن كانت في عِداد أبغض الحلال.

أما الشيء الغريب الذي حدث، فهو أن أحدًا لم يرَ الدّمعة، لأن الأنظار كلّها انصبَّتْ على شاربك الذي امتدَّ بثقة وفوجئوا به هناك، فوق الشّفة العليا لشخص يبدو أكبر عمرًا من عمره، وقَدْرًا من فقره وخوف السنوات الطويلة التي عاشها في زاوية مُظلمة اختارها بعنايةِ جنديٍّ خبير يعرف الموقع الأنسبَ من سواه.

ولذا، لن تبالغَ حين تقولُ لأحد رفاقك بعد عامين من دخولك الجيش، وأنت تسند ظهركَ إلى حائط: هذه هي المرَّة الأولى التي يلامسُ فيها ظهري حائطًا.

تطلعتَ ثانية بعينيكَ الناجيتين من مصير أسودَ تهدَّدَهما طويلًا، ولم يزل، حسبَ رؤى السيدة الوالدة، وما تسرب من أخبار نار ثأرٍ لم تَخْبُ رغم كلّ تلك السنين، التقتْ عيناك بنظرات خالك الكبير إسماعيل، وقد كانت النظرةُ القصيرة تلك كافية كي تدفع الخال لقرار حكيم لا بدَّ منه. ولكي لا يكون في القرار أيّ مساسٍ برجولة ابن أخته المُرتبِك، فقد قال: ما دمتُ وصلتُ إلى هنا، فإنني سأصلُ العاصمةَ لقضاء بعض حوائجي، وأريحُ نفسي من أنْ أقطعَ هذا الطريق الترابيّ صبيحةَ الغد مرّة أخرى!

لم يُقنع كلام الخال أحدًا، لأنه وطَوال عشر سنوات لم تكن لديه حاجة يقضيها سواك. لكنَّهم قبِلوا.

أشرقَ وجهُ السيدة الوالدة، ولم يُرضِ الأمرُ كثيرًا السيّدَ الوالد الذي راح يحاول ما استطاع لجمَ كلماتِ احتجاج راحتْ تتفلّتُ، محاوِلة الوصول إلى لسانه، لكن تواطؤَ الجميع سهَّلَ عليه القبولَ برغبة خالكَ كما لو أنها أمرٌ طبيعيّ.

حين لاحتُ الحافلة من بعيد، خفقَ قلبُ الفتى، وحين صعد درجتيها المهترئتين تعثَّرَ، أما حين تحرَّكتْ فقد اندفعتْ دمعةٌ من عينه الأخرى التي لم تكن بكتْ، وحين تلاشى المُفترق الترابيُّ ومن عليه من بشر مُلوِّحين فقد استدار بعينيه خارج الحافلة، وبكى على مرأى من الصّحراء الممتدّة نحو الشرق إلى ما لانهاية. أتراه؟!!

لكنَّه حين استدار نحو خاله بعد عشر دقائق كانت عيناه جافَّتين تمامًا.

صحيح أنكَ لم تنطق كلمة واحدة خلال الرِّحلة كلّها، لكن شيئًا من الاعتزاز راح يتمايل في قلبِ الخال، وقد رأى ابن أخته على هذا القَدْر من الصّلابة، إلى ذلكَ الحدِّ الذي جعلَه يُفكِّر: لو لم يكن هناك سبب مُلِحٌّ لدخوله الجيش، لكانَ علينا أن نبحثَ عن سبب لنجعله يلتحق به. فمثله يكون مكانهم هناك.

وللحظة أحسَّ الخال أن القيدَ الذي دارَ حولَهُ عشرةَ أعوام كاملة قد اقتُلِعَ من الأرض وطُوِّحَ به إلى مكان لا تبلغه عينٌ ولا يد.

ومنذ تلك اللحظة سترى عيناك ما لا سيراه أحد من أهل قريتك.

سَعْدَة تُلقي بثقل عينيها وتحسم المعركة!

بعد أقلِّ من أسبوع على رحيلك باتجاه العاصمة، كانت عينا سَعْدَة تقولان كلمةً أخيرة في صراع طال بين قريتين. وإذا ما تأمَّلْنا مدى عُمر الخوف الذي سكن زوايا بيتكم، فإن أسبابه تعود إليكم أكثر مما تعود للقرية البعيدة تلك، فلم تكونوا مُصدِّقين قبول تنازلهم عن العين الضائعة بالسّهولة التي تَوَّجَها الصُّلح، ولن تكونوا، خاصة وأن السنين التي جاءت بعد ذلك، كانت من الخصوبةِ إلى حدٍّ أنها عوضتْ عليكم خسائركم في الماشية والجِمال والأبقار والمحاصيل أيضًا، ففاضتْ آبارُكم واخضرَّ زرعُكم، وراحت بعض جذور النّخلات المحترقة تنمو وتتصاعد محاولةً تعويض ما فاتها، وهي هناك، وحيدةً، في عتمة الأرض.

لكن ما أنساكم خسائركم، لم يكن كافيًا ليُنسيهم خسائرَهم في اعتقادكم، إلى أن تجرأ ذلك الولد الصغير الذي كان يتبع والده ليعترف بجرأة أن أباه كان السّبب، ولولا إصراره على متابعة أبيك والتهجُّم عليه، لما وصلتِ الأمورُ إلى ما وصلت إليه. بل إنه قال: إن أبيك كان مضطرًّا للدفاع عن نفسه.

لم يكن للنّظرات التي كنتما تتبادلانها عن بُعد، وقد ضمتكما مدرسة واحدة، أنتَ وهو، علاقة كبيرة باعترافه المتأخِّر، لأنها لم تكن أكثرَ من نظرات حمراء في البداية، ما لبثت أن أصبحت أقل حُمرَّة، إلى أن استحالتْ إلى شبه خضراء!

لقد رحلَ الرّجل بعينه المفقوءة، بمرضٍ غامض، وقد سرَّهم رحيله، لأنه واصل اندفاعةَ الشرِّ لفترة طويلةٍ، كما لو أنه لم يزل يعدو وراء أبيك.

بعد ذلك، تغيَّرتْ نظرةُ ولده إليكَ، وبعد شهور اعترفَ بصريح العبارة - كما يُقال - بأن أباه كان السَّبب.

هذا الاعتراف سيفتحُ بابًا واسعًا كي تدخل منه الشمس، ولو بعد وقت طويل.

فها هو بعد أسبوع من رحيلكَ يلتقي بسَعْدَة في تلكَ الأرض الواسعة الممتدَّة بين القريتين، الأرض المحروسة بصعودٍ من أرضهم وانحدار من أرضكم.

لم تكن قد رأيتَ عيون سَعْدَة قبل ذلك، أنتَ التي عشتَ وإياها وستُّ بنات تحتَ سقف واحد. ولن أسألكَ عن السبب لأنني أعرفه.

ها أنتَ في الزاوية الآن، زاويتك، ها أخواتكَ يحدِبن عليكَ كما لو انكَ الطفل القاصر في أسْرة كبر أفرادها كلّهم. يُحضِرنَ لك كل ما تريد، فلستَ مضطرًّا للقيام من مكانك، إلّا إذا أردتَ أن تقضي حاجتكَ؛ وهناك في الخارج، ستتبعُكَ عينا خالك من باب الغرفة الصغيرة التي بُنيتْ له، بعد أن أكّدتْ له أمك، أن صُلْحا كهذا ليس سوى بوابة للخديعة والمكْر.

تنحني سَعْدَة وتضعُ الطعام أمامكَ، تنحني وترفعه، وتأتيكَ سُعاد أو سُميَّة، أو سنيَّة، أو سَميرة أو نبيلة، أو شَمْس، بما تريد، لكن نظرتكَ لن تصعدَ نحو وجوههن لقراءة ما في ملامحهنَّ من أحاسيس نحوك.

ولدًا عاجزًا كنتَ، ليس إلّا. وعليهن أن يقُمن بكل ما عليهن، وما كان يمكن أن يكون عليك.

كيف يمكنكَ بعد ذلك أن تنظرَ في وجوههنَّ لتعرف ألوانَ عيونهنّ؟!

لكنك ستدرس، وتنجح كلّ عام، في زمن لم يكن فيه النجاح في المدرسة مسألةَ حياةٍ وموت للآباء. ستنجح لأنه ليس لديكَ ما تفعله سوى النّجاح.

لستُ أقول هنا: إنك لم تكن تعي ما يدور حولكَ في تلك الأيام، لا، لا أقول ذلك أبدًا، فيكفي نظرتك المكسورة التي لم تَصعد مرَّة للوصول إلى أعالي قامات شقيقاتك..

يكفي إحساسك بأنك لستَ واحدًا من أولئك الأولاد الذين تصلُكَ أصواتُهم عبر الشَّبابيك الصغيرة للبيت، يمرَحون ويُطاردون الطيور ويلعبون بكرات القماش ويسوقون المواشي من وإلى الزَّرائب والمراعي.

يكفي أنك تحوَّلتَ إلى جزء من الزَّاوية التي اختيرتْ لكَ حصنًا.. ويدِ خالك الكبيرة التي استدارت حولكَ كسور عظيم.

نظرة واحدة ستُلقيها سَعْدَة، على ذلك الفتى الأكبر منكَ عمرًا، ولكن ليس الأضخم منكَ جسدًا، ستجعله يتبعها لمعرفةِ بيتِ أهلها.

ها هي تتَّجه الآن صوبَ قرية ما كان يتمنى "حَسَّان" أن تكون قريتها، ها هو يعبر القرية غريبًا تتلقّفه نظراتُ الناس وتُقَلِّبُهُ، ناسيًا أغنامه في السهل البعيد، ها سَعْدَة تدخل باب حوشكم، يعرف البيتَ ويمضي كما لو أنه قد مر ببيتٍ لا يعنيه.

ها هو يدورُ عائدًا لأغنامه من الطَّرف الآخر للقرية. حيث حصانه هناك.

كان من الصَّعب أن تفهمَ سَعْدَة رسالتَه ذلك اليوم لو لاحقَها على ظهر حصان. لأن خيط الخجل بينهما سينقطع، وتحسُّ بنفسها فريسةً مُطَارَدَةً فزِعة، أكثر مما ستحسُّ بنفسها امرأة قد أوقعتْ فتى في هواها وبنظرةٍ واحدة لا غير!

لن تصدِّق السيدةُ الوالدة كلام السيّد الوالد حين سيقول لها بعد ليلتين: إن خُطّابًا جاءوا من أجل سَعْدَة.

ولذلك أسباب كثيرة، أهمُّها أنها قد تعوَّدتْ وجود البنت كأمٍّ حقيقية، لأولادٍ، صحيح أنها ولدتهم، لكنها لم تربِّهم، ولم تسهر الليل عليهم إلّا في فترات إرضاعهم.

لقد أحستْ بأنهم يطلبون يدَ امرأة كبيرة ولها أبناء، عليها مسؤولية رعايتهم، بخاصة وأن (شمس) لم تكن بعد قد كبرتْ بحيثُ تضيء وحدَها.

لكن تلك الأحاسيس كانتْ هامشيةً إذا ما قُورنتْ بالانفعالات المتضاربة التي ستُطيح بعقلها، حين تعرفُ أن من يطلب يدَ البنت هو ابن ذلك الرّجل الذي فقأ له السيّدُ الوالد عينه، وأوشك أن يبتر له ساعده.

زواجٌ محفوف بتاريخ دام، لم يكن يملك شروطَ حياته، ولا فرصَ اكتماله في تلك الامتدادات.

لقد كان على الفتى "حَسَّان" أن يخوضَ حربًا صغيرة لا تَقِلُّ وطأتُها عن الحرب الكبيرة التي ستخوضها أنتَ بنفسك بعد أعوام. لكنه انتصر، بخلاف التّفسيرات التي تدور حول حربك أنتَ، وما إذا كنتَ انتصرتَ أم انكسرتَ أم..

لقد انتصر، وكان يُمكنُ أن يكون انتصاره نقطةً تُغيِّرُ حياتك، لو تحقّق قبل شهر، أو بعض شهر من ذهابك للجيش.

السيدة الوالدة، فكَّرتْ أوَّل ما فكرت فيك، بعد أن أيقنتْ أن نواياهم سليمة فعلًا، وأنهم يطلبون القُربَ مُخلِصين، لا خداعَ في ذلك، ولا محاولة للأخذ بثأرهم من باب البنتِ، بعد إخفاقهم في الوصول للابن. لذا، ومن أجلِ عينيكَ، لا من أجل عينيّ سَعْدَة، ستتنازل الأمّ ويطيعها الأب عن أيّ مطلب يتعلَّقُ بالـمَهْرِ الـمُقَدَّم، والمَهْر المؤجَّل، وشروط العرس.

بعبارة واضحة، كانوا يقدمون سَعْدَة كأُضحية لا غير، وإن كان المستقبل سيكون إلى جانبها، وربما، أكثر مما هو بجانبك!

من هنا ستفكّرِ السيدةُ الوالدة بالطَّلب من خالك إسماعيل الذَّهاب للعاصمة واسترجاعك من الجيش، لكنَّها ستتنبّه في النهاية لخطورةِ فِكرتها، حين ترى أن خطوة كهذه ستُكْسِبها عداءَ الجيش، الذي قد يرى في طلبها نوعًا من المساس به وبسمعته، ومثالًا على عدم إخلاصها للبلاد، وربما لسيِّدِ البلاد أيضًا!

- كنت ستَقضين على ابنك يا خيريَّة بفكرتك البلهاء هذه، أنتِ التي لم تُرسليه إلى هناكَ إلا لتحميه. هكذا راحتْ تهمسُ لنفسها.

***

أما أنت، فالشّيء الوحيد الذي تذكره أن الأيام راحتْ تمرُّ بسرعة على غير عادتها في تلك الزّاوية المظلمة. وحين ستعود في زيارتك الأولى لرؤية السيدة الوالدة بثيابكَ العسكريّة عند الغروب، ستسألكَ السيدة الوالدة، في الوقت الذي يتأمّلك فيه السيد الوالد بإعجاب، ومعه اثنتا عشرة عينًا، هي عيون شقيقاتك.

- ألا تفتقدُ شيئًا، أحدًا؟!

- لا. هكذاستردُّ بسرعة!

وعندما ستبكي السيدةُ الوالدة، ستسألها: تبكين؟ لماذا؟ وما الذي حدث؟

ستصمتُ السيدة الوالدة طويلًا حتى غياب آخر شعاع من أشعّة الشمس، وتعيدُ طرح سؤالها.

- ألا تفتقد شيئًا، أقصد أحدًا؟

- لا.

وكنوع من العِقاب الذي ستمارسه على نفسها، ستواصل البكاء تلك الليلة حتى الصّباح، وتقرر أنها لن تُعيدَ سؤالها ثالثة. لكنّكَ عند الضُّحى ستسمعُ صوتَكَ ينادي، كما لو أنه صوت سواك: سَعْدَة، ألا يوجد طعام يُؤكَل في هذا البيت؟!!

عندها ستعود أمّك للبكاء بصوت مجروح، يعلو عويلها شيئًا فشيئًا ليتحوّل إلى نُواح. ستغادر الغرفةَ، تمضي نحوها، وستعيدُ السؤال، سؤالك الوحيد ثانيةً:

- تبكين؟ لماذا؟ وما الذي حدث؟!

لكن السيدةَ الوالدة ستطوي حسرتها ولن تجيب، كما لو أنها لا تريد إزعاجك بشيء يمكن أن يُشغل بالكَ أنت الذّاهب بعد يومين للعاصمة.

***

بعد خمس سنوات ستُعيد السيدة الوالدة تأمل قرارها، حين تعلم أنكَ ستكون واحدًا من جنود الجيوش العربية الذين سيأخذون على عاتقهم مهمة إنقاذ فلسطين.

لكن، وقبل الوصول إلى هناك، دعنا نتأمّل تاريخكَ المُشرِق، الذي صار يحسدُكَ عليه رفاق السّلاح، وكبار الضباط الذين رأوا في قامتك المشدودة ووسامتكَ شيئًا خطيرًا راح يعصف بهم وبسحرهم، من هنا، من أرض المعسكر، حتى باب سيِّد البلاد!!

درس الحَسَبْ من غير نَسَبْ!

عن تفاصيل تحوّلكَ إلى لغز
في عيني الشّاويش عطا والمجنّد يعقوب

إذا ما حاولنا رسم صورة لكَ عن قرب، فلا بد أنها ستكون كالتالي:

شاب وسيم ممشوق، قامة فارعة، عينان واسعتان، ربما كان سبب اتّساعهما أنكَ لم تنم تمامًا، طَوال الزّمان الذي كنت مهدَّدًا فيه؛ وقد تكون العين نفسها قد أدركت ما يحيق بها، فأبت إلا أن تظلّ يقِظة، فما كان لك إلا أن تطاوعها.

الشيء الوحيد الذي حيرني ولم يزل، أن شابًا يعيش عمره متكوِّرًا على نفسه، كيف يمكن أن تكون له قامة كقامتك؟!!

ليس هذا من باب الحسد الذي أمطرتْكَ به عيون السّادة الضباط، فأنت تعرف أن قامتي ليست أقلّ ارتفاعًا!!

بعد هذه الصّورة المقرَّبة، التي أغفلنا فيها ذِكْرَ لون عينيك حين رسمناها، عن غير قصد بالطبع، لأننا سنقول الآن: إن لونهما كان محيِّرًا، فهو بين الرّماديّ الفاتح والأزرق السّماويّ.

بعد هذه الصورة، سنذهب من فورنا لرصد ذلك الانطباع القويِّ الذي تركتَه على المدرِّبين والضّباط.

لنذهب إلى هناك.

حين وجدكَ المدرِّب القصير الشّاويش عطا منتصبًا فوق رأسه، فزَّ من مكانه مذعورًا وأدّى لك التحيَّة على عجل، قبل أن ينتبه أنك واحد من المُنتسبين الجُدد!!

أربكَكَ هذا في تلك اللحظة، وأربكه طويلًا فيما بعد، ولم يكن لذلك من سبب سوى الذي ذكرناه، وأعني ههنا: صورتك.

لم يُصدِّق أحد، أنك تنتمي لتلك القرية التي كنتَ مضطرًّا لتكرار اسمها مرّات ومرّات، دون أن يتمكّنوا من حفظه، أو من معرفة موقعه تمامًا.

حتى أنتَ، عليك أن تعترف أنك كنتَ تُربكهم، حين لا تستطيع تحديد موقعها الجغرافيّ، فتلجأ لتتبُّع خطِّ الحافلات التي تستقلُّها من العاصمة، وإليها، بدءًا من باب المعسكر حتى باب بيتكم الخشبيّ.

حين فكروا في الأمر أصبحوا على يقين من أنك تلعب لعبة أكبر مما يتصوَّرون، لعبة غريبة، عن ضابط قررَ التّخفِّي في ثياب مُنتسب جديد لمعرفة ما يدور، أو ابن مسؤول كبير دفعه أبوه كي يعيش الحياة، من أول السُّلّم كما يقال.

أبواب الله أُشرعتْ أمامكَ كلّها، كما لو أنها لم تُفتَح في ذلك الزّمان إلّا لدعاء السيّدة الوالدة التي لم تكن تتقن شيئًا كالدّعاء؛ فأصبحتَ تُعامَل معاملة شبه خاصة. وقد كان للشاويش عطا دَوْره الكبير في هذه المعاملة. لكنه وللحقّ، كان يحاول ما استطاع أن يبدو الأمر طبيعيًّا، فيربكه هذا أكثر.

ذات مساء، قيل إن السيد قائد الجيش سيأتي صباح الغد لتفقُّد المعسكر، وفي حالة كهذه، أنتَ تعرف كيف ينقلبُ كل شيء رأسًا على عقب.

لنذهب إلى هناك.

منذ الصباح الباكر، نهضتم، اندفعتم تنظِّفون المكان، خليَّة نحْل هو المعسكر. من أصعب الأمور التي تحدث في حالات كهذه، هي القيام بتنظيف مكان نظيف تمامًا. العثور على ورقة، أو حتى مجرد حجر صغير، أمرٌ مستحيل، حتى التراب لم يبد أنه موجود في السّاحة.

لكن الشيء الذي أرّقَ الشّاويش عطا، هو البحث عن مهمة مناسبة لك وسط هذه المعمعة العبثية. وحين تذكّرَ أن قيامكَ بتلميع البنادق وتنظيفها كان يروقكَ دائمًا، فقد أرسلك إلى هناك، إلى غرفة الأسلحة.

طبعًا، تلك لم تكن مجرَّد مصادفة، فقد التقط هذا الميْل لديك بمجرَّد أن أمسكتَ البندقيةَ لأول مرَّة ورحتَ تتفحَّصها كجوهرة ثمينة، تُقلِّبها، وتمرر يدك عليها برفق، كما لو انك تُهدهد حيوانًا أليفًا. وكعادة المُدرِّبين النابهين، قرر أن يوجِّه هذه الموهبة التي لديك وجهتَها الصحيحة ويرعاها.

بين السّادسة صباحًا ووصول السيد القائد، كانت البنادق قد غدتْ بين يديك قطعة من شمس الساعة العاشرة. تأمّلها الشّاويش عطا بإعجاب، وهمس لك محاولًا أن يبدو الأمر كنبوءة: إن لك مستقبلًا مضمونًا. ابتسمتَ، فأربكته، إذ أحسّ في ابتسامتك شيئًا من السُّخرية! لكنه ابتلعها بهدوء.

أما الشيء الكبير الذي حدَث بعد ذلك، فقد كان أثناء قيام السيّد القائد باستعراض الطّابور، وهذا ما قَطَعَ شكَّهم باليقين، وأكَّد الصُّورةَ التي رُسمتْ لك من قِبَلِهم لا من قِبَلي.

توقَّف السيد القائد فجأة أمامك، ألقى نظرة ذات معنى عليك، وهزَّ رأسه بإعجاب لا يَخفى. صحيح أن اللحظة لم تدُمْ سوى ثوان معدودات، إلا أنها كانت تبدو كإشارة بينكما، تنبئ بأنه يعرفك، وبأنك تعرفه، تبدو كما لو أنه يقول لك: آ، طمِّني، كيفَ تسير الأمور؟ بل وتبدو أنه لم يجئ لزيارة المعسكر إلا للاطمئنان عليك!!

لكن الحقيقة التي لم تعرفها أنتَ، ولا حتى أنا، هي المغزى الحقيقي لتلك النظرة!

كان ذلك بعد أربعة أشهر من دخولك الجيش، وقد بدأتْ قامتُك تطول أكثر، أو هكذا كان يُخيَّل إلى كلِّ من ينظر إليك. فبدا الأمر من وجهة نظر الشّاويش عطا، أنك بدأتَ تكشف عن أصلكَ الحقيقي، بتخلِّيكَ عن تظاهرك المصطنع.

لكن ذلك أربكه أكثر، لأن بعض التمارين كالزّحف على الأرض في وقت تكون البندقية فيه بوضع أفقي في يد الجندي، أمرٌ لا مفرَّ منه، فكيف يُمكن أن يجعلك تزحف دون أن يرهقك، وكيف يمكن ألّا يفعل ذلك، وأنتَ لم تُرسَل إلى هنا إلا لتكتسب المهارة والقوّة؛ هذا إذا كنتَ أحد أبناء أولئك الأشخاص الكبار. أما إذا كنتَ ضابطًا مُتنكِّرًا، فإن الورطة أكبر بكثير. ولكي يستريح الشّاويش عطا، ويصل إلى برٍّ ما، برٍّ يستطيع الوقوف على أرضه، دون أن تنخسف تحت قدميه، انفرد بزميل لك في المهجع، وطلب منه أن يحدِّثه عنك، عن تصرفاتك، عن أحلامك إذا ما كنتَ تحلم بصوت مرتفع، عن أيّ شيء يتعلق بك ليتوصل إلى حلٍّ لغزك.

لكن اللغز ازداد تعقيدًا.

لقد اكتشف المجنّد يعقوب، الملاكم العملاق، أنك مُتعلِّم، وهذه مسألة كانت معروفة أصلًا، لكنه اكتشف أنك تعرف أشياء كثيرة عن شخص اسمه "نابليون"، وعن شخص آخر قال إن اسمه "جوليفر"، وقد فهم منك أن لكلٍّ منهما معاركه ومغامراته التي لا تقلّ عن الآخر. وقال كلامًا من مثل: إنك رأيت في كلٍّ واحد منهما أنه تصرف دائما كعملاق كبير. لكنه لم يجزم في مسألة من هو الأكثر قُربًا من قلبك.

هذه مسألة حقيقية فعلًا، إذ حين قرأتَ قصة الاثنين، تعاملتَ معهما بالتّساوي كشخصين خياليَّين، في وقت كان فيه كل شيء خارج زاويتك المظلمة، تلك، قطعة من خيال. صحيح أنك حين سمعتَ باسمهما لأول مرّة كنتَ قد تجاوزت الخامسة عشرة من عمرك، لكن ذلك لم يُغيِّر شيئًا في عقل فتى حلم أن يكون ثالثهما!

بعد أسابيع طويلة مرَّتْ عليه وهو يرقب حركاتك وسكناتك، كما يقال، انتقلتْ عدوى لغزك إلى المجنّد يعقوب نفسه، وراحتْ تعصف به، وأصبحتْ مهمته الحقيقية هي صياغة هواجس الشّاويش عطا، وإعادتها إليه، إذ أدرك بغريزة البقاء التي لديه، أنه لن يبيع ضابطًا متخفِّيًا أو ابن مسؤول كبير من أجل الظَّفَرِ برضا شاويش، حتى لو كان هذا الشّاويش هو الشّاويش عطا بلحمه وشحمه!

وستثبت الأيام أنه على حق! لكن الشيء الأكيد هنا، أنكَ لم تكن تعرف شيئًا من هذا الذي يدور حولك، ولعل هذا بالذات، هو ما جعلهم يدركون أنك واحد من أولئك الأذكياء الذين يتفنَّنون في لَعِبِ أدوارهم.

محاولة لإلقاء نظرة عليك من الداخل

لقد أمعنا النظر كثيرًا إليك من الخارج، وربما حان الوقت لكي نُلقي عليك نظرةً مقربة من الدّاخل.

ها نحن ندخل!

ثمة أشياء كثيرة يمكن أن تُقال عن مشاغل قلبك، عن هواجسك، وعن ذلك الإحساس الذي بدأ يترسَّخ لديك يقينًا، ونعني هنا أنك ذلك الولد المبارك.

لم يكن ضمن مخططاتك أن تسرد حكاية طفولتك الكبرى على أحد في المعسكر، بدءًا من الشّاويش عطا وانتهاء بالمجنّد يعقوب، وإن كنت تمنيتَ أن تفعل شيئا قريبًا من هذا، كأن تتحدَّث عن شيء عشته، فتاة اختطفتْ قلبَك، يمامة وقعتْ في فخاخك، عصفور ضلّ طريقه ذات عاصفة والتجأ إلى بيتك. كل ما كان لديك بقرة معمَّرة، وبضع شياه، حمار دخل الخدمة في البيت أثناء الفترة الصَّعبة التي كنت فيها جزءًا من عتمة الزاوية، لذا لم تُتَحْ لك فرصة امتطائه.

لكن، كان بإمكانك لو أردت، أن تتحدَّث عن أصوات الأطفال الذين كانوا يمرحون تحت شباك بيتك؛ مرَّة دخلتْ طابةُ القماش التي يلعبون بها من نافذة غرفتك، فكان بإمكانك أن تعيدها فورًا دون أن تغادر مكانك، لكنك قبل أن تفعل ذلك تأمَّلتَها، ثم فعلتَها ونهضتَ، وما إن وصلتَ طرف الشّباك، كي تعيدها استجابة لنداءات الأولاد، حتى كانت يد

السيدة الوالدة تُطبقُ على مؤخَّرة عنقك، تحرُّك بعيدًا، فتقع، ومن يدك تتدحرج الطابة.

يومها، قامتْ هي بالتّضحية بنفسها، إذ تقدَّمتْ من الشباك وطوحتْ بها، مُتبِعَةً صفير الطابة المبحوح الذي عبر الهواء السّاكن بتحذيرات، شديدة اللهجة، كما يقال، لهم، قبل أن تستدير إليك. وعندها أدركتَ مدى حرص السيدة الوالدة عليك.

اليوم، وأنتَ تجلس مزهوّا بينك وبين نفسك، لأنك قادر على الخروج لساحة المعسكر متى شئتَ؛ الآن، وأنت تحسُّ بمدى حريتك، سيذهب نظرك بعيدًا مخترقًا الفيافي والقِفار التي تفصلِ القرية عن العاصمة، مُرسِلًا نظرة امتنان للسيدة الوالدة التي لولاها لما تمتَّعتَ بحريَّة المشي وقتما تشاء في ساحة واسعة كهذه.

لقد مضى ذلك الزّمان الذي دخلتَ فيه الزّاوية، وليس في البرِّ سوى نخلة يتيمة، وخرجتَ منها وإذا بغابة النَّخيل قد عادت إلى ما كانت عليه، أو تكاد. لكن، ولسبب ما، لن ترى من الغابة سوى تلك النَّخلة.

... إذا ما توغلنا أكثر في داخلك، فسنجد تلك الطِّيبة النّادرة، التي لم تعد موجودة لدى الكثيرين في هذا القرن وهو يوشك أن يبلغ منتصفه.

فكما كانوا ينظرون إليك ولدًا مباركًا، ويشكرون المولى على ذلك، كنت تنظر دائما للمسألة بصورة أعمق، إذ ليس من المصادفات أن يُسخِّر لك الله أُمًّا كأمك، تسهر عليك وتحميك، وخالًا كخالك، وسبع بنات تكبر تحت شمسهنَّ، أو كما قالت السيدة الوالدة. وها هو يُسخِّرُ لك الشّاويش عطا، ويحنِّن قلب المجنّد يعقوب عليك، ويُلقي حبَّك في قلب قائد الجيش نفسه (لم نقل أنك كنت قد ارتبكتَ عندما حدَّق بك ذلك الضّحى) لكننا سنقولها، فكأي مجند مُستَجِد، لم تستطع منع قلبك من أن يخفق بشدة، لكنك تمالكت نفسك معتمدًا على ماضيك كولد مبارك. وكما قالت السيدة الوالدة وأكد ذلك السيد الوالد: الذي يقع من على سطح كسطحنا ولا يموت، فإن ثمة ملاكًا حارسًا موكل بحمايته على الدّوام.

بالطبع، أنت لم تعرف أن السيدة الوالدة من أكثر الناس شكًّا بجملتها، لا لشيء، إلا لأنها تحبّك إلى حدٍّ لا يمكنها فيه أن تتنازل عن رعايتها لـك حتى لملاك.

لقد كانت الجنّة على الدّوام تحت أقدام الأمهات.

هذه إحدى الحقائق الكبرى التي تسكنك.

لكنك لم تمنع نفسك من أن تواصلَ إيمانَها بفكرة الملاك الحارس، فها أنتَ تتحوَّل إلى ولد مُدلل للمعسكر أيضًا.

يكفي أن تضع يدك على رأسك لتمسح قطرة من عرَق، حتى يندفع المجنّد يعقوب نحوك، متحسِّسًا جبهتَك، محاوِلًا ما استطاع وقف تقدُّم حمى قرمزية باتجاهك، أو مهما كان لونها! مع أنه يرى أن كلّ حمى هي قرمزية بالضرورة.

يكفي أنه يُهرِّبُ إليك في معظم المساءات كميَّة من طعام الضّباط، تكفيكَ وتكفيه، وذلك بتواطؤ مع الشّاويش عطا نفسه؛ لذا، لم تكن مصادفة أن تبدأ بركاتُك بالنّزول على يعقوب، الذي كنت تخشى النظر، مجرد النَّظر إليه في البداية، ولم تكن مصادفة أنه سيحاول ما استطاع أن يغدو قطعة من ظلِّك.

هكذا، سيكسرُ طوق علاقتكما الرَّسمية بعد شهور ليأخذك في مغامرَة، كان على يقين بأن أبناء الذَّوات، مثلك، لم يعرفوها في حياتهم.

لكن الأمر قد يحتاج لبعض الإنصاف هنا، أقصد، أنك لم تكن متواطئًا، بل لم يخطر ببالك أبدًا أنهم يحاولون إرضاءك بكل السُّبل المتاحة، فقد كنت تنظر للأمر من زاوية أن الناس كلهم (خير وبركَة)، وما يحدث معك هو الدّليل الأكيد على ذلك.

المجنّد يعقوب مثلًا، كان لا يأكل قبل أن يطمئنَّ تمامًا أنك شبعتَ. أشبه بأمٍّ ثانية كان لك. وكم أحرجَكَ هذا.

لقد نسينا أن نقول مثلا أنه تنازل لك عن سريره السّفلي، بمجرد أن همستَ ذات مرَّة، أنك تخشى النوم على شيء بعيد عن الأرض إلى هذا الحدّ.

أما الشّاويش عطا فكان بمثابة السيّد الوالد.

لكنهما للحقّ، لم يستطيعا ملء الفراغ الذي يجتاحُكَ كلما تذكَّرتَ أسرتَك الصغيرة هناك.

لذا، ومن باب الوفاء، رحت تُحاول استعادة وجوههم واحدًا واحدًا محاولا أن تطرد فكرة أن هناك من يمكنه احتلال مكان الأم والأب والأخوات، وبدأت بوجه السيدة الوالدة، لكن المفاجأة كانت كبيرة، إذ أنك لم تتمكَّن من استحضار ملامحها تمامًا، كل ما استطعتَ الوصول إليه هو صورة غامضة لدموعها التي سكبتْها مدرارة أثناء زيارتك الأخيرة للبيت؛ انطلقتَ تبحث عن سبب لتلك الدّموع، أعياك البحث فرُحتَ تحاول استحضار وجه السيد الوالد مباشرة، من باب الاحترام، فأخفقتَ أيّما إخفاق، رحت تعدو باتجاه وجوه شقيقاتك واحدة واحدة، ولأن الرِّقة من طبعك، فقد ابتدأت بوجه الصغيرة شمس؛ لم يشرق وجهها في روحك، انتقلتَ إلى وجه نبيلة، ثم إلى وجه سميرة، فسنيّة، فسُميّة، فسُعاد، وقد كان النّعاس قد بدأ يدبُّ في أوصالك؛ لم تُفلح، وحين وصلتَ إلى مشارف ملامح وجه سَعْدَة، فزعتَ أكثر، هي التي عشتَ معها وعاشتْ معكَ أكثر من أيِّ أخت أخرى.

حاولت ثانية وثالثة، ورابعة، وعندما أحسستَ أنك لن تستطيع. امتدتْ يدك للأعلى ولكزتْ سرير المجنّد يعقوب من أسفله، فهبَّ من فوره مستعدًّا، كما لو أن أمرًا عاجلًا قد صدر لالتحاقه بالجبهة، يوم لم يكن هناك عدوٌّ ولا جبهات، وحين وجدته أمامك، لم تستطع أن تشرح له مُعضلتَك، فعاد مكسورًا إلى فراشه العلويّ، وهو يُحسُّ أنه لم يعد موضع ثقتك!

......

أخذًا بوصيَّة السيدة الوالدة التي مفادها أن عليك الاعتماد على نفسك، قررتَ الاعتماد، ورحتَ تبحث عن وجه سَعْدَة ثانية.

– كيف يمكن أن أطلب مساعدته في استحضار وجه سَعْدَة وهو لم يرها. أي غباء هذا. رحتَ توبخ نفسَك.

أمّا التوبيخ الأكبر فسيكون بعد أقل من لحظات، حين ستُدرك أنك لم ترَ سَعْدَة في زيارتك الأخيرة. حين ستبحث من جديد عن سبب للدموع المدرارة التي سكبتها عيون السيدة الوالدة.

- لقد ماتت البنت، ولم أنتبه لذلك!

وصولك إلى نتيجة مرعبة كهذه لم يُغمض لكَ جفنًا. وهكذا وجدتَ نفسك تمضي قبل شروق الشمس نحو الشّاويش عطا لتطلبَ منه إجازة طارئة. وما كان يمكنه أن يُعارض، لأنه تمنّى دائما أن تتفضّل وتطلب شيئًا منه، وها أنتَ تطلبه!

الآن أقول لك: لقد أفرحه غيابك، وأراحه أنه هو الآخر سيأخذ إجازة منك، يرتاح فيها دون أيّ إحساس بقرب ارتكابه خطأ ما يُزعجك، لذا أمضى سحابة يومه، كما يقال، سعيدًا، قبل أن تفاجئه في المساء قادمًا من بعيد بخطوتك الواثقة، أثناء تفقُّده لِحراسة بوابة المعسكر، وفي أذنيك ترنُّ أهم جملة قالتها لك السيدة الوالدة في حياتها ربما: فؤاد إياك أن تخرج من بزّتك العسكريّة، إنها حصنُك، في داخلها أنت موجود وحيّ، وخارجها أنت ضائع وفريسة سهلة.

حاولتَ أن تتذكّر أن هذه الجملة قيلت من قبل وسمعتها، لكنك فشلتَ في ذلك. ونستطيع القول هنا أنك معذور في هذا، فالسيدة الوالدة لم تقلْها بهذا الوضوح في أيّ يوم من الأيام.. لكن زمنًا طويلًا سيمضي قبل أن تعرف ما الذي تفعله البزة العسكريّة فيك، وربما لن تعرف، لأنك في الحقيقة قد غدوتَ اثنين، ففؤاد الذي داخلها، فؤاد آخر تمامًا، فؤاد الواثق من نفسه إلى حدٍّ كبير، وفؤاد الذي خارجها، هو فؤاد الزّاوية.

هذا الأمر حيّر اثنين على الأقل، فقد كنتَ في النهار ذلك اللغز الذي يستعصي على الشّاويش عطا، وكنتَ في الليل ذلك اللغز الذي يستعصي على المجنّد يعقوب، لذا، سيحسُّ دائما أنك تعرف المهمّة التي أوكلتْ إليه، ويحسّ الأول بأنك غير معنيٍّ بمخططاته المكشوفة، وأنت تدور في المعسكر واثقًا من أنّ كلّ رصاص الأرض لن يبلغك حتى لو انهمر عليك دفعة واحدة.

وها أنت تُطلُّ من بعيد قامة عالية، تفـضح مُجـاملات الـشّاويش عطـا ومحاولاته استرضاءك، محاولاته التي لم تكن موجودة أصلًا بالنسبة إليـك، لأنك،كما قلنا، ترى بأن جميع الناس (خيرٌ وبَركة).

تفاصيل السّاعات الخمس التي أمضيتَها في القرية والتسوية المُرضية للجميع

بروح جنديٍّ أمضى شهورًا أربعة في معسكر تدريب، أقبلتَ على القرية بشجاعة من جهَّز النفس لتجاوز مأساة كبيرة تنتظره هناك.

ها قد بدأ مفعول الجنديَّة يجري في بعض أجزاء جسمك، أو لنقل مفعول البزَّة العسكريّة.

لاحتْ لك من بعيد غابة النّخيل التي هيئ إليك أنها أضحتْ أعلى وأكثر خضرة مما كانت عليه.

بتسارع تتغيَّر الأشياءُ في أعيننا كلما ابتعدنا عنها، بغضِّ النظر عن طول المدة أو قصرها!

ها هي السيدة الوالدة بالباب، في البعيد هناك شمس، نبيلة، وسميرة اللواتي شكَّلن فريقًا متّحدًا أمام سطوة سنية وسميّة وسُعاد، ولهن مشاغلهن الخاصة وكسلهنّ الخاص، وابتهاجهنّ بأنهن الأصغر سِنًّا.

في البعيد البعيد، هنالك السيد الوالد، يقوم بما يقوم به من سنوات وسنوات، دون كلل، أشبه بنمْلة بشريَّة مجتهدة، ليس في قاموسها كلمة الملل.

تراكَ السيدةُ الوالدة، التي لم تفارق عينُها البابَ منذ غيابك الأول، فتبقيه مشقوقًا. ليس بإمكانك أن تتصوّر حجم البهجة التي تهبُّ وتنعش قلبها في اللحظة التي تلمحك فيها.

تلك بعض عذابات قلب الأمّ، وتلك أفراحها.

لكنّها هذه المرَّة، ستنفضُ بقايا العجين عن أصابعها، وتركض فزِعَةً باتجاهك، متسائلة ما الذي يجعلك تعود بهذه السّرعة، هي التي ترى في كل غياب لك نجاةً.

ها هي تحتضنك. أتحسُّ بذلك؟!

ها هي تحاول دفعكَ للوراء، كما لو أنها تريد أن تُعيدك برقَّة أصابعها المرتجفة إلى ذلك المكان، إلى حصنك، حيث لا أحد يجرؤ على الوصول إليك، ناسية أنك الآن في البزّة ولا أحد يستطيع أن يطالك.

وها أنت تسألها السؤال الوحيد الذي جئتَ من أجله: أين سَعْدَة؟!

تنفرط حبات دموعها، تتساقط كمطر خريفيٍّ على التُّربة البيضاء.

- هل حدث لها شيء؟

- لقد تزوجتْ.

- تزوجتْ!! ألهذا لم أرها في المرَّة الماضية؟!

تهز السيدة الوالدة رأسها، ويتسارع انهمار دموعها.

- ولماذا تبكين؟

- لقد تزوجتْ فداءً لك.

بعض الكلام يشبه الألغاز التي ما كنتَ يومًا من عشاقها.

لكن، ها أنت تتنفَّس، وتحمد الله، وترحل عيناك بعيدًا للمستقبل، كي ترى أخواتك بأثواب زفافهن وتتمنّى لهن ما فاتكَ أن تتمناه لسَعْدَة.

سارت المحادثة بينك وبين السيدة الوالدة على خير ما يرام، إلى أن قلتَ انك تريد الذّهاب لزيارتها؛ عندها احتضنتْكَ بقوّة وقالت: لو كنا نعرف أنكَ ستطلبُ زيارتها ما كنا زوَّجناها!!!

هذا لغز آخر، وكبير!

وحين ستصرُّ على معرفة السبب الذي يمنعك من زيارة بيت سَعْدَة الجديد، ستباغتُك السيدة الوالدة بلغز أكبر: أتريد أن يذبحوكَ على عتبة بيتها؟!

سيظلُّ الحوار يسير على هذا المنوال حتى وصول السيّد الوالد الذي سيدخله بجملة قاطعة، واضحة في النهاية.

- سَعْدَة زوَّجناها لحسَّان.

- حَسَّان من؟! ستسأل.

- حَسَّان الذي فقأ أبوك عين أبيه!! سيجيب.

تنفرط دموع السيدة الوالدة التي كانت توقفتْ أثناء الحوار الطويل؛ فتلتفتُ إليها ببراءة الابن البار ورقّته المعهودة..

***

ما حدث بعد ذلك، أن شيئًا لم يحدث، إذ بقيتم أمام الباب ساعات وساعات، السيدة الوالدة تحاول ما استطاعت أن تُثنيكَ عن الذَّهاب، والسيد الوالد يتأمّل معجزة الجيش التي حوَّلت ولده إلى رجل، وأيّ رجل خلال مدَّة قصيرة.

في النهاية، انتصرتِ السيدةُ الوالدة بوصولكما إلى تسوية مُرْضِية، حين قالت: سأرى إن كان بإمكاننا في زيارتك القادمة أن نخبرها لتأتي هي لرؤيتك هنا.

وتضيف: تحت كلِّ الظروف لن أسمح بإرسالك إلى فخٍّ نصبوه لنا بكلِّ هذا اللؤم.

***

كي أُطمئنَ قلبك المشغول بسَعْدَة، سأمضي بك إليها.

ها هي أمامك، في حوش بيتها، فرِحَة، تتقافز كما لو أنها الصَّغيرة شمس. وفي مقاييس ذلك الزمان كلِّها، والزمان الذي سيليه، سنُبصر فتاةً سعيدة.

بإمكانك أن تلمح تكوّر بطنها، بإمكانك أن تُلقي نظرة خارج سور حوْشها، وترى (حسَّان) مقبلًا يدندن أغنية تحبّها أنت نفسك:

ليه يا بنفسج بتبهج
وانتَ زهر حزين.

صحيح أنه لا يُتقن اللحن تمامًا، لكن ألا ترى أنه يتقن التّمايل مع نغماته؟ ثمة رجل وامرأة هنا، يمكن القول إنّهما سعيدان، حتى قبل وصول الزَّوج لعتبة باب بيته، حتى قبل عبوره العتبة، حتى قبل أن يبدأ بمطاردة سَعْدَة، حتى قبل أن..

يكفي؛ هل غدوتَ مطمئنًا؟!!

***

في طريق العودة للمعسكر، ستتذكّرُ لأول مرَّة أنك أصبحت رجلًا، ولا بد أن تكون لكَ زوجة في يوم ما.

- ما دامت سَعْدَة قد تزوَّجت، فما الذي يمنعني من أن أتزوّج أيضًا؟

سؤال كبير، سيفلتُ من صدرك، فتبوح به للمجنّد يعقوب الذي سيلتقطه ويسألكَ بدوره بخبث من يعرف الإجابة.

- وهل عرفتَ البنات ذات يوم؟!!

- بالطبع.

- أعني البنات البنات.

لن يقتنع بمحاولتك الصَّادقة لإظهار عدم الفهم، لأنه سيرى فيها جزءًا من مخططك الرَّامي لتضليل الجميع.

لكن ذلك لن يدوم طويلًا، إذ سينظر إليك فيما بعد على أنك ذلك الولد المدلّل الذي لم يعرف شيئًا من الدّنيا لفرط رعاية أهله (الكبار) له.

وحين يقول: الكبار، فهو يعني هذا، إذ بات في حكم المؤكَّد بالنسبة إليه أنك ابن ذوات، أكثر مما تبدو لسواه: ضابطًا متخفّيًا، يريد أن يعرف ما يدور في المعسكر، وقد ارتكز على سنوات عمرك في النهاية كدليل قاطع، فلا يُعقل أن يكون ابن الثامنة عشرة في موقع كهذا، إلا إذا هبط من بطن أمه مُنَيْشَنًا (أي تُزينه النّياشين).

من هذه الحقيقة شبه الرَّاسخة سيقرر المُضي بك لخوض تجربة كبيرة، قد تؤهله لأن يكون صديق عمر، ساعيا لإقناعك، ما استطاع، أن ما بينكما

من عِشْرَةٍ يجب أن يتجاوز ذلك الرَّابط التاريخيّ الـذي يمثِّلـه خـيرُ تمثيـل: الخبز والملح!

وهنا نستطيع القول: ليس ثمة عائق في الأمر، لأن كـل الطُّـرق سـالِكة في هذا الاتّجاه.

الاحتفال بإعلانك رجلًا على طريقة المجنّد يعقوب

حين مال المجنَّد يعقوب نحو أذن الشّاويش عطا في وضح النّهار ليهمس له تلك الهمسة، كان يتجاوز الحدود الواضحة، والرَّاسخة بقوَّة الأوامر العسكريّة، التي تحدِّد طبيعة العلاقة بين المتدرِّب والمدرِّب؛ لكن ذلك لم يكن مفاجئًا تمامًا للشاويش بحيث ينتفض طالبًا من المُجنَّد احترام الرُّتب، رغم همسات كثيرة متبادلة، سبق أن باح بها الواحد منهما للآخر.

بسرعة متوقّعة!! وافق الشّاويش عطا على منحكما إجازة لليلة واحدة، بحيث يُمكنكما الرّجوع في أيّ وقت للفِراش بعد أن تقوما بمغامرتكما.

كانت المشكلة الوحيدة تتمثّل في وجود الكولونيل غريغوري، وهو، كما تعرف، صارم، لكن تجاوزه عبر اختراع الأعذار أو التَّسلل من خلف ظهره مسألتان ممكنتان. فقد كانت حِكْمة الإنجليز حولكَ تتمثّل في قدرتهم على أن يكونوا موجودين وغير موجودين في الوقت نفسه! هل تذكُر تلك الليلة؟ وكيف اعتبرتها واحدة من ليالي حياتك، رغم عدم اعترافك بهذا؟

لنذهب إلى هناك.

أنت لا تعرف العاصمة، لذا فإن كلَّ شيء ستراه سيكون جديدًا عليك؛ كل ما حدَث حتى الآن، أنك لم تعرف سوى الاتجاه الذي يُمكن أن تسير فيه لتصل إليها. ثمة لافتة عليها أسمها بأحرف كبيرة وسَهْم أكبر لا يمكن أن يضيع من اتَّبع اتجاهه.

لم تكن تتوقَّع أن دعوة في مثل هذا الليل يمكن أن تُلبى، أنتَ الذي لم تُغادر بيتكَ ليلا طوال حياتك. أفزَعك هذا، صحيح أن المجنَّد يعقوب إلى جانبك وأنت لا تشكُّ أبدًا في إخلاصه، إخلاصه الذي رسَّخته طوال الأشهر الماضية صحونُ الطعام السّاخنة، وقطع اللحم الحمراء وذلك العدد الكبير من البيض المسلوق، حيث ما كانت يده تمتدّ إلى جيبه إلا لتُخرِجَ بيضة أو اثنتين. لكن المسألة تبقى صعبة. فكلّ الوحوش وكائنات الليل الشريرة التي سمعتَ عنها في القرية، ولم ترها، لأن حكمة الله أبت أن تُلقي بكَ في بحر الليل خارج بيتكم هناك، هذه الوحوش، كانت تتربَّصُ بك هنا ما إن غادرتَ سور المعسكر، ولقد كان السبب واضحًا وبسيطًا، وهو أنك لم تكن تتصوّر أن تكون في مكان لا جدار فيه تسند ظهرك إليه، يحميكَ، ويترك لعينيكَ فرصة اكتشاف الخطر المتقدِّم نحوك وجهًا لوجه؛ هذه الحاجة ستكون مضطرًّا لخوض معركة معها في قلب المعارك الحقيقية التي ستخوضها فيما بعد! لكن السبب الواضح بالنسبة لي، هو أنّك تغادر المعسكر دون بزَّتك العسكريّة، صحيح أنك لم تزل أنتَ أنتَ من الخارج ولا تقلُّ وسامةً، لكنك في الدّاخل كنتَ شيئًا آخر.

ها أنتَ تسمع صوت كلاب، عواء ذئاب، أصوات صراصير الليل! ويمكن القول: إن ذلك أمرٌ طبيعيّ. فليس ثمة في ليل القرية سوى هذه الأصوات، إضافة لأصوات أخرى معروفة مثل مطاردة الأفاعي للفئران في السّقوف القشيَّة، إذا جاز التعبير، أو في أسوار البيوت المصنوعة من سَعف النَّخيل التي تمَّ قطْعها من الغابة قبل أن تحترق، أو.. لكن ما أدهشك دائمًا الطريقةَ التي كانت أفعى ما تُغيِّرُ رأيها فيها، في اللحظة الأخيرة، فبدل أن تواصل ملاحقة الفأر الفَزِع أمامها، تنعطف باتجاه صوص صغير لاح لها على مسافة قريبة تؤهِّلها أنَ تظفر به بجهد أقلّ.

لعلنا ابتعدنا.

لم تكن تملك جرأة لتسأل المجنَّد يعقوب عن وجهتكما، حين أتى إليك وأنتَ قابع في منامتك التُّرابيَّة، وقال: كن على أهبة الاستعداد بعد ثلاث دقائق.

ولأنك شممتَ في كلامه نوعًا من الأوامر العسكريّة، رغم أنكما تحملان الرُّتبة ذاتها، أيّ اللا رُتبة، إلا أنك أطعتَ الأمر، فهو أقدم منك؛ وحين عاد، كان قد مرَّ عليك من الوقت وأنت في انتظاره ما يزيد على دقيقة ونصف الدّقيقة.

حين رآك، أوشك أن يتجاوز حدوده معك، لكنه ضبط نفسه في اللحظة الأخيرة؛ كانت أكثر من عين تحدّق بكما في المهجع؛ اقترب من أُذنك وهمس: سنذهب إلى هناك دون ملابسنا العسكريّة.

- عاريين؟! همستَ بدوْرك وقد هزَّتكَ المفاجأة.

- بل بملابسنا المدنية، فهناك سنخلعُها!

عليك أن تعترف أن قلبك ارتجف، لأنك أدركتَ بغريزتك المتوثِّبة، أن المهمَّة سريَّة بالتّأكيد. ولذا، ما إن استدار، وقبل أن يبلغ باب المهجع، حتى كنتَ قد خلعتَ ما عليك وارتديتَ غيره، وصرختَ: حاضر سيدي.

استدارَ هلعًا، ولو لا أنه متأكِّد من أن حركتك هذه هي محاولة للإيقاع به والسُّخرية منه لظلَّ يصرخ في وجهك حتى الصباح.

لكنه لم يبتلع الطُّعم!

وللحقِّ، فإن ما كان يدور بينكما، ومعكما الشّاويش عطا، لم يكن يمرُّ مرورَ الكرام، فقد كان المجنّدون يعيدون ترتيب فُتاتِ الملاحظات التي يلتقطونها، ويعيدون تركيبها في غفلة من عيونكم. وما حدث تلك الليلة أمامهم، لم يكن قد حدث من قبل، لذا فإن الظّنون قد ذهبتْ في كلِّ اتجاه.

***

ها أنتما تبتعدان عن بوابة المعسكر، ولأنك ممّن يتقنون الصَّبر، ابتلعتَ السؤال الذي راح يتفلّتُ محاوِلًا الخروج من صدرك.

- إلى أين نمضي في هذا الليل؟!

وقبل أن يفيض السؤال بما فيه من حَيْرة، ها هي أنوار سيارة تلحق بكما. تتوقّف إلى جانبكما، يدعوكما السَّائق للصعود، السائق الذي تعرفه، ولا تعرف اسمه، فلم يكن قد حدث بعد ما يوجِبُ أن تعرفه كاملًا. ها هو المجنّد يعقوب يشير إليكَ برأسه أن اصعد، في حركة تنبئ عن تواطؤ

ما. تصعد. تنطلق سيارة الجيب بثقة في طريقها، كما لو أنها تعرف عن هذه المهمة أكثر مما تعرف أنت! السيارة مُنطلقة، تُخلِّفُ الطّريق التّرابي وراءها، تنعطف فجأة وتتهادى فوق الشارع الطويل المعبَّد، ولا صوت إلا صوتها المنتظم، الذي بدا لك بأنه أقلّ انخفاضًا من المعتاد.

تلوح العاصمة عن بعد، أضواء شحيحة، لكنّها كثيرة، وتدريجيًّا تأخذ الأضواء بالسّطوع أكثر فأكثر.

- لو أن السيدة الوالدة هنا لِترى.

ها أنت تهمس لنفسك. أتسمع؟!

تتناسى الآن أصوات الكلاب، الذّئاب، وتختفي صراصير الليل. ورغم إدراكك أن مهمَّة سريَّة يحملكما فيها السائق إلى المكان الذي تنشدانه، لا بدَّ أنها معروفة له تمامًا، إلّا أنك لم تفتح فمك لتسأل. فدائما كان (الاحتياط واجبًا).

السيارة تدور وتدور كما لو أنها لا تغادر موقعها، تنعطف نحو شوارع مُظلمة، شوارع مؤهَّلة لكتْم الأسرار وإثارة الحواس المتحفِّزة أكثر، وللحظة هيئ إليك أنك لمحت بشرًا، ما إن مرَّ عليهم ضوء السيارة خطفًا حتى التصقوا بالجدران.

لكن الترقُّب الحَذِرَ الذي يحتلُّ ملامحك، غير موجود أبدًا في ملامح المجنَّد يعقوب، الذي رحتَ تراقب ملامحه لتنهل منها بعض الاطمئنان. وأخيرًا، ها هي السيارة تتوقَّف. وبإشارة ذات معنى من رأسه يطلب منك المجنّد يعقوب أن تترجَّل. تبحث عن الذِّراع المعدنيّ كي تفتح الباب لا تجده، وفي هذه يمكن القول: إنك معذور؛ فإذا ما استثنينا مشاهدتك عن بُعد للطريقة التي يُفتح بها باب السيارة العسكريّة، فإنك لا تعرف شيئًا أكثر.

حين طال بحثكَ، امتدت يدُ المجنّد يعقوب لنجدتك، وبمهارة نادرة فتح الباب؛ وبطرف كتفه دفعكَ برقَّة للترجُّل، فاندفعتَ: انتَظِرْنا هنا، لن نغيب أكثر من ساعة! قال للسّائق.

لم يَفُتْكَ في الطريق أن تتوقّع، في حضرة الصّمت المُطبق، أن المهمة ليست قتاليّة، لسبب بسيط هو أنكما غير مسلّحين.

- استطلاع لا بدَّ! هكذا تهمس لنفسك.

لكن ما أرَّقكَ، أنك لم تكن قد سمعتَ بعد بأن لكَ عدوًّا، أقصدُ للبلد، وأن عليك القيام بمهمّات قتالية ضدّه؛ وهذه الأشياء يمكن أن يتعلّمها المرء ويعرفها من بعض الأخبار التي يتناقلها السيد الوالد والخال إسماعيل نقلًا عن بعض معارف سيد القرية، وما حولها، الذين أتيح لهم الاستماع لأخبار الحرب العالمية الثانية من مذياعه مباشرة. وسرَّكَ حين توصّلتَ لهذه الحقيقة: أن بلدك بلا أعداء، وقد كنتَ جرّبتَ طويلًا عواقب أن يكون لك عدوٌّ شخصيّ.

ها هو السّائق يطفئ أنوار السيارة، ها هو المجنّد يعقوب يتقدمُكَ، تتبعه، تتسارع خطاه، تجري خلفه، ها هو ينعطف، ها هو يتوقّف فجأة ليسألك سؤلًا ما كان بالبال: أمعكَ نقود تكفي؟!

- نقود؟ تكفي ماذا؟!! أجبتَ.

لا يجيب، يدسُّ في جيبك ورقةً نقديَّة ويعود لمواصلة اندفاعه. لو تركك هنا فإنك لن تتمكن من العودة، ستضيع للأبد، أوشكتَ أن تُمسك بطرف قميصه. خجلتَ، طردتَ الفكرة، واعتمدتَ على سرعة قدميك. من بعيد بدأتْ تلوح قاماتٌ متأرجِحَة، شبحيَّة، مختلطة بالليل، ومع تقدّمكما راحتْ تتَّضح أكثر فأكثر: صفٌّ طويل من الرجال، يقابله صف قصير. حيَّركَ هذا.

يقترب المجنّد يعقوب من أذنك، يهمس، قبل وصولكما، كما لو أنكما ما زلتما في المهجع

- ها هي فرصتك لامتحان رجولتك!

- لعلّه اختبار قدراتك، مقدّمة لتحويلك إلى عميل سريٍّ مثلًا! ها أنتَ تفكر.

لكن ما حيَّرك، هو أنه اختار الصف الطّويل ووقف في نهايته، بعد أن دفعكَ للوقوف في الصفّ القصير!

ولأنك لم تعرفه أنانيًّا في أيّ يوم من الأيام، فقد دفعتَ فكرةَ أنه يؤثرُ نفسه عليك، بالوقوف في صف لم يختره هذا العدد الكبير من النّاس عبثًا. لكنك لم تستطع نفيها تمامًا، وأنتَ ترى ذلك الصفّ يزداد طولًا، في حين أن أحدًا لم يقف خلفك حتى بعد مرور أكثر من ربع ساعة.

وحيَّرك أن الصفّ الطويل يتقدَّم بسرعة، في حين أن الصفّ الذي تقف فيه شبه ساكن.

يخرجُ رجل طويل من الباب الذي من المفترض أن تعبر عتبتَه، تراه ذابلًا!

- لعله سقطَ في الامتحان!

يتقدَّم آخر، يتحرَّك الصفّ، لكنك لم تزل الأخير.

من وراء الباب الآخر، تتناهى إليك كلمة واحدة، لم تفهمها، إلا بعد أن تكررتْ خمس مرات على الأقل "ذا نِكِسْتْ"، هل الذي يقولها رجل أم امرأة، لا تدري. ها أنت تحاول فكَّ رموزها، وتنهمك في ذلك لدرجة أنك تنسى المجنّد يعقوب الذي ظلَّ طوال الوقت يستحثُّك على التقدُّم.

- "ذا نِكست"، إنها "ذا نكست"، أي "التالي" أو "إلّلي وراه"!

أفرحك أن لغتك الإنجليزية كانت قوية لدرجةٍ تجعلك تفهم ما يقال في موقف غامض كهذا. وللحقّ، فإنكَ سمعتَ هذه الكلمة في المعسكر منذ دخلته مئات المرّات.

لكن ما أربكَ حواسَّك مرَّة عاشرة، أن المجنّد يعقوب عبرَ الباب الذي أمامه قبل أن تعبر الباب الذي أصبحتَ على بعد رجُلين منه، وخرجَ، ولم يزل الرّجلان الصامتان أمامَك واقفين.

لقد انتبهتَ فجأة لحجم الصّمتِ المُخيِّم على المكان، حتى أنك حمدتَ الله لأن كلمة "ذا نكثت" تتردّد كل دقَيقتين أو ثلاث فتكسره. حاذاكَ المجنّد يعقوب، وبصعوبة رأيتَه يشجِّعكَ بإشارة من إبهامه المُنتصِب وبقيَّة أصابعه المضمومة في حركة لا يَخفى معناها. قلتَ: لقد نجح!!

وأخيرًا جاء دورك لاجتياز العتبة الصامتة أمامك. تجاوزتَهـا، هـا أنـتَ أمام عتبة أخرى وباب مغلق.. قلبك ينبض بقوة فاضـحة، لكنـك تتقـدَّم، وقبل وصولكَ يُشرع الباب، دون أن تتمكَّن من رؤية اليـد التـي أشرعتـه، كلّ ما تلمحه الآن مجرد سرير معدنيٍّ عريض. تجتـاز العتبـة، يُغلـق البـابُ وراءك، وفجأة تجد نفسكَ وجهًا لوجه مع امـرأة، تربكـكَ نظـرةُ عينيهـا، فتنحدر بعينيك إلى الأرض؛ لكنك، أثناء انحدارهما، سترى ما لم تحلـم بـه أبدًا: إنها عارية!! تحاول أن تتراجـع، لا تـستطيع، البـاب وراءك، ظهـرك ملتصقٌ به، ولوهلة يُريحك هذا: الباب نـصف جـدار! تلتـصقُ بـه أكثـر، وقبل أن تلتقط أنفاسك، تجد نفسك ملقـى عـلى الـسَّرير وأصـابع خبـيرة تعمل بمهارة، تنتزع ملابسك وتُلقي بها بعيدًا.

لقد فوجئتِ المرأةُ نفسها بك، فوجئتْ بتلك القامة، بذلك الجَمال الذي لا ينتمي لشقاء أولاد الحارات والسُّكارى، بشاربيك الدَّقيقين، وبمـسحة الخجل الرَّفيعة التي احتلَّتْ ملامحك، فوجئتْ أن ليلة سوداء كهذه، أعنـي ككلِّ لياليها، قادرة على أن تحمل إليها هذا الوجه الملائكي الذي تفيض منه رجولة لم يسبق لها أن رأتْها حتى في السينما!

لذا راحتْ توليكَ من العناية ما لا يمكن أن تمنـح ربعها لغيرك، راحتْ تغزلُكَ، وتغزل نفسها بك، تتقاطع معك وتفترق، تتداخل فيـك، وتخـرج من طرف آخر، كما لو أنها تنسج رغبتَها تحت ضوء رقيق فوقه قمر أَرِقّ.

وأخيرًا، ها كل شيء ينتهي، بغبطةٍ استطاعت الإفلاتَ، رغما عنك، من بين فكّيِّ المفاجأة والخوف لتهزَّ جسدَك. هـا أنـتَ تـرى وجـه المـرأة التـي انتصبتْ أمامَك عارية، فتبصر فيها امرأة جميلـة، سـتنحني عليـك، تُمـسك بيدك، تُساعدك عـلى النهـوض، تُلملـمُ ملابـسك معـك، بـصمتٍ، وقـد أدركتْ حجم ذهولك أمام المفاجأة، تمضي للزّاوية خلـفَ البـاب تُقـرفصُ لحظة، تمسح مـا بـين فخـذيها، تقـف، وحـين سـتراك تتّجـه نحـو البـاب ستُمسك بكتفك وتشدُّك إليها، كما لو أنهـا لا تريـد أن تنتهـي ليلتُهـا، وفي لحظة تعود المرأة وتُدرك أنها تحلم، فمثل هذا الشاب لن يكون لها، تـدفعك برفْقٍ وهي تحاول ما استطاعتْ أن تصحو...

تخرج، تجده هناك بانتظارك: المجنّد يعقوب، الذي يجرُّكَ من يدك بعيدًا ويختفي معك في ليل بعيد عن ليل البابين المُشرعين خلْفكما.

نتائج المغامَرة
التي أسفرت عن فكِّ عقدة لسانك، أيضًا!

تلك الليلة أصبحتْ بعيدة الآن..

لكنني أرى، أنه ورغم كلِّ ما مرّ بك، مازالتْ محفورة فيك، في ذاكرتك، بخلاف ذكريات كثيرة اختفتْ.

من عمق أعماق تلك الشوارع الضَّيقة المظلمة، عدتما صامتين، وظلَّ يدهشك كيف أن الدّنيا بأسرها راحتْ تتجمَّع منذ غبار طفولتك، وشوارع قريتك، منذ طريق المدرسة، منذ بوابة المعسكر، منذ الدَّوران الطويل الطويل، تتجمَّع وتتجمَّع حتى تنتهي في ذلك العشّ الصغير الدافئ بين ساقَي امرأة لا تعرفها.

لكن الشيء المؤكَّد، أنك لم تُدرك ما حدث، وحين أدركتَ، قبل أن تبلغ السيارةُ بوابة المعسكر بقليل، انتابكَ حسٌ عميق بالذَّنب، وبالحرام الذي أحسستَه قد اندسَّ إلى روحك يعتصرها؛ وحين دخلتها، أوشك المجنّد يعقوب أن ينهار تمامًا، حين رأى أن المغامرَّة ذهبتْ في اتجاه معاكس تمامًا، لذا لم يزُرْ عينيه نوم وهو يراك تتقلّب كما لو انّك في النار. لكن أجمل ما حدث له فيما بعد، أن النهار أطلَّ وأنك صحوتَ، ودون أن تنظر إليه ارتديتَ بزَّتك العسكريّة، وأدهشه أنك ما إن أصبحتَ بكامل زيِّك، حتى التفتَّ إليه بابتسامة مشرقة، وبمرح قلتَ له: صباح الخير!

طوال ذلك النهار، لم تكن تفكر سوى في شيء واحد، تلك الليلة الشَّبيهة بحلم؛ ولقد أحببتَ، عليك أن تعترف أنكَ أحببتَ أن تعود ثانية،

أن تفرَّ من المعسكر، متجاوزًا الأوامر كلّها، متجاوزا الشّاويش عطا والكولونيل غريغوري، قائد المعسكر، وقائد الجيش الطويل الذي رمقكَ بتلك النّظرة وما فيها من معان، لتعدو إلى هناك.

أما ما حدث فعلًا، فهو أنكَ لم تجرؤ على أن تُسِرّ للمجنّد يعقوب ذات ليلة، أن يحملك للمغامرَّة مرَّة أخرى، المغامرَّة التي ستُطبِقُ بطعمها عليك، بحيث تظلّ تشعر لأيام وأيام، أنك لم تزل في ذلك الدَّاخل الدافئ اللّزج نهارًا، وفي ذلك الجحيم ليلًا.

لكننا يمكن أن نقول هنا: إن بعض أحاسيس الليل كانت تتسرَّب للنهار، فتبلغ الظَّهيرة في بعض الأحيان.

بعد أكثر من أسبوع، كانت كلّ محاولات صديقك لإعادتك إلى حقيقة حياة المعسكر تذهب هباء، صديقك الذي لم يدرك بعد ما حصل فيك حين قاسمك ما هو أكثر من الخبز والملح!

لكنهما لم يكونا مُنْزعجَين من ذلك، أعني الشّاويش والمجنَّد. صحيح أنهما توقّعا أن يربحا صمتَك ورضاك، لكنهما لم يتوقّعا هذا الصّمت الذي جاء سريعًا، وهذا الرضا الذي حوَّلكَ إلى يمامة وادعة لا غير.

ولكن، اسمح لي أن أسألك، لماذا لم تطلب العودة ثانية إلى هناك؟

بالنسبة لي، أعرف الجواب، أعرفه تمامًا، لكنني أريد أن أقول لمن لا يعرف، انك لم تكن تتوقَّع أن نعمة كهذه يمكن أن تتكرّر مرَّتين في حياة الإنسان.

وأخيرًا، مددتَ يدك إلى جيبك، كان دافئًا، وخُيِّل إليك أنه رطب ولزج، وحينما خرجتِ اليدُ كانت تضمُّ ورقة نقدية، تذكَّرتَ أنها لا تعود إليك، بل للمجند يعقوب الذي كان يجلس إلى جانبك؛ فوجئ بك تناوله إياها؛ رفض أن يأخذها؛ قلت له: إنها له، فقال: عليك ألّا تفكِّر بهذا، فما في جيبك، أعتبره في جيبي، والعكس صحيح.

قلت له: إنها لك، وأنكَ لم تحتجها.

– أتعني بأنها نفسها؟!!

لم يُصدِّق. اعتبر الأمر مجرَّد محاولة لإقناعه باسترداد ماله، فرفض بإباء. وبعد فترة صمت سأل مندهشا:

- أتعني أنها لم تأخذ منك نقودًا؟!

- لا، لم تأخذ.

بين مُصدِّق ومُكذِّب كان، لكنه أصبح أكثر يقينًا أن فيك شيئًا آخر لا يوجد، ولم يوجد من قبل في المجنَّدين، وأنك لا بدَّ تُخفي خلْف قناع البراءة هذا رجلًا خبيرًا بأمور النساء، إلى ذلك الحدِّ الذي يمكنك فيه أن تستولي على قلب امرأةٍ ليلٍ بهذه البساطة.

عندها، راح يبحث عن حائط يسند ظهره إليه، مثلك.

.. وحين كنتَ تحلم بعد شهر بأنك تعود إلى هناك، كان المجنَّد يعقوب قد وصل إلى حدٍّ لا يجرؤ معه على تكرار الأمر من جديد.

وبعد ثلاثة أشهر من ذلك، فُكّتْ عقدةُ لسانك، أنتَ الأكثر صمتًا، وبدأتَ تتحدَّث كما لو أنك تكتشف الكلام للمرَّة الأولى.

فجأة أصبحتَ تميل إلى المزاح، بل وتذهب إلى حدّ لكز المجنّد يعقوب تحت إبطه لتُضحِكه. عدتَ صبيًّا في الثامنة من عمره يضحك دون خوف، ويجري دون خوف، ويُشرق وجهه دون أن يكون للخوف أثر في ملامحه.

ذلك كله، فتّحَ العيون عليك أكثر، فأصبح مَن لم يكن يراك، يراك، ومن لا يحسّ بوجودك، يحسّ، وتضاعف حجم الحذر الذي يُبديه الشّاويش عطا والمجنّد يعقوب، ورغم أنك لم تُنْهِ نصف تدريبك، اكتشفتَ أنك أصبحتَ تُعاملُ معاملةَ الضّباط، بعد أن تمَّ منحك رتبة ضابط صف، بعد أن أبليت بلاء حسنا أثناء نوباتك الليلية، وتلك اليقظة التي أصبحتْ إحدى أهمِّ سماتك، والتي لم تترك لعينك فرصة أن تغفو أو تذبل حسب تعبير السيدة الوالدة.

وإذا ما أردنا تحليل الموضوع بعلميَّة، فستتَّفق معي أن تلك اليقظة وليدة سببين: خوفك المزمن الذي لم يترك لعينيك تَرَفَ السَّهو، عينيك المُهدَّدتين، أو على الأقل إحداهما بالفقء، و: خوفك من أن تُغمض عينيك، فتختفي تلك الليلةُ وتضيع إلى الأبد.

ونستطيع القول هنا أيضًا: إن تلك اليقظة قد تجسَّدت نهارًا في غرفة التّدريب، نعم غرفة التّدريب، وليس ساحة التدريب، كما تجسَّدت ليلًا أمام حاجز بوابة المعسكر وأسواره. كما لعب تعليمك دورًا مهما، فمن بين العشرات كنت الوحيد المتعلِّم القادر على تركيب الكثير من الجُمَل بالإنجليزية، وهذه النقطة بالذات كانت بمثابة بطاقة خضراء لك لعبور قلب الكولونيل غريغوري، الذي راح يسير معك جنبًا إلى جنب في أماسي المعسكر ويحدِّثك بالإنجليزية، مما مهد لتلك التَّرقية.

كان الإحساس الطّاغي الذي يغمره، أنه للمرَّة الأولى يجد الشّخص الذي يستحقُّ الحديث معه.

لكن الشيء الأكيد، أنه كان يرى فيك الفتى اللامع، المُنْصِتَ بدقَّة، الرَّاغب في كسب أكبر قدر من المعرفة -رغم أننا لا نُنكِر هنا أن قامتك الفارعة وملامحك التي تُذكِّره بنجوم السينما، وذلك البريق الدّائم في عينيك، كلّها كانت أسبابًا تجعله يفخر بصحبتك- وهذا الأمر كان مدهشًا بالنسبة إليك، أعني أن يُحدِّثَك، وأن يُبالغ فيبتسم لك أمام عيون الجميع، إذ إن الصّورة التي رسمتها للكولونيل كانت قاتمة على الدَّوام، ولم تستطع أن تمحوها هذه الأمسيات، رغم كلِّ ما فيها من تبسُّط، فقد كان المجنَّد يعقوب يحمل إليك الكثير من أخباره، باعتباره المُرافق غير الإنجليزي الوحيد له، وإن كان المرافق الاحتياط.

مجرّد الحديث عن الطريقة التي يتناول فيها غريغوري إفطاره، كان مرعبًا، إذ من أين لرجل في هذه البلاد أن يكون مثله: هكذا كان يهمس يعقوب لك خائفًا. أما طريقة سيره، فكان يرى فيها يعقوب معجزة: يمشي كسارية. يقول لك.

كم كان عليك أن تبذل من جهد لتجاريه وأنت بجانبه، فتوشك أن تتعثَّر دون سبب. حذاؤه اللامع، نظرته، وحركة يده اليمنى التي تتفقَّد شاربه الدّقيق كلَّ ثلاث دقائق.

لكننا نعترف هنا، أنه ما كان يُمكن أن ترى ذلك كله بهذا الوضوح، لو لم يفتّح المجنَّد يعقوب عينيك على ما أمامك. يعقوب الذي يتبع غريغوري متعثّرًا مرتبكًا باستمرار، كمن يُلِحُّ في طَلَب صدقة منه!

هذا الحسّ لم يلبث أن أصبح جزءًا منك، فرُحتَ تحاول ما استطعتَ تقصير خطواتك، كي تظلَّ بمحاذاته وخلفه في الوقت نفسه، وما كان له إلّا أن يلاحظ ذلك، لكنه لم يفكر للحظة أن يطلب منك أن تُسرع، أو أن يتمهل بدَوْره.

لم تكن بحاجة إلى كثير من الفِطنة، لتتحاشى تمامًا تلك الحفرة التي أوقع فيها يعقوب نفسه ذات يوم، حين أُقيمت تلك المباراة بينه وبين الملاكم الإنجليزي - الذي رأيتَ فيه ضيفًا على البلاد!! - لكنَّ يعقوب ضرب عرض الحائط بالعادات العربيَّة النبيلة التي تحضُّ على إكرام الضَّيف، وتناسى من هو، بمجرَّد أن راحت هتافات زملائه الجنود تتصاعد وتتصاعد، طالبةً منه تحقيق النَّصر، بل والقضاء على الملاكم الضَّيف!

فيما بعد، اعترف لك، أن الضّربات القاسية التي تلقاها، وجِّهتْ إليه في لحظات شروده، حين لم يستطع أن يُقرر فيما إذا كان عليه أن يستجيب لنظرات قائد الجيش المؤنِّبة التي تطالبه بالتَّراخي، وذلك الخليط من المشاعر الصّارمة الذي يحتلُّ ملامح الكولونيل غريغوري، أم لهتافات رفاق السِّلاح.

ما حسم المسألة تمامًا، شيء غير ذلك، ما حسمه تلك اللكمة القويّة الموجِعَة التي وجَّهها الملاكم الإنجليزي إليه أثناء شروده، فجعلته يدور دورتين داميتين في الحلبة، أوصلتاه إلى مشارف السُّقوط. يعترف المجنّد يعقوب، أن لكْمة مثل تلك، لا يستطيع الإنسان أن يتلقّاها، ثمَّ يتظاهر بأن شيئًا لم يحدث. بخاصة أن يعقوب ظلَّ مُصرًّا على أنها مُخالِفة لأنها فاجأته في لحظة شروده! ثار، وراح يُكيل اللكمات للملاكم الضيف واحدة إثر أخرى، مما دفع قائد الجيش لأن يشيح بوجهه بعيدًا، ودفع الكولونيل غريغوري لأن يصيح كاتمًا صرخته: أُو غاد، أُو غاد، أي: إلهي، إلهي!!

وعندما أُنهيت المباراةُ في جولتها الثامنة، ونزل يعقوب فرِحًا، ليُصافح جمهور الصفّ الأول من الضباط كمنتصر، طرَحَهُ السيد القائد بتلك الجملة القاضية: لقد فضحتنا!

أما الكولونيل غريغوري، فقد حاول أن يعطيكم درسًا مهمًا، وهو يختار يعقوب مرافقًا له، وما إن بدأت رحلته معه، حتى راحت قامة يعقوب تصغر وتصغر بطريقة ذكَّرتْكَ بنفسك أيام الزَّاوية، ولم يعد يثير اهتمامه من هذا العالم سوى الطَّريقة التي يتناول فيها الكولونيل الزِّبدة بطرف سكينه ويمسح بها قطعة الخبز، ولحظات تأمله العميقة لهذا الكون وهو يحدِّق في كوب شايه بعد العصر، مما دفع يعقوب إلى إبداء عناية أكبر في تلميع أحذية الكولونيل، وأزرار ملابسه العسكريّة، وحمام غرفته، وأغطية سريره.

لقد أدرك يعقوب ما اقترفتْه قبضته بعد فوات الأوان، فداهمه حسٌّ بالذَّنب، بالذَّنب الذي لا يُغتفر، بعد سماعه جملة السيد قائد الجيش، فحاول ما استطاع أن يُبدي وفاءً فائضًا عن حدود مهمَّته، فانطلق يتضاءل ويتضاءل، كما لو أنه يُكَفِّرُ عن ذنوب تلك القامة التي أبتْ إلا أن تظل عالية في الحلبة!

ولم تكن ذلك الأعمى الذي لا يستطيع رؤية بعض ما يدور. ولذا، كنت على يقين بأن أيَّ خطأ يمكن أن ترتكبه سيجرُّ عليك الكثير، رغم هذا الودّ الذي يبديه الكولونيل تجاهكَ، كما لو أنه يريدك دليلًا قويًا، ورسالة للجميع، على تواضعه مع غير الإنجليز، وهو يصطحبك في جولاته.

هذا في السَّاحة..

أما في غرفة التَّدريب، فقد رحتَ تُلِمُّ جيدًا بكلِّ ما يتعلق بالقنابل اليدويّة التي كان المدرِّب يرسمها على السَّبورة بدقّة مدهشة: الخطوط التي تمنحها شكْلها، الصَّاعق، الذِّراع؛ ويشرح بانفعال الطَّريقة الصَّحيحة لإلقائها، والتي تبدأ بنزع مسمار الأمان والانتظار ثلاث ثوان قبل إلقائها، لأن المدَّة اللازمة لانفجارها هي سبع ثوان بالتَّمام والكمال.

- إذا أُلقيتْ قبل ذلك فإن بإمكان أفراد العدوّ أن يُعيدوا إلقاءها عليكم ثانية، وعليكم ألا ترتكبوا حماقة كبيرة كهذه.

كلمة (العدوّ) كانت هي الشيء الغامض الوحيد في ذهنك، وفي ذهن سواك. ولم تعرف معنى لها حتى بعد استدعاء الكولونيل غريغوري على عجل ليلتحق بالقوات البريطانية ليكون أحد جنود الحرب الثانية. في ذلك الصّباح، سيصرُّ على وداعك بصورة خاصة، بل سيمضي بك في دوْرة حول المعسكر لمدّة تتيح له أن يبوح برأيه في الحرب، وسينهيها بقوله: إنها الخراء الوحيد الذي لا نستطيع إلّا أن نخوض فيه ما أن يظهر فجأة في طريقنا!

وسيصمت طويلًا، قبل أن يقول لك قرب باب المعسكر وقد أكملتما دوَرانكما: مستر فؤاد، تمنَّ لي أن أراك ثانية!

- أتمنّى أن أراك ثانية كولونيل غريغوري.

- شكرًا.

***

أما الشيء الحقيقي الذي غدا يسكنك، فهو ذلك الإحساس العميق بأن المجنّد يعقوب هو أول صديق في حياتك، بل صديق حياتك، لولا أننا نعرف أن صديقًا آخر ستلقاه بعد سنوات في ساحة الحرب، سيغدو الصَّديق الثاني، ونعني ذلك الضّابط النرويجي!!

صحيح أنك لم تعد تُجالس يعقوب كالسابق، لكنك ما إن تلمحه حتى تحسَّ بشوق لمحادثته، ومعرفة أخباره، ولم يكن الشّاويش عطا أقل حظًّا منه، مما جعلهما على يقين بأنهما تصرَّفا معك بحكمة، إيمانا بالقول الشَّعبي المعروف: اعملْ خيرًا وارمِه في البحر.

وقد كنت بمثابة البحر بالنسبة لهما.

لكنك ذات يوم، ستستعيد بشغف ذكرى ليلتكما معًا، فتطلب المجنّد يعقوب، يأتي كجنديٍّ استُدعي لخوض غمار حرب على عجل. يقف أمامك، يؤدي التحيَّة العسكرية متأهّبًا، تمتدُّ يدك إليه، تشدّه وتمضي به خارج الغرفة، غرفتك التي أضحتْ لك وحدك.

ثمة سؤال أطلَّ برأسه جعلك تعيد ترتيب تفاصيل ليلتكما الحمراء تلك: ما الذي كان يخفيه ذلك الباب الذي كان يقف أمامه الصفُّ الطويل؟!

إن بعض الظنِّ إثم، أنت تعرف هذا، ولكن، هل اختلى المجنّد يعقوب بامرأة أجمل، تاركًا لحضرتكَ المرأة الأقلَّ جمالًا، رغم أنها بكل المقاييس امرأة جميلة جدًا.

فاجأه سؤالك، وقد مرَّ زمن طويل على تلك المغامرَّة. ارتبك، فغدا الشَّك الذي في صدرك أكثر قوة.

لقد كان يخشى أن يتحوَّل الأمر إلى عَدَاء، بعد أن وصلتَ إلى هذه الرُّتبة، لأنه الوحيد الذي يعرف ذلك السرَّ العميق. لكنك كنت تريد أن تسأله، تسأله لتطمئن.

راح المجنّد يعقوب يراوغ ويتهرَّب، إلى حدٍّ أحسستَ معه أنه سيُنكِر تلك الليلةَ وتفاصيلها. ولذا ستختصر الموضوع، وتذهب بعيدًا في حديث آخر، لأنه لا يجوز فعلًا أن تكون أسرار ضابط صفٍّ في جعبة مُجَنّد! أما في الدّاخل فقد قرَّرتَ أن تعتمد على نفسك، وتتحيّن الفرصة لاختبار صداقته في أقرب وقت؛ لكن أقرب وقت لن يجيء قبل سنين، لأن الزَّمان راح يركض أمامك ويجرُّك معه رغمًا عنك، صاعدًا بك ذُرىً لم يخطر ببال السيدة الوالدة أو السيد الوالد أنكَ بالغها!

الوقوع في حبِّ البنادق
ونعومة أعقابها!

قلنا في البداية: إن الشّاويش عطا اكتشف فيك ذلك الميْل الغريزيّ للعناية بالبنادق، بل يمكن القول: الموهبة النّادرة؛ ولذا لم يكن من الصَّعب عليهم العثور عليك ما ان تختفي. فأنت على الدّوام في غرفة السلاح.

لنمضِ إلى هناك.

ها أنت مستغرقٌ تمامًا بتنظيف بندقية إنجليزيّة جديدة، قيل إنها اليوم أهم بندقية صنعتْها يد إنسان. أنتَ أحسستَ بالأمر قبل أن يُقال فيها مديح على هذا المستوى؛ يكفي أن تمرِّر يدك مرَّة واحدة، ولو في الظّلام عليها، من الفوهة حتى الكعب لتكتشف أيّ معجزة قد حقَّقها الإنجليز. إنها أكثر خفَّة وأرقُّ عند المنتصف، وأطول ببوصتين على الأقلّ من أيّ بندقية إنجليزيّة سابقة عليها.

ولسبب ما، لم تقع في حبِّ أيٍّ من الرَّشاشات الخفيفة أو المتوسّطة التي تتكئ على الجدران الترابيّة لغرفة السّلاح، لم تقع لا في حبّ الـ (ستن) ولا في حب الـ (برن) أو حتى في حبّ رشاش الـ (باريتّا)، لم تكن ترى في هذه الرّشاشات غير كتل معدنية، داكنة، وصامتة وباردة، وحين تنطلق تكون ثرثارة أكثر مما يجب! كما لو أن الشرَّ كله كامنٌ فيها. ها أنت تتحاشاها الآن أيضًا، ولا نبالغ حين نقول إنك حين تتّجه بوجهك هذه اللحظة نحو الباب، ليس في ذهنك سوى شيء واحد: أن تُدير لها ظهرك!!

البنادق شيء آخر تمامًا، أكثر دفئًا، وأقرب للقلب، ولذا تنظر إليها باعتبارها اختراعا جميلًا، من فئة الفنون، ولو أردنا الحديث بدلًا عنك لقلنا: لقد اعتبرتها نوعًا من المنحوتات بالغة الجمال.

يسعدك أن تُمسك بالبندقية، تتكئ عليها وهي تمتدّ بشكل أفقي فوق فخذيك. يسعدك أن تضع كعبها فوق مقدمة بسطارك، وتسند خدّك إليها، فلأسباب لا تحصى، لم تكن تحبُّ أن تلامس هذه التّحف الغالية الأرض.

باختصار، حين كنت تسمع عن القتال الذي راحت أخبار نهاياته تصل إليكم، لم تكن تفكر سوى بالبنادق التي ستستريح من جحيم المعارك، لأن ما فيها من رقّة لا يجوز أن يُجرح باستخدامها في القتال؛ وكنت تفكّر بالطبع بالكولونيل غريغوري الذي تمنّيت له أن يعود سالما؛ كان يهمّك ألا تخيب أمانيك، خاصة وأن التّحديات التي تنتصب أمام تحقّقها كبيرة بكل المعايير!

حبُّك للبنادق، لا يمكن أن نقول فيه إنه من طرف واحد، لأنك ستعترض بشدّة على كلام من هذا النوع، لا لشيء إلّا لأنك تحسُّ بهذه البنادق تبادلك العواطف والانفعالات. هذا الحب لم يكن يقف في طريقه سوى الإجازات التي تذهب خلالها لزيارة الأهل. لكنك للحقّ لم تكن تكفّ عن التّفكير فيما تركت وراءك؛ لذا، تعود دائما، كما لو أن قرارًا سريعًا قد صَدَرَ بالتّوجه لوحدتك العسكريّة على عَجَل.

وما دمنا وصلنا للحديث عن الإجازات، يمكننا أن نُعرِّج، كما يقال، على القرية لنرى ما يدور هناك.

لقد فوجئت السيدةُ الوالدة بما حقّقتْهُ من معجزات في زمن قياسي: أرسلتْكَ لتكون جنديًا، وها أنت على مشارف النجوم، أيّ على مشارف أن تكون ضابطًا. وإلى حدٍّ ما فاجأني هذا الأمر شخصيًا، رغم أنني لا أشكُّ أبدًا في مقدرتك التي ستصل ماضيك بمستقبلك!!

نظرة عالية تُلقيها السيدة الوالدة الآن على السيد الوالد، رغم أنها أقصر منه، تقول له فيها الكثير: أترى، ها هي النُّجوم التي قلت لي ذات يوم إنها ليست لأمثالنا، ها هي على وشك النّزول على كتفَيْ وحيدك.

ورغم أن ما تحقَّق كان كبيرًا إلى حدٍّ يجعلها أكثر اطمئنانا، إلا أنها بدأت تخاف عليك بصورة تفوق خوفها أيام لم تكن سوى مجنَّد بكتفين حافيين.

- إذا استطاعوا الوصول إليه وهو ضابط اليوم، فسيكون ثأرهم شافيًا لغليلهم بما لا يقاس، بوصولهم إليه أيام كان مجنَّدًا.

هكذا راحت السيدة الوالدة تهمس للسيد الوالد.

أما الملاحظة التي استطعتَ التقاطها، فهي أن السيدة الوالدة كانت تصرُّ عليك أن تبقى داخل بزّتك العسكرية أطول وقت ممكن ما دمتَ في بيتها، وبصعوبة، كانت توافق على أن تخلعها ليلًا، رغم تأكيدك لها أن لديك منامة عسكرية مريحة.

- عسكريّة؟! تسألك بشكٍّ.

فتجيب: نعم، عسكريّة.

- المنامة شيء وهذه شيء آخر. ستقول لك في النهاية.

لكنك ما إن تغفو حتى تتسللَ على أطراف أصابعها، لتغطّيكَ ببزّتك، فتبدو كما لو أنك لم تزل ترتديها. وقبل الصبح، تتسلل قبل أن تفتح عينيك، تمتدَّ يدها وتتناول البزّة لتعيدها إلى مكانها الذي علقتَها فيه.

ولسبب ما، خفيّ، رحتَ تتركها تفعل ذلك، بل إنك لم تكن تجرؤ على النّهوض قبل أن تقوم برفع بزّتك عنك، حتى في تلك الليالي التي لم يكن فيها الاحتفال بك يكتمل، إلّا بعد أن يجعلوك تكرع عددًا لا يُحصى من كؤوس الشاي. وإذا ما أردنا أن نتحدَّث بصراحة أكثر فسنقول: كنت على استعداد أن تفعلها في ملابسك على أن تمسَّ إحساس السيدة الوالدة بأقل سوء.

ولنعترف، لم تعد ذلك الفتى الخائف، فتى الزاوية؛ لقد انتظرتَ قدومهم طويلًا، ولكنّهم لم يصلوا، وهذا جعلك تشكّ في جديَّة نواياهم، وإذا ما أضفنا زواج سَعْدَة كحدث لا يمكن تجاهله، فسنقول: لم يكن

هناك من يجرؤ على ارتكاب حماقة قتل خال أولاده، لكنَّ الاحتياط دائما واجب. ولا ننسى هنا يقين السيدة الوالدة المتمثِّل في أن وراءك دولة تحميك، وقد أصبح هذا اليقين إلى حدٍّ بعيد جزءًا منك، رغم أنه سيظل عُرضة للاهتزاز أمام كل رغبة ستبديها لزيارة بيت شقيقتك.

هكذا لن تتمكّن من رؤيتها إلّا بعد أن تنجب ابنها الأول، وسيكون ذلك في بيتكم أيضًا، لا في بيتها، وستظلّ السيدة الوالدة على أهبة الاستعداد لإلقاء نفسها بينك وبين زوج شقيقتك حَسَّان، إذا ما بدرتْ منه أيّ حركة مشبوهة.

ستكتشف كم تغيَّرتْ سَعْدَة، أمّك الثانية، لكنك لن تفاجأ بأصالة معدنها، كما يقال، حين تعرف أنها قد أطلقتْ على وليدها اسم (فيصل)، كما لو أنها تريد أن تقول للسيد الوالد والسيدة الوالدة أنها تستعيد لهما ذلك الفتى - ابنهما من بين فكيّ الموت بعد أن شبع موتًا، وتهديك أخًا.

لم يكن حسَّان، سوى ذلك الزَّوج الطيِّب حقًا، السَّاعي لتبديد مشاعر القلق التي تعصف بالسيدة الوالدة أكثر من سواها، لذا سيقترح عليك أن تَمضيا معًا في نزهة حول القرية، وحين ستسمع السيدة الوالدة اقتراحه ستخترع ألف سبب للحيلولة دون وقوع شيء خطير كهذا.

لذا، ستمضيان لقاءكما الأول باحثين عن كلمات، أيّ كلمات لتبديد الصمت الذي لا تقطعه سوى أصوات كائنات القرية البريَّة والمدجَّنة.

وبما أن الزمان راح يجري على عَجل، كما لو أنه يستحثّكَ على بلوغ مهماتك الكبرى، فإنك ما بين ثلاث زيارات ورابعة خلفها، كنت تفاجأ بولد جديد أو ابنة جديدة لسَعْدَة. أما السيدة الوالدة فلن تتوقّف عن اختراع أسباب عدم زيارتك لبيت شقيقتك، إلى أن تصل إلى الحجّة البسيطة المُقنعة، والمتمثِّلة في قِصَر إجازاتك، التي لا تتيح لك أن تهبط الأرض المنحَدِرَة وتصعدها ثانية دون أن تتأخّر عن موعد عودتك لمعسكرك.

.. بين غابة الهواجس تلك، سيظلّ يشدُّك ذلك الحنين إلى خالك إسماعيل، خالك الذي ما ان أنهى مهمَّة حمايتك الطويلة المرهقة تلك، حتى

اختفى من جديد. لكنك وبصورة غامضة ستحسُّ بوجوده دائما إلى جانبك، يحميك، ويمدُّ لك يده الكبيرة النافرة العروق، كلما شعرتَ بنفسك وحيدًا، وحيثما كنت.

مخاطر الأمنيات
في أزمنة الحرب

لعلَّ الزمان سينقسم فيما بعد إلى قسمين، إذا ما أردنا الحديث عن علاقتك بالمجنّد يعقوب، أما الحدّ الفاصل لذاك الانقسام فهو تلك الليلة، التي توصف عادة بأنها حمراء.

صحيح أنكما لم تفتحا دفاترها بعد ذلك بصورة واضحة، إلّا أن الشيء الذي التقطه المجنّد يعقوب ولم تلتقطه أنت، هو الطريقة التي أصبحتَ فيها مُنقادًا له. وحتى لا يساء فهم هذه الجملة لكثرة ما فيها من غيوم الالتباس، وربما ضبابه، سنقول: إنك أضحيتَ نصف مُنقاد له حين تخلع بزتك، وقائدًا له حين ترتديها. والعجيب أنكما لم تكونا قادرين على عبور الخطِّ الفاصل لهذا التقسيم الذي اتَّسع ليكون سمة من سماتك داخل المعسكر وخارجه.

قلنا: إن تلك الليلة كانت الحدّ الفاصل، لكنها لم تكن السَّبب، لأن السبب في الحقيقة كان كامنًا فيك قبل ذلك بكثير، بل انه شبَّ وترعرع داخلك على أقل من مهله. لكن شيئًا ما في المجنّد يعقوب سيظلُّ عصيًّا عليك أن تفهمه، وحين يتاح لك ذلك، ستكونان خارج هذا المعسكر، تعيشان حياة أخوين معًا، أخوين متَّفقين كما لو أن الواحد منهما يعرف الآخر منذ كانا في رحم واحد.

نعم، أعرف أنكما ستصبحان على طرفي نقيض، كما تقول العرب، لكن ذلك لن يكون سببًا في الافتراق كصديقين لدودين، فالذي سيحدث أن

مزيدًا من الحرص ستبديانه تجاه بعضكما البعض عبر ذلك القلق الأمومّي المتبادل!

لعلنا نستبق الزمان.

ها أنت تدور في المعسكر، غير قادر على النوم، كلّ شيء هادئ، حتى شخير المجنّد يعقوب - حارس البوابة تلك الليلة: يعقوب، الذي ستلكزه برفق وكأنك تخشى أن يفيق.

ها هو يفيق مذعورًا.

لنعترف أنك فكرتَ بأن تطلب منه الذهاب إلى مهجعه ليواصل نومه هناك، لكنك، وقبل أن تتفوَّه بذلك، رأيت سيارة جيب تتقدَّم مسرعة نحو البوابة. طار النوم من عيني الحارس، وطارت الفكرة الطيِّبة التي كنت على وشك تنفيذها.

ها هي السيارة تتهادى، تعطي إشارة بضوئها، إنها واحدة من سيارات المعسكر، رغم أنك تعرف تمامًا أن سيارةً لم تغادر البوابة هذا المساء. لحظات ترقُّب، ستسفر في النهاية عن وجه تألفه، إنه الكولونيل غريغوري، ومعه عدد من الضّباط الإنجليز الذين لم يسبق لك أن رأيتهم. حين وقف الكولونيل بعد لحظات تحت الضوء وبانت ملامحه، أدركتَ أن الوضع خطير، فغريغوري هذا غير غريغوري الذي ودَّعتَه منذ شهور. متعبًا كساقية على وشك الجفاف كان، عيونه غائرة، ووجهه الأبيض المحمرّ، غدا، برونزيًّا محروقًا. ولم يكن مَن بصحبته مِن ضباط أقلّ شقاء.

حاولتَ أن تتفقَّده بعينيك، باحثًا عن آثار جراح خلَّفتْها المعارك في جسده، لم تجد، فحمدتَ الله. ودون أن تسأله أيّ سؤال عرفتَ بأن الوضع خطير.

أما الصاعقة الكبيرة التي نزلتْ عليك حين استعدتَ نفسَك من مفاجأة العودة غير المتوقَّعة، فهي اكتشافك أن الكولونيل غريغوري يَعْرَق، ولعرقه رائحة، بعد أن كنتَ على يقين تام أن جسده لا ينتمي لفئة جسدك وبقيّة أجساد خلق الله ممن رأيتهم وعرفتهم طَوال حياتك؛ هكذا،

فإن صورة غريغوري كشخص كامل أوشكتْ أن تهتزّ لولا أنك رحتَ تبحث جاهدًا عن عذر لهذه الرائحة التي هبتْ ولفحتْكَ..

- لا بد أنها رائحة الحرب.. هكذا رحتَ تهمس لنفسك..

***

على عجل عُقد اجتماع حضرتْهُ الرُّتبُ العليا، لم يرشح منه شيء حتى أوائل الضّحى، وذلك ببساطة لأن أحدًا لم يغادر القاعة. وقبل أن يغادروها مجتمعين بدقائق، كانت سيارات أخرى محمَّلة بمختلف الرُّتب العسكرية تتقدَّم باتجاه بوابة المعسكر.

اتضحتِ الصورةُ قبل أن يوضحها الكلام... توجَّه الجنود الإنجليز نحو الدبابات القليلة والعربات المدرَّعة الموجودة في المعسكر وراحوا يتفقدونها، وينصتون إلى هدير محرِّكاتها، كما لو أنهم موسيقيون يدوزنون آلاتهم. ولم ينسوا أن يأخذوا أربعة مدافع (بويز) مضادة للدبابات أيضًا.

الوضع خطير همستَ لنفسك، لكن ما سرَّك هو ما حدث بعد ذلك:

ها هو الكولونيل غريغوري يتقدَّم نحوك، ويسألكَ برقَّته المألوفة: كيف أنتَ؟ أعذرني، لن نستطيع المضيَّ في جولة حول المعسكر، لكن لا تنس أمنيتك، لقد تحقق نصفها حتى الآن على الأقل.

وقبل أن تقول شيئًا، سيكون قد قفز إلى جوف دبابة ومضى بعيدًا.

قد يظنُّ البعض، أنك كنتَ غائبًا عما يدور حولكَ تلك الأيام، لكن هذا غير صحيح، إذ لا يمكن أن يصل الإنسان، أيّ إنسان إلى حدٍّ فقدان الإحساس بالعالم في الوقت الذي تكون فيه حرب عالمية تشتعل تحت أقدامه.

لسبب ما، كنت مع الإنجليز في هذه الحرب، بعكس كثيرين من زملائك؛ وربما يعود السّبب لطبيعة العلاقة التي تربطك بالكولونيل غريغوري، والأمنية التي تمنيتها له، والتي يمكن أن تُعتبر بطريقة أو بأخرى تدخُّلًا في هذه الحرب من قِبَلك، فمعنى أن يعود سالما، هو أن ينهزم عدوَّه الألماني، أو أن يفشل - على الأقل - في إلقاء القبض عليه إذا ما انتصر. ثم إنك كنت ترى في اعتداء الألمان وتقدُّمهم المجنون الذي راح

يقلب الأرض وما عليها، وحصارهم لتلك المدينة ذات الاسم الصَّعب (لينينغراد)، ما يذكِّرك بسنوات حصارِك في الزّاوية. لكنك للحقّ، لم تقارن خالك إسماعيل وحمايته لك بالإنجليز وحمايتهم للبلد؛ وإن كانت هذه الخاطرة قد مرَّت في خيالك، لكنك بإبائك العسكريّ طردتها بقسوة.

كنت تعرف أن هذه الدبابات والآليات المصفَّحة لهم، أكثر مما هي للجيش الذي تنتمي إليه؛ ربما كان هذا يُسهِّل الأمر عليك، لكنك أيضًا سمعتَ، وبصوت مرتفع أكثر من مرّة، أن ما حدث هو تجريد للجيش من أسلحته.

لم تتأكَّد من دقّة هذا الكلام، لأن الجيش لم يكن في الحقيقة في حاجة لهذه الدبابات، فهي في مكانها منذ أن رأيتها، وليس ثمة ما يؤكّد أن هناك حاجة لاستعمالها من قبل البلد، إذ لا عدوَّ في الأفق، بدليل أنكم لم تكونوا تتدرَّبون على استخدام الذخيرة الحية أكثر من مرَّة في العام، أما المناورات فلم تكن جزءا من قاموسكم العسكري.

ما حدث بعد ذلك، هو أنك أصبحت تُبدي ميلًا واضحًا تجاه المذياع الوحيد الموجود في المعسكر، والذي أضحى بصورة ما هوايتك الثانية بعد العناية بالبنادق، ولعلَّ قادة المعسكر الذين كانوا يرون فيك ذاك اللغز أيضًا، لم يحاولوا الوقوف بينك وبين حبِّك الجديد.

الشيء الذي سكنك، هو الخوف من أن تسمع خبرًا سيئًا عن الكولونيل غريغوري؛ ورغم يقينك أن خبرًا من هذا النوع يمكن أن يحمله الأثير، إلّا أنك لم تكن تملك جرأة، أو (مغامرَّة) إغلاق المذياع.

المريح في الوضع بالنسبة لمن هم أعلى منك رتبة، ومن هم أقل أيضًا، أنك كنتَ من فئة الأشخاص الذين لا يحبّون أن يفتحوا أفواههم بسهولة لينقلوا للآخرين أخبار المعارك التي تدور، مع أن الجميع يعرفونها.

عمر القلق الذي يعتصرك بسبب الكولونيل غريغوري طال كثيرًا، بحيث أصبحتَ على وشك فقدان الأمل، لذا وجدتَ نفسك في إحدى الليالي المظلمة، تلك، وما أكثرها، تتَّجه إلى بوابة المعسكر مباشرة، وقبل أن

تصِلها راح الشَّخير النَّاعم يقطع هدأة الليل، ويعلو شيئًا فشيئًا كلّما اقتربتَ.

بطيبتك المعتادة لكزتَ الحارس خائفًا من أن يفيق، فأفاق كما تمنَّيتَ له، غيرَ مذعور. وما هي إلا لحظات حتى سطعتْ أنوار سيارات قادمة من بعيد، وبحسِّك العميق أدركتَ أنها سيارات يقودها الكولونيل غريغوري بنفسه، لقد انتظرتَه خبرًا وها هو يجيء إليك بلحمه وعظمه، إذ لم يكن عليه شحم مذ عرفته!

الشيء الجديد الذي حدث هذه المرَّة أنه مضى وحيدًا باتجاه غرفة القيادة، ساهمًا كان، حتى أنه لم يُبصر أحد الضّباط الكبار الذي تبعه، فقد أغلق الباب دون أن ينتبه أن ثمة من يسير وراءه، فوجئ الضابط بالباب قرب أنفه، توقّف لحظات، وكأنه يحاول أن يعرف بحسِّه إن كان ثمة من يراقب المشهد؛ بعدها استدار، فاستدارت العيون التي كانت تراقبه بسرعة بعيدًا عنه.

أكثر من ساعة أمضاها الكولونيل غريغوري داخل الغرفة. وعندما خرج، كانت تحتَ إبطيه رزمتا أوراق، وبين يديه مجموعة ملفّات. نحو زاوية مخصصة لإلقاء القمامة وحرْقها مضى، انحنى واضعًا الأوراق فوق بعضها البعض، ومن بعيد سمعته يقول لك، لك أنت بالذات دون خلْق الله من الجنود والمجنّدين والضّباط:

- من فضلك أعطني نارك!

نعم، قالها هكذا، وعندها ارتبكتَ، إذ يبدو أن الكولونيل قد وصل إلى حدٍّ من الإرهاق أنساه أنك لستَ مدخِّنًا. هبَّ أحد ضباطه وناوله علبة ثقاب، منقذًا بذلك موقفك، موقفك الذي أحسسته حرجًا، إذ كيف يطلب منك الكولونيل غريغوري طلبًا بسيطًا كهذا، ولا تستطيع تلبيته؛ تمنيتَ لو كنت من فئة المدّخنين؛ ولنعترف، أنك حاولتَ أن تكون منهم بعد ذلك، لكنك لم تستطع احتمال السّعال الذي راح يرجّ جسدك كما لو أنه يحاول اقتلاعك من الأرض.

اشتعلتِ النارُ بسرعة، بسرعة تَفشّي الأسرار، وتطايرتْ قطع الأوراق المحترقة ناشرة بهجة لم تكن تنتمي للحظة القاتمة تلك.

وكما حدث في المرّة الأولى اجتمعت الرُّتب كلّها في تلك القاعة، لكنهم أنجزوا الأمر بسرعة أكبر، بحيث تمكّنوا من أن يناموا قليلا قبل أن يصحوا لجمع الرّشاشات الثقيلة وبعض قاذفات اللهب ومدافع الهاون والذخيرة. وما أن بدأوا بإصلاح ذلك العدد القليل من الدبابات المعطلة والآليات شبه المحطَّمة حتى أدركتَ بأن الأمر أكثر من خطير. وتأكّد لك ذلك، حين التقتْ عيناك بعينيّ الكولونيل، إذ أحسسته يريد أن يقول لك، تمنَّ لي أن يتحقَّق ما تبقّى من أمنيتك.

- هل بقي ثلث الأمنية الأخير؟ سألتَ نفسك. وتمنيتَ.

وحين لوَّحتَ له وهو يبتعد كنت على يقين بأن ابتسامته التي رأيتها لم تكن عائدة لثقته بما حمل من أسلحة معه، بل لقوة أمنيتك التي يمضي للحرب مسلَّحًا بها، فقد رأيته في ذلك الضُّحى رجلًا واثقا بالهزيمة أكثر من أيّ شيء آخر!

أما أجمل ما حدث بعد ذلك لزملائك، ويمكن القول هنا: زملائك الضباط والجنود، أن الكولونيل غريغوري لم يعد ثالثة، لأنهم كانوا على يقين أنه لو عاد فلن يأخذ أحدًا سواهم، لأنهم، ببساطة، كلّ ما تبقّى في المعسكر.

دَرْس الرّسائل والرُّتَبْ

الوصول إلى
باب سيد البلاد!

إذا كان لنا أن نصف مسيرتك في هذا العالم سنقول: إنك، ودون أن تعرف، كنت ذلك الشّخص المحظوظ. وإلّا، كيف لنا أن نفسِّر أن الطّرق كانت تتفتّح أمام قدميك ما إن تصل إلى بداياتها. وكيف نفسِّر ما أنت فيه اليوم من رغد يحسدك عليه كثيرون من زملائك الذين خلَّفتَهم وراءك مُزيِّنين أكتافهم بنصف ما تزين به كتفيك.

كان عليَّ أن أختصر الكثير، وإن كنتُ سأعود لتذكيرك بما حدث بين حين وآخر، حتى وصولك إلى هنا. و (هنا) هذه هي القمّة التي ما بعدها قمم.

ها أنت بباب سيد البلاد حارسًا يقظًا، بنجمتين ذهبيتين على كلِّ كتف، تضيئان تلك المنطقة الممتدة بين أعلى الذّراعين مرورًا بالعنق والأذنين، صعودًا حتى طرفَي الجبين.

كيف حدث ذلك؟

السيدة الوالدة لن تصدِّق، ولا السيد الوالد، ولا أيّ من أخواتك اللواتي فُتحتْ أبواب الزّواج لهن على مَصارعها واحدًا تلو آخر. لكنك ستظلّ تفكر في سَعْدَة، وكيف كان بإمكان أمّك أن تصمد قليلًا كي تنالَ ابنتُها زوجًا يعرف قيمتها. إلا أن هذا الإحساس الذي راود الجميع: السيدة الوالدة، والسيد الوالد الذي راح يُشير من طرف خفيٍّ إلى تسرُّعها، هذا الإحساس،لم يراود سَعْدَة أبدًا.

لكنك لن تُصدِّق، وستتعامل معها فيما بعد كما لو أنها المُضحِّية بحياتها؛ وعبثًا ستحاول من طرَفِها أن تُفهمك، أن ما حدث لك، وما تعرضتَ له من شقاء، كان السّبب في سعادتها.

سعيدةً كانت،

أنتَ لم تصدِّق كلامها، ولذا أؤكده لك الآن، وليس لي حجَّة سوى أنني أعرف أكثر منك!!

***

.. وها أنت تقف بباب سيد البلاد،

تزيّنه بقامتكَ، ويزيدك ارتفاعًا بارتفاعه.

الرّجل الوحيد الذي بإمكانه أن يقف هنا ما دام سيد البلاد في الدّاخل هو أنت. أما حين يغيب، فإن بإمكانك أن تدخل لترعى أسلحته التي لم ترَ مثلها في حياتك، وتلك مَهَمَّةُ المهمّات.

قبل أن تصل، كان بالباب حارسان، كل منهما يرفل بضوء نجمة، وحين أتيتَ، بدأت الأمور تتغيّر: في البداية، صرفوا أحدهما، لكنهم حين تأمّلوا المشهد، وجدوا أن ثمة اختلالًا في التّوازن بين طرفَي الباب: نجمتان على يمينه ونجمة على يساره.

مائلًا كان باب سيد البلاد!

لا تعرف الآن، من الذي واتته هذه الفِكرة، الفكرة التي لا تستطيع أن تنفي أنها راودتك، لكن من التقطها كان يلتقط شيئًا آخر غير ثقل النّجوم على الأكتاف. كان يلتقط الفرق الهائل بين وسامتك، وتلك الملامح العاديّة لذاك الواقف على الجانب الآخر.

لقد فتشوا طويلًا عمَّن يمكنه أن يُحدِثَ التّوازن المطلوب، وحين لم يجدوا، قرروا أن تكون وحدك.

أما إذا ما ذهبنا عميقًا نحو أحاسيس سيد البلاد المتعلِّقة بوجودك، فإنه رأى فيك النّموذج الحقيقيّ لأبناء شعبه، والذي يمكن أن يُبهر به عيون زواره وزائراته على وجه الخصوص.

***

إذا ما عدنا قليلًا للوراء، سنقول: إن الظروف كلها قد اجتمعتْ لكي تصل إلى ما وصلتَ إليه، رغم أنك في حالة عادية ما كان يمكن أن تتجاوز الشّاويش عطا رتبةً، دون أن ننفي أثر تعليمكَ باعتباره سببًا أوّل، إذ لا يمكننا أن نسلبك هنا ما حققته من نجاح معتمدًا على نفسك. أما ما أنجحَ نجاحك فهو حاجة الإنجليز المُلحَّة لوجود ضباط، في أجواء الحرب العالمية الثانية التي راحتْ تتقدَّم شيئًا فشيئاً نحو الأبواب كما رأيتَ!! ولم يكن هناك من هو أجدر منك في عيني الكولونيل غريغوري، الكولونيل الذي يعاني من السَّأم، ويتطلَّع لشخص يبوح له ببعض ما فيه، وكان يُفضل بالطّبع أن يكون هذا الشخص أكثر من مُجند. وها هنا يوجد مربط الحصان!

أما إذا ما عُدْنا لزيارة قائد الجيش الأولى فإننا نستطيع القول بشأنها: إنها مهَّدت الطريق لك على مستوى زملائك، في حين أن زيارته الثانية للمعسكر في حفل تخرُّجكم كان لها الدَّوْر الحاسم كما يقال، في انتقالك من فئة الضباط العاديين، إلى فئة الضّباط الأوفر حظًّا. فكما حدث في زيارته الأولى توقّف أمامك، وأبدى إعجابًا أكبر بكثير مما أبداه قبل سنتين. ولم يكن ذلك إلا ليحدث، لأن النجوم على كتفيك، والتي كنتَ تنظر إليها كحِمْل ثقيل يمثّل مسؤولياتك الجديدة، كانت تشدُّك إلى الأعلى حيث مواطن النجوم الأولى في السّماء. لذا، لم يكن غريبًا أن تبدو قامتك أطول، ووجهك أكثر نبالة وإشعاعًا. وقبل أن يُكمِل مهمَّته، مال إليك متجاوزًا التّقاليد العسكريّة في حالة كهذه، وهمس ببضع كلمات قبل أن يواصل تفقُّد بقية الطابور.

حركته تلك، جعلتْ أكثر من ضابط كبير في المعسكر يحمد الله أنه لم (يُزعلك) في شيء. فهواجسهم كلّها كانت في محلِّها!!

في حالات كهذه، تعرفُ أن البشر يحمدون الله، لأنهم فقط، لم يرتكبوا حماقة بفعل قلَّة حرصهم وتهوُّرهم المعهودين. وحين أنهى الجولة كنت في

واحدة من سيارات موكبه تمضي بعيدًا، مما أكّد للجميع أن الأمر كان طَوال الوقت أخطر بكثير مما فكّروا!

كيف يمكن أن يأتي راجلًا إلى المعسكر، ويخرج منه في موكب قائد الجيش؟!

الشّاويش عطا، راح يستعرض مشواره معك، وقد سرَّه أنه لم يتذكّر أيَّ خطأ يُمكن أن يحسب عليه، أما المجنّد يعقوب، فقد كان على شطِّ الأمان كما يقال، فليس ثمة أدنى شكّ في أنه أصبح بالنسبة لك الصّديق الوحيد، الذي ستعود بعد أسابيع لتسأل عنه.

لكن زمنًا طويلًا سيمرُّ قبل أن ترى الكولونيل غريغوري؛ صحيح أنك عرفتَ أن الإنجليز وحلفاءهم قد انتصروا في الحرب، رغم أنك شككت في مقدمات هذه النتيجة، حين تمكّنتْ جيوشُ الألمان من الوصول إلى عواصم لم يكن أحد يعتقد أن الوصول إليها ممكن، لكنك لم تسمع أيّ خبر عن مصير الكولونيل الذي وصل إلى درجة من اليأس، ومعه قيادته بالتّأكيد، إلى حدّ إصلاح آليات ما كان أحد يظنُّ أنه يمكن إصلاحها، ثم قيامه بعد ذلك بإحراق الوثائق السِّريّة خشية وقوعها في يد الأعداء.

إذا ما حاولنا نسيان الكولونيل غريغوري قليلا، لنعود إلى موضوعنا فسنقول: لقد كنتَ أفضل هديَّة من قائد الجيش لسيّد البلاد، الذي ما أن رآك حتى انشرح صدره.

مهمَّتك كانت شكلية إلى حدٍّ بعيد، لكنني أعرف، أن هذه الشَّكلية لا تُقلل أبدًا من معناها وأهميتها. صحيح أن قصر السيِّد محاط بعشرات الجنود والأسلحة، من الخارج والدّاخل، لكنك كنتَ خط الدفاع الأخير، وهو الأهم إذا ما سقطت الخطوُ التي أمامه!

هذا ما فكَّرتَ فيه، لكنه بالتأكيد لم يخطر ببال سيد البلاد، لأنه كان محميًّا أكثر مما يتصوَّر شخص مثلك، أو حتى شخص مثلي!

***

إذا ما أردنا استرجاع بعض علامات وجودك بالباب، فإننا نبدأ بذلك الإعجاب الذي راح يبديه كلّ من يعبر تلك العتبة الواسعة، لا نستثني من

هذا أحدًا: رئيس الوزراء، الوزراء، كبار الضّباط، أعضاء السِّلك الدبلوماسي، الوفود الشَّعبية التي كانت تنعم بمقابلة غير متوقَّعة، رجال الدِّين، كبار الأدباء والمفكرين الذين يُمكن اعتبارهم جزءًا من الحاشية، بعض رؤساء الدّول الذين يزورون البلاد؛ باختصار: كلّ من أتيح له شرف الوصول إلى هنا. لكننا لن ننسى أن نقول: إنك لم تتعرّف على أيٍّ منهم، فكلهم -بالنسبة إليك- مهمّون، ما دامت مواقعهم قد أهّلتْهم للصعودِ إلى هذا المكان.

لكن الشيء الذي التقطه سيّد البلاد نفسه، هو ذلك التأثير القوي الذي كنتَ تتركه على وجوه سيدات المجتمع الرّاقي: الذهول لحظة وقوع أبصارهن عليك. أما علامات ذلك فكانت كثيرة، ولعلَّ أوضحها بالطبع هو تعثُّرهنَّ بحافة العتبة العالية، حتى لينكفئ بعضهنَّ على وجهه في سقطاتٍ مُحرجة للغاية.

هذا الأمر كان يُحرج أزواجهنَّ بشكل خاص، وحين نقول أزواجهن، فإننا نعني ذلك، إذ كان يندر أن تعبر الباب فتياتٌ عزباواتِ لوحدهنَّ: تلك تعبره مع أبيها، وتلك تعبره زائرة كعضو في أحد الوفود القادمة من الخارج، وتلك....

أما الأثر الثاني الذي كنت تتركه على وجوه الزائرات وأحيانًا بعض الزّائرين! فكان يظهر عليهم وهم يغادرون، حيث تستدير أعناقهم وأعناقهنَّ لتُلقي النَّظرة الأخيرة عليك، والتي ما تلبث أن تتحوّل إلى نظرة طويلة تكون نتيجتها الوقوع من أعلى الدّرجات الأربع التي تصل الصّالة الكبيرة بقاعة العرش. والنتائج قاسية دائما؛ لكن أقصاها ما أصاب السيد وزير الدّاخلية وزوجته اللذين سقطا معًا، كما لو أنهما يريدان أن يثبتا شدَّة إخلاص الواحد منهما لشريك حياته، فكما صعدا معًا، ها هما يسقطان معًا!

العجيب في الأمر، أن أحدًا من الذين تعثّروا واللواتي تعثَّرنَ سواء أثناء الدّخول أو أثناء الخروج لم يحمل أيّ ضغينة لك. وهذه تُعتبر من علامات رضا السيدة الوالدة عليك بالتّأكيد.

وهكذا أصبح الأمر بعد زمن قصير، فصلَ تسلية لسيد البلاد، سيجعله متعلِّقا بك أكثر، بل سيدفعه لتجاوز الرَّسميات بتوجيه بعض الأسئلة اللطيفة لك.

فمثلًا، رغم أن (شاربه) لا يمكن أن نقول فيه إلا أنه واحد من (الشّوارب) الأنيقة، حتى لو قورن بشارب رئيس الأركان، أو شارب السّفير الإسباني الذي لم تره سوى مرَّة واحدة، إلا أنه سألكَ ذات يوم عن سرِّ شاربك:

- كيف تستطيع المحافظة عليه هكذا ليبقى منتصبًا - أقصد شاربك- طوال الوقت؟!!

بعض الأسئلة صعبة، خاصة إذا ما خرجتْ من فم سيد البلاد نفسه.

لكن، ولحسن حظِّكَ، لم يكن هذا السؤال هو الأول الذي يوجّهه إليك، مما ساعدك في العثور على الإجابة البسيطة، بل الأبسط..

- هذا لأنني لم أحلقه أبدًا، ربما، سيدي.

(ربما) هذه، كانت ارتباكك الوحيد. لكنه وجد في إجابتك طُرْفة يمكن أن يضحك لها المرء طويلًا، فضحك. بل ورأى فيها ذكاء وسرعة بديهة، لأنه لم ينظر للإجابة باعتبارها الحقيقة، بل نظر إليها باعتبارها المَخْرَج المُناسب الذي تمكنتَ من العثور عليه بسرعة قياسيّة.

سادة البلاد لا يحبّون الأغبياء؛ هذه قاعدة يمكن أن تتجاوز حدود هذا الزّمان إلى زمان آخر، وحدود هذا المكان إلى أمكنة أخرى؛ وقد كان يكفيه أن يُلقي عليك بين حين وآخر بعض الأسئلة، كما لو انه يريد أن يؤكّد لنفسه حجم نباهتك.

أما أنت، فقد كنت تُسَرُّ بهذه الأسئلة وتعتبرها تكريمًا كبيرًا، وبخاصة إذا ما تمكنتَ من أن تجعله يضحك، هو الذي كان يُقابل هذه المجموعات الكبيرة من الناس، وكل ما يستطيع الظّفر به خلال مقابلتهم، مجرّد ابتسامات لا يمكن أن تكون من القوّة بحيث تتمكّن من بلوغ القلب!

.. ومنذ ملاحظته الكريمة تلك، لم تعد مرآة غرفتك كافية، إذ أنك بحثت طويلًا إلى أن عثرتَ على مرآة جيب مناسبة، وضعتَها في الرُّكن

الأقرب إلى الفؤاد من بزّتك، لأن حسّك بالمسؤولية سيتضاعف تجاه شاربك، لئلا يشعر سيد البلاد، في أيّ يوم من الأيام، بأنه تَسَرَّع - لا سمح الله- حين أبدى ذلك الإعجاب.

البحث عن مكان سرّي
صالح لستر أعراض الناس!

لو كنتَ تعرف تمامًا ما يجري لك، لقلْنا: إن الرياح لم تجر بمشيئة أحد كما جرت بمشيئتك، ولكنك لا تعرف.

هذا الأمر، أعني جريان الرِّياح، لا ينفي أن في كلِّ عرس هنالك دمعة، نعم لا بدّ من دمعة دائما! لكنني أتحدَّث الآن من زاويتي التي أرى منها الأمور لا من زاويتك؛ ثمة ما نغَّص عليك فصل نعيمك الطويل إلى ذلك الحدِّ الذي رحتَ معه تفكر بما لم يفكر به ذو رتبة من قبل، وقد كانت تلك من حساسياتك النّادرة التي أهَّلتك لأن ترى ما يحيط بك لأوّل مرَّة.

لنذهب إلى هناك.

ها أنت كالعادة، تزداد تألّقًا، وكما لو أن جسدك قد اكتشف بنفسه الحيِّز الذي هو فيه، راح يشتدُّ ويمتدُّ ويستقيم ويتآلف ويزهو ويهفو ويتطلع وينتشر ويتجمَّع، وكل ذلك في غفلة منك. ولكن، ها أنتَ تنتبه لما يدور فيه أخيرًا؛ وما كان يمكن لهذا أن يحدث لو لم ترها تقتربُ منك، تُغافل من معها بتأخُّرها عنهم بضع خطوات، وتفاجئكَ فتدسُّ ورقة في يدك، وتمضي!!

للحظة تحسُّ أن الورقة لا يمكن أن تكون لك، تخطو خطوتين خارج موقعك، ولولا إحساسك بحجم المسؤولية الملقاة على كاهلك لتبِعتَها حتى الساحة الخارجية للقصر وأعدتَ لها ورقتها.

إنها جميلة، رقيقة، وابنة واحد من الكبار الذين لا نستطيع لأسباب كثيرة أن ندعوها باسمها؛ وهذا لمصلحتك لا غير. لقد جاءتْ أكثر من مرَّة وتعثَّرتْ كما تعثَّر غيرُها، لكن ما جعلها مختلفةً عن الأخريات أنها تعثَّرتْ مرَّتين، في دخولها وخروجها، بل وتعثرتْ في المرَّة الثانية كما لو أنها لم تتعثر أبدًا من قبل، ولذا رأيتها.

مجرد رؤيتك لها، أيْ وقوع نظركَ على وجهها، أيقظ فيها الكثير من الأحلام، فكلّ ما فيها يبرر لها إمكانية انتصارها، لكنك كنت تعرف من أنتَ، لدرجة أنك أبقيتَ على كلّ شيء فيك، كما هو، وحذفتَ الأحلام، الأحلام التي لم تعد إحدى مكوناتك الأساس كما يقال.

ملاحظة واحدة أطلقَها سيد البلاد بعد ما حدث، جعلتْكَ تتلَّمس الدَّرك الذي وصلتَ إليه: كأنك عاشق، جسمك هنا، وروحك في مكان آخر، قل لي من هي لأزوّجك إياها.

جاءت الملاحظة بعد أقلّ من يوم واحد على وجود الرّسالة في جيبك، الرّسالة التي لم تجرؤ على فتحها، لأنك لو فعلتَ لاعتبرتَ نفسك متورِّطًا في الأمر إلى حد لا يُغتفر.

لكن رسالة الفتاة الرّقيقة المشوقة لن تظل وحيدة هناك في ظلمة جيبك، إذ ستنضمُّ إليها بعد أيام قليلة رسالة أخرى من امرأة غافلتْ زوجها بعد أن تعثَّرتْ مرَّتين أيضًا، ودسَّتْ لك ورقة كانت تبدو أكبر وأثقل لسبب لا تدركه.

ثمة شيء كان يحدُث باستمرار، وهو قيام بعض الأشخاص بمصافحتك؛ طبعًا، وفي كل معايير البروتوكول، لا يجوز ذلك، لكنّهم كانوا ينسون المراسم كلَّها، بمجرد وقوع نظرهم عليك.

أنتَ لا تعرف الآن، مثلًا، ولم تتخيل من قبل، كيف كان حجم لهيب انتظار امرأة أو فتاة لفرصة ثانية تُعيدها إلى عتبة الباب الذي تزيِّنه بطلعتكَ؛ فالعودة إليكَ بمثابة واحدة من المعجزات؛ وللحقّ، ليس لها وحدها، بل لأبيها أو لزوجها، فأن يُكرَّم المرء مرّتين بالوصول إلى هنا في مناسبتين متقاربتين، يعني أن أكثر من أمٍّ قد دعتْ له. وهذا بالذات، ما

كان يجعلهم ينسون أمر بناتهم وزوجاتهم ويحيلهم أسرى لسِحر اللحظة التي تكررتْ بسرعة فاجأت أحلامهم.

باختصار، لقد غدتْ جيوبكَ غير قادرة على استيعاب الرّسائل، بحيث أصبحتَ، بصورة من الصّور، تشبه إلى حدٍّ بعيد غرفة من غرف صناديق البريد.

ولم تفتحْ أيّ رسالة.

فَتْحُ رسالة واحدة كان يعني أنك قد بدأتَ بالتَّلصص على أعراض البشر، وأيّ بشر؟! إنهم علْية القوم، الذين ما تخيلتَ يومًا أن أحدهم سيمدّ لك يدًا لو عشتَ هناك في القرية مليون سنة. لكنني لا أستطيع أن أعرف الآن، ما كان يمكن أن يحدث لو قمتَ بفتْح واحدة من رسائل الوجد تلك، وكلّها كانت تحدِّد بوضوح شديد موعد اللقاء ومكانه خارج أسوار القصر. لكنني أتخيّل ما حدثَ للعاشقات المُنتظرات، والخوف يهزهنَّ، في مدن صغيرة لا يمكن إخفاء علامات العِشق فيها.

أتخيلهنَّ يدرُنَ ويدرنَ، وتتمزَّق قلوبهن وجدًا، وعيونهن دمعًا، وهنَّ يعدُنَ خائبات الرّوح.

حتى تلك الأيام، كنتَ تنام وتصحو في واحدة من الغرف المُلحقة بالقصر، والتي خصصت لك، لكن سيد البلاد مدَّ إليك يده في اللحظة المناسبة، حين رأى أنك ومنذ قدومك لم تخطُ خطوة واحدة خارج أسواره.

للحقّ، كان يحبك، حتى أنه لم يستطع منع نفسه من أن يتمنّى ابنًا على صورتك، ولم يعرف لماذا لا يُسعفه كلُّ هذا الجلال الذي هو فيه، في إنجاب شخص مثلك، مع أنه ما زال في فورة شبابه من هذه الناحية على الأقل.

حين أحسَّ بما يدور فيك، طلب منك أن تخرج لرؤية الدّنيا. وقد قالها بوضوح: أخرج للدنيا ولا تحبس نفسك ها هنا بين الجدران!

قالها برقّة جعلتك تدرك فورًا حجم محبّته، ولو لم تدرك ذلك لاعتبرتَ كلامه أكبر إهانة يمكن أن توجَّه لشخص في مركزك.

وهكذا خرجتَ، لكنك، وقبل أن تبلُغ بوابة القصر، رحتَ تفكر بدليل يقود خطاك في مدينة لم تر فيها سوى غابة، وما كان يمكن أن يكون ذلك الشّخص سوى المجنَّد يعقوب.

الوصول إليه لم يكن صعبًا بمقاييس أيّ إنسان آخر، لكنه صعب بمقاييسك. نحو المعسكر الذي جمعكما مضيتَ، وصولك إلى هناك بصورة مفاجئة أحدث بلبلة كبرى، فكما لو أن أفراده بوغتوا بهجوم ليليّ، راحوا يتعثّرون بأنفسهم، وحين هدأوا بعد زمن طويل، كان السؤال الذي وجَّهته إليهم كافيًا لإعادة توازنهم، بل إن بعضهم نظر إليك لأوّل مرَّة بشيء من الخفَّة.

- أين يمكن أن أجد المجنّد يعقوب؟

طبعًا، قد تتساءل، ولن تفعل: أين الخفَّة في سؤال يمكن أن يسأله الإنسان عن صديقه؟! دون أن تدرك أن سؤالك جرَّحَكَ في موضعين، الأول لأنك تسأل عن شخص هو أدنى منك رُتبة بكثير، والثاني لأن شخصًا برتبتك لا يعرف مكان المجنّد يعقوب! فيكون مضطرًّا للقدوم إلى هنا، كما لو أنه يسأل الجيران عن جار لهم انتقل إلى بيت جديد.

لكنهم أجابوا: إنه الآن في قيادة الاستخبارات.

على عجل نهضتَ، ومضيتَ إلى هناك..

وصولك إلى المقرّ لم يكن أقلّ إثارة من وصولك إلى المعسكر، ويمكننا القول هنا: إن آخر شيء رأوه بدقة هو ما على كتفيك من نجوم، فلأسباب معروفة، بدا عدد النّجوم أكبر بكثير في عيونهم.

المجنّد يعقوب نفسه، فاجأته الزيارة وأربكته، ولم يكن هذا الأمر جديدًا فقد لازمه هذا الارتباك من قديم، وقبل أن تهبط أيٌّ من هذه النجوم على كتفيك.

أوامرك التي لم تكن في الحقيقة أكثر من طلبات، سَيَّرَتْهُ أمامك إلى السّوق لشراء ملابس مدنية لك، وهناك راح يتبعك بارتباك كما لو أنه تابعك، يتعثّر حين تتعثّر، ويلتفت حيث تلتفت، ويقف فجأة حين تقف،

وعلى الرغم من رشاقته التي غدت واحدة من أهم سماته كملاكم، فقد كان يجد صعوبة في اللحاق بك.

داخل بزَّتك أنت شيء آخر.

في البيت انقلبت الأمور، دخلتَ إحدى الغرفتين التي يتكوّن منها منزله، خلعتَ ما عليك، ارتديتَ الملابس الجديدة، خرجتَ، مرتبكًا، ضائعًا فيها، كأن قميصك صحراء، وأنت غزال وثمة من يطاردك فيه.

ما إن رآك المجنّد يعقوب حتى تحوّل فورًا وبلمسة سحرية ليكون قائدك وأنت مجنَّده. لكنكما لن تُدركا حقيقة التبدُّل الذي يحدثُ فيكما، وفي هذه، كان ثمة شيء منك في يعقوب.

تلك الليلة أمضيتَها عنده، حيث استعدتما نُتفًا من ليالي المعسكر وذكرياته، وما إن دقتِ الساعةُ لتشير إلى العاشرة حتى مضى كلّ منكما لِفراشه، فلا شيء يتغيّر على مواعيد نوم الجنود، كلّ ما في الأمر أنكما غدوتما في معسكرين يحملان اسمين جديدين.

حين أطلّ فجر اليوم التالي، اكتشفتما أن ما يربطكما أكبر بكثير من الصّداقة، أكبر بكثير من معايير الرُّتب؛ ولذا، كان أجمل ما يمكن أن يقترحه المجنّد يعقوب، الذي أصبح يحمل رُتبة سريَّة ربما، هو أن تشاركه منزله. لا لشيء إلّا لأن منزله بالذات، هو خير مكان يمكن أن تُستر فيه أعراض الناس.

وهذا ما كان.

الطَّلب الغريب
الذي أضحك سيد البلاد ثلاث مرات

خروجك من بين أسوار القصر، فتح أبوابًا جديدة أمامك، فقد رحتَ تفكِّر ثانية بالسيدة الوالدة والسيد الوالد، وشقيقاتك على اختلاف أعمارهنّ وأسمائهن. هذا لا يعني أنهم لم يخطروا لك ببال أمام ذلك الباب العالي، ولكنك وجدت نفسك أكثر حرية في أن تفكِّر بهم دون أي إحساس بأنك تخون وظيفتك المنذور لها.

لكن، لنعترف، أن كلّ خطوة قادتكَ بعيدًا عن مهمَّتك الكبيرة، ولَّدَتْ فيك نوعًا من القلق، إذ بتَّ على يقين بأن أي شخص يأخذ مكانك هناك، لا يمكن أن يكون بكفاءتك، أو يقظتك؛ على الرّغم من أن هذا الأمر كان نادر الحدوث، إذ من المعروف أن ثمة مواعيد دقيقة لا يمكن الخروج عليها، مخصصة لمثول الناس بين يديْ سيد البلاد.

وفي هذه المواعيد لم يكن هناك أحد سواك.

ذلك بالطبع لا ينفي حدوث أمور طارئة، أثناء إجازة قصيرة لك، أو في بعض الليالي التي بتَّ تقضيها في بيتك الجديد، مع رفيق سلاحك المجنّد يعقوب. وحين يحدث ذلك، تشعر بوخز في ضميرك العسكريّ، ويشعر سيد البلاد بوخز في ضميره الوطنيّ، حين يجد بالباب من هو أقلّ منك حضورًا، بل إنه خجل في إحدى المرّات من ضيوفٍ فرنسيين.

أما الذي حدث فعلًا، فهو أن سيّد البلاد لم يُدرك، أن كلّ من احتلَّ مكانك تحوّل في الحقيقة إلى شخص غير مرئي، لأنه عاديٌّ تمامًا، في حين أن

الأمر بالنسبة لك يختلف تمامًا، إذ لم يكن أحد يملك قدرة أن يمرَّ بجانبك دون أن يراك.

غيابك هذا، كانت له بعض النتائج العاطفية أحيانًا، إذ إن بعض نساء الرّسائل اللواتي عملن بدأب على ابتكار ألف عذر لكي يتمكَّنَّ من رؤيتك ثانية، وجدنَ أنفسهن ينهرنَ بكاء، حين وصلن بعد هذا العناء ولم يجدنَك هناك؛ ومن بينهن تلك الفتاة الرّقيقة الممشوقة.

لكننا لا نستطيع أن نُحمِّلك نتائج هذه الأعاصير العاطفيّة التي أودتْ بأشرعة قلوبهن!!

عامان جميلان مرّا عليك هناك، وحين أقبل العام الثالث بلغتْ سعادتك أوجها، ولم يكن ينغِّص عليك هناءك، سوى سيل الرّسائل الذي حوّل غرفتكما إلى مستودع مكتظ بالأسرار، وحين دُسّتْ في يدك ذات يوم رسالةٌ من امرأة رجل معروف تمامًا، وذي منصب خطير، رحت تبحث عن حلٍّ يُريحك مما أنتَ فيه.

الاستقالة بالطبع لم تكن واردة، وكذلك التّخلي عن الموقع وقداسته! لذا رحتَ تفكِّر وتفكر وتفكر، وحين لم تصل إلى شيء -كالعادة!- ألقيتَ التُّهمة على تلك النّجوم فوق كتفيك، وأيقنتَ أنها سبب ما أنت فيه. لذا انتهزتَ فرصة مرور سيد البلاد بجانبك ذات ظهيرة خانقة، وسؤاله الذي لا ينسى أن يوجهه إليك كلّ ثلاثة أشهر -وهو يواصل مسيره بالطبع- حول معنوياتك، وإن كنت بحاجة لشيء ما.

سألَ،

وفوجئ بك تقول بأن لك طلبًا واحدًا، وقد كان لكلامك وقع كبير عليه، إذ أنه لم يستطع طَوال هذه المدّة الطويلة أن يحرِّك لطلب أيّ شيء. وقف، استدار، فقد كان قد تجاوز الباب نحو القاعة بعدَّة خطوات، يغمره إحساس بأنك تُسيء اختيار الوقت الذي تطلب فيه شيئًا، كما أساء هو بنفسه اختيار وقت طرح السؤال.

- تفضَّل. قال لك.

ولأنك تعرف أن وقت سيد البلاد أغلى بكثير من الذّهب، فقد اختصرتَ كلماتك إلى أقصى حد ممكن:

- أتمنى أن توافق -مولاي- على إنزال رُتبتي العسكريّة!

- ماذا؟!

وفجأة راح يضحك ويضحك، سعيدًا بأنه سألك.

- كنتُ أفكِّر بترفيعك، فأنت تستحقّ ذلك، ثم إن أحدًا لا يمكن أن يطلب طلبًا غريبًا كهذا.

- أتمنّى؛ مولاي.

- ألم تعد قادرًا على تحمُّل ثقل النجوم على كتفيك؟!!

وراح يضحك من جديد.

- أتمنّى أن توافق مولاي.

ولأنه لأسباب كثيرة متعلِّقٌ بك، قال لك:

- لا عليك، اختر الرُّتبة التي تريد أن تظهر بها، لكن رتبتك الحقيقية ستبقى على ما هي عليه.

- شكرًا مولاي.

وقبل أن ينزل الدّرجات الأربع الموصلة للقاعة أطلق ضحكة ثالثة، واختفى.

***

بلغتْ مفاجأة المجنّد يعقوب حدود الصَّدمة، حين رآك تعبر العتبة مساء ذلك اليوم "عريفًا" ليس إلّا، وقد غادرتها صبحًا ملازمًا أوّل. وحين استعاد نفسه، اقترب إليك، وسألك بصوت خفيض، لأنه وكعادته، أحسَّ بأن ثمة لعبة جديدة يُمكن أن تلعبها: ما الذي حدث؟!!

- أنزلتُ رتبتي!

ها كلُّ هواجسه تتحقَّق، وعلى نحو لا يقبل الشك.

- أنزلتَ رُتبتك، بنفسك؟!

- نعم، أنزلتُها بنفسي.

- كان عليك أن ترفعها بنفسك، ما دمت قادرًا على إنزالها إلى هذا الحدّ. أيْ، أنا نفسي أعلى منك رُتبة الآن.

وظلَّ يسأل ويسأل، دون أن يفارقه خوفه منك، إلى أن وصل أخيرًا للسؤال الذي لا بدَّ منه.

- ولكن، قل لي، سيدي، لماذا أنزلتها بنفسك؟

كانت المرَّة الأولى التي يناديك المجنّد يعقوب فيها (سيدي) داخل الغرفة، فأحسستَ بجرح عميق في صداقتكما، التي بدأتْ بما هو أكثر من الخبز والملح، أتذكر؟!

قلتَ له بغضب: لا تنادني سيدي مرَّة أخرى.

فقال لك بوضوح شديد فاجأكَ: يكفيكَ تمثيلًا.

ولأنك ترى في التّمثيل، وبخاصة تمثيل الرجال الذي رأيتَهم ميوعة لا تتناسب مع رجولتهم، بدءًا من محمد عبد الوهاب في (الوردة البيضاء) وانتهاء بفريد الأطرش في (أحلام الشباب)، فقد صرختَ في وجهه صرخة ألزمتْه الزّاوية.

طبعًا، أنت لا تعرف كيف صرختَها، لا تعرف كيف يمكن لصدرك أن يستوعب هذا الهدير المحبوس فيه، ولا تعرف كيف انكمش البطل مذعورًا والتجأ لزاوية بعيدة، يحمي ظهره جداران مُعتمان؛ وأمام عينيك، خطفًا، مرَّ زمانك الأول، الذي لم تملك فيه سوى زاوية. بعد قليل هدأتَ، ووجدتَ نفسك، دون أن تدري تتوجَّه إليه، وتُربِّتُ على كتفه العظيم، وتشجِّعه أن يقول لك شيئًا حول مسألة التَّمثيل هذه.

بعد صمت طويل، ذرف خلاله أكثر من سبع عشرة دمعة، كنت تحصيها لسبب لا تعرفه، وتمسحها واحدة بعد أخرى، اعترف لك بكل الهواجس التي انتابت المعسكر حولك، بدءًا من الشّاويش عطا وانتهاء - ربما - بالكولونيل غريغوري.

وعبثًا ذهبتْ كلّ محاولاتك لإقناعه بأن ما فكّروا فيه غير صحيح؛ ولذا، أقسمتَ أن يرافقك في أوّل رحلة تزور فيها قريتك -لن يحدث هذا- وحين هزَّ رأسه موافقًا، كان يُجامل أكثر مما يصدِّق.

- صافي يا لبن. قلتَ له.

فردَّ: صافي يا لبن.

أتاح لكما هذا الصَّفاء اللبنيّ أن تنهضا ليندسَّ كل منكما في منامته، فبدوتما طيبين متساويين كما لو أن العدالة قد ساوت فجأة بين جميع البشر.

وحين أوغل الليل في ظلمته، وجدتَ نفسك تهمس له: لقد سألتني عن السّبب، وسأعترف لك، فأنت صديقي الوحيد.

بشكٍّ كسول راح يستمع إليك وأنت تتحدَّث عن النساء اللواتي يرينك بباب سيد البلاد. وكيف تكون مضطرًّا لرؤيتهن! إذ لا يجوز لعسكريٍّ يقف بذلك الباب أن يكون مطأطئ الرأس!!

وحدثته عن اختلافهنَّ عن كل النساء اللواتي تلمحنَّ مصادفةً في الشوارع، أو تلمح في الحقيقة أجزاء محدّدة من وجوههن. وقد أيقظ فيه حديثُ الجمال انتباهَهُ شيئًا فشيئًا، وهكذا، وجدته يسأل ويسأل، دون أن تستطيع إيجاد إجابات سريعة شافية. كان سؤاله التالي يسبق جوابك عن سؤاله السابق، كأنه يحقِّق معك بطريقة يريد أن يجعلك من خلالها تقع في مغالطات تُدينك، وحين أفضيتَ له بسرٍّ إعجابهن بك -على ما يبدو- وتحدَّثتَ عن رسائلهن، التي لم تقل له أي شيء عن مصيرها، وما إذا كنتَ تقرؤها أم لا، انتفض فجأة وصرخ في وجهك -وقد غدا قائدك الآن- صرخة الزمتْكَ زاويتك حتى صباح اليوم التالي.

- وهل أنت مجنون، لا أنت مجنون، تهرب من أجمل نساء البلد! مجنون، هل جننتَ؟ لقد جننت!

وهبَّتْ فيه عاصفة الفحولة فصرخ: إذهبْ وانكحهنَّ جميعًا!!!

عالية كانت صرخته، إلى ذلك الحدِّ الذي أحسستَ معه أن العاصمة كلّها سمعتها؛ وأنها أَمرٌ، كان يمكن أن تنفِّذه على الفور لو أن واحدة منهنَّ أمامك.

وبطيئا مرَّ الليل، اندسَّ يعقوب في فِراشه، وبقيتَ ملتجئا لعتمة زاويتك تُحصي ذرات رمادها.

مساوئ البعد عن الشارع
والمهمات الفريدة الموكلة للمجند يعقوب

كلمات كثيرة سمعتَها ونسيتَها، جريًا على حكمة السيدة الوالدة التي قالت لك ذات يوم: ما دمتَ تمضي لتكون جنديًا، فعليك أن تتعلَّم جيدًا الطريقة التي تجعل الكلام يدخل من إحدى أذنيك، ويخرج من الأذن الأخرى.

لكنك طَوال السّنوات التي أمضيتها بين أسوار المعسكر وقاعة عرش سيد البلاد، لم تسمع كلامًا كبيرًا يمكن أن يدفعك للتفكير فيما إذا كان يتوجَّب عليك أن تبقيه داخل رأسك أم تُلقي به خارجه.

ليس ثمة أسرار هنا أكثر خطورة من تلك التي تتقلَّب في جيبك على جمر الحبّ. أما تلك الصّرخة التي أطلقها المجنّد يعقوب، فقد أَبتْ أن تغادر جمجمتك، رغم كل محاولاتك لإخراجها. في عتمة الرّأس راحت تطنُّ، وترنُّ، وتئزُّ، وتنقرُ، وتعوي، وتنبحُ، وتصدحُ أيضًا!

ولم يكن ذلك بسبب خطورتها، وما يمكن أن تعنيه على المستوى الأخلاقي بالنسبة لك، بل بسبب قائلها بالتّحديد. فحين يصل المجنّد يعقوب إلى حدِّ إطلاقها بتلك القوّة التي كادت توقظ سكان العاصمة من نومهم، فهذا شيء يثير الفزع. إذ ما الذي يمكن أن يقوله عامة الشَّعب، إذا كانت الاستخبارات تفكِّر بهذه الطريقة.

هكذا رحتَ تفتِّش لصاحبك عن عذر، إلى أن وصلتَ إلى النتيجة التي كان لابد أن تصل إليها: أن يتزوج!!

أكبر منك سنًّا كان، صحيح أنك لا تعرف سنة ميلاده، لكن، ولسبب غامض كنت ترى في كلِّ من تقع عليه عينك أنه أكبر منك سنًا؛ وما كان هناك أحد تراه أكثر من المجنّد يعقوب.

الزواج نصف الدِّين.

قررتَ أن تفاتحه، وحين فاتحته، راح يضحك ويضحك ويضحك، بحيث لم يعد قادرًا على إغلاق فمه؛ فالشيء الذي لم تعرفه أن المجنّد يعقوب قد تغيّر، ولم يُغيِّره شيء مثلما غيَّرته مهنته.

لن تسألني: وكيف؟

ولذا سأتبرع بتوجيه السؤال لنفسي، لأشرح الأمر لك!

بدخول المجنّد يعقوب إلى دهاليز الاستخبارات، تغيَّرت حياته تمامًا، ولولا ما بينكما من عِشْرَة تتجاوز الخبز والملح، ويقينه بأنك شخص (واصل) لما فتح لك أبواب قلبه، قبل أن يفتح لك باب بيته لتشاركه فضاءات أحلامه فيه، ما أن لُحتَ أمامه كطيف عذب من أطياف الماضي.

في البداية فكَّروا بتعيينه جلادًا، وما كان يمكن لأحد أن يُوقِعَ الرُّعب في قلوب السجناء المشبوهين مثله. لكنه لم يستطع القيام بذلك لسبب بسيط: قلبه ضعيف. حسب تعبير مسؤوليه؛ وطيب حسب تعبيره هو. ولأنّه من الخامات الجيدة، لم يطاوعهم قلبهم التّضحية به كإرساله لقوات الشرطة مثلًا. وطويلًا فكَّروا في إيجاد مهمَّة مناسبة له، فلم يجدوا، فأعادوه للأقبية، لكنه فشل مرَّة أخرى، ولأنّه على تلك الدّرجة من الطِّيبة التي تعرفها، فقد قال بصوت مسموع لمسؤوله: أستطيع أن أجلب الناس إلى هنا، لكنني لا أستطيع تعذيبهم!

قَبِلوا!!

لقد مرَّتْ أكثر من سنة ونصف السنة حتى وصلوا لهذا الحلّ، لكنّهم وصلوا، وهذا هو الأهمّ.

أنزلوه للشوارع.

الشوارع التي كان وجوده فيها كافيًا كي يحسّ المرءُ بأن ثمة إعلانًا للطوارئ في البلاد.

***

الشيء الذي لا بدَّ من قوله هنا لاختصار الكثير: لقد كنت في واد والعالم في واد آخر. فما يحدث في الخارج لا يمتُّ بصلة لجمال النّساء اللواتي رحنَ يتساقطن في شِباكك بطريقة تثير الشّفقة، النساء الجميلات، ومَنْ منَّ الله عليهنَّ بطمأنينة أنهنَّ جميلات دون أن يكنَّ كذلك أبدًا؛ فثمة عالم في الشوارع لا يمتُّ بصلة لفخامة الاستقبالات الحارّة والأناقة المفرطة لكبار رجال الدّولة، والدّول الأخرى.

غليان لم تسمع عنه شيئًا، يُلخِّصه بفصاحة حدثٌ واحد يتمثّل في ذهاب خالك إسماعيل للقتال في فلسطين؛ وعلى الرّغم من قرب هذا الأمر إليك، إلا أنك لم تحسَّه بما يليق بمعناه.

في الخارج، مظاهرات تُطالب بإنقاذ ذلك البلد، واعتقالات، خطابات حامية، واستغاثات. وفي هذه المعمعة الكبرى التي لم تكن تعنيك كثيرًا، اكتشف المجنَّد يعقوب مواهبَه، والتي يمكن القول إنها تفوق مواهبه في الملاكمة، ومواهبه في التَّسلل عبر الأزقة المعتمة للوصول إلى أكثر المواقع الحسّاسة خطورة، أتذكر؟!!

في البداية كانت مهمَّته عادية، يمكن أن يقوم بها أي جنديّ، أما الآن فهي مختلفة: عنصر استخبارات عملاق، يُغِيْرُ على المتظاهرين، ممسكًا بكل من تطاله يده، وقد لاحظ الجميع مدى قدرته، ففي حين لا يعود رفاقه الآخرون بأكثر من واحد في أحسن الحالات، كان باستطاعته العودة باثنين من المتظاهرين في كلِّ مرَّة.

***

امتلأت السّجون بطريقة لفتتْ انتباه الناس أكثر، وأشعلتْ غضبهم بصورة أشدّ، فتراجعت الحكومة قليلًا، وانكمش دور يعقوب الذي اكتفى بالدَّوران حول المتظاهرين ليس إلّا، إلى أن رأى نفسه ذات يوم في قلب مظاهرة، حتى، قبل أن ينتبه؛ وحين أبصرَ المتظاهرون قامتَه العالية، وضخامته التي تؤهِّله لرفع جَمَل صغير على كتفيه، شدّوه من يده ليأخذ موقعه في القلب، ودون أن يدري وجد شخصًا ما، لا يعرفه بالطَّبع،

يتسلَّق قامته بمساعدة الآخرين ويستقرُّ فوق كتفيه مُطْلِقا الهتافات التي يردِّدها الناس بعده.

في بداية الأمر أحسَّ المجنّد يعقوب بخطورة ما يجري، فماذا لو ضُبط متلبِّسًا في مظاهرة من هذا النوع، وقد كان بالأمس فقط يُغيْرُ على المتظاهرين؟! بل إنه أحسّ فوق ذلك، أن ثمة إهانة تلحق به، فهذه هي المرَّة الأولى التي يتمكّن فيها شخص ما من الرّكوب عليه! هكذا أحسَّ الأمر، إلى درجة أنه نفض كتفيه أكثر من مرَّة كي يُطوّح بمن عليهما بعيدًا؛ لكن خبرة الآخر -على ما يبدو- مكَّنته من البقاء متشبِّثًا متماسكًا. وحينما فقد المجنّد يعقوب الأمل بالتَّخلص منه، بدأ يفكر في حلٍّ آخر، وقد قدمتْ له قوات الشرطة هذا الحلّ، فبمجرَّد أن تدخلتْ لتفريق المتظاهرين، وتمكَّنتْ من ذلك، راحوا يتراكضون، وكان هو الأسبق للفرار، لأن الإمساك به هو الخطر الحقيقي الذي لا يتهدّد واحدًا مثلما يتهدَّده.

راح يركض ناسيًا الرجل الهتّاف فوق كتفيه، والذي كان -على ما يبدو- مطمئنًا لسرعة من تحته أكثر من سرعته لو تمكّن من الهرب على قدميه، ولذلك لم يحاول النّزول!!

لكن المجنّد يعقوب ظلَّ يركض ويركض، والهتّاف فوق كتفيه مطمئن، حتى لاحتْ للاثنين قيادة الاستخبارات، عندها حاول الرّجل التفلُّتَ للنّزول، بعد أن أحسّ بالمصيدة، إلا أن يديْ المجنّد يعقوب كانتا مُطبقتَين على فخذيه بقوة مُدمِّرة؛ وظلَّ يصعد به ويصعد، حتى أنزله أمام مكتب المسؤول الكبير.

وهكذا، سقطتْ تفاحة نيوتن في يد المسؤول وفي يد يعقوب فصرخا معًا: لقد وجدناها!

ومنذ ذلك الوقت أصبحتْ مهمَّة يعقوب تتلخَّص في الاندساس بين المُتظاهرين، واختطاف الهتّافين واستغلال الفرص للانسلال بهم بعيدًا حتى الزّنازين.

لكن بعض الأمور لا يمكن أن تواصل اندفاعها ، على الرغم من أنها وجدتْ بداياتِ طُرُقِها.

نهاية مشوار الخال
وبداية مشوار المجنّد يعقوب

كنت على وشك دعوة المجنّد يعقوب لزيارة قريتكم، حين جاءك النبأ العظيم: استشهاد خالك في فلسطين.

ولقد حمدتَ الله أنهم جاءوا لإبلاغك الخبر في بيت المجنّد يعقوب لا في القصر!

بانتظارك كانوا هناك، السيد الوالد، حَسّان زوج شقيقتك سَعْدَة، ورجلان لا تعرفهما.

طويلًا انتظروك بالباب، وقد عرفتَ فيما بعد، أن عدم ذهابهم لمقرِّ عملك أمرٌ محسوب، فبحساسيتهم المفرطة تجاه ما يدور، والذي لا تعرف عنه شيئًا، أدركوا أن استشهاد خالك قد يأتي إليك ببعض المصائب التي لا يمكن أن تكون صغيرة، إذا ما عُرف من قِبَل قادتك.

وحسنًا فعلوا. لكنهم حين رأوك ببزّتك المتواضعة، التي لا تمتُّ بصِلة لآخر بزَّة ورتبة وضعتَها على كتفيك، انتابهم قلقٌ شديد عليك، وأيقنوا أن المصائب قد حطتْ بدارك، قبل وقتٍ طويل من وصولهم.

الآن، إذا ما أردنا تلمُّس آثار وقْعِ الخبر عليك، فسنقول: إنه كالصّاعقة. وقد عجبتَ كيف باحوا به، حتى، قبل عبورهم عتبة الباب، بل وحتى قبل أن تُخرج المفتاح من جيبك.

حين رأيتهم أدركتَ أن عددًا كهذا العدد من رجال القرية لا يمكن أن يجيء إلا وثمة مصيبة تدفعهم من أبواب بيوتهم هناك، حتى باب بيتك

هنا، ورغمًا عنهم.. ولسبب ما، لم يخطر ببالك لحظة أن مكروها قد يكون حدث للسيدة الوالدة، أو لواحدة من شقيقاتك. كان ثمّة شيء آخر، غريب، لا يمتُّ لانفعالات الموت العادي.

أشرعتَ الباب بصمتٍ، فانسلَّ السيد الوالد خلفكَ، كما لو انّه يريد أن يكون أول من يعرف حقيقة شعورك، خاصة وأنك بدوتَ صامتًا أكثر مما يجب. وكما في عتمة مساء العالم في الخارج، كنتَ في عتمة الدّاخل، أشدّ صمتا وأكثر غموضا.

لقد أقلقتَ السيد الوالد، وهذا آخر ما كنتَ تفكّرُ فيه.

لكنك، لسبب ما أيضًا، رحتَ تحاول ما استطعتَ مغادرة المكان بأسرع ما يمكن. وإذا أردنا التّحديد أكثر، فسنقول: قبل وصول المجنّد يعقوب.

لم تكن تريده أن يعرف أمرًا خطيرًا كهذا، وفي هذه النقطة بالذات كانت هواجس السيّد الوالد ومن معه تلتقي بهواجسك.

الشيء الوحيد الذي كان لا بد منه، هو أن تذهب لأخذ إجازة. قررتَ أن تأخذهم معك، تتركهم في أقرب مكان للقصر، تقضي ما عليك، ثم تنطلقون من هناك نحو القرية.

دخلتَ الغرفة الأخرى، وعلى عجل خلعتَ بزَّتَك التي ترتديها، بزّة العريف فؤاد، وارتديتَ بزّة الملازم أول فؤاد وتوابعها! وحين خرجتَ أدرك السيد الوالد أن ابنه أخطر بكثير مما كان يُفكّر، ولذا سيتعامل معك بحذر شديد، دون أن تتمكّن من شرح الأسباب التي دعتك لإنزال رتبتك، والتسهيلات المتاحة لك لإعادة رفْعِها في أيّ وقت تشاء.

ذهبتَ إلى القصر، عدتَ إليهم، وجدتهم حيث تركتهم في السّاحة العامة تحت نافورة الماء، نافورة الماء التي بدتْ لك كأنها الدّموع التي لم تستطع ذرفها؛ وفي داخلك، داخلك العميق هناك، كان باستطاعتك أن تتحسَّس حِمَمَ بركان غامض؛ ولزمن طويل، قد يمتدّ حتى هذه اللحظة، لن تدرك أن ذلك الإحساس ما كان يمكن أن يكون، لو أنك تلقيتَ الخبر وأنت ترتدي ملابسك المدنية، أو منامتك مثلًا؛ لقد تلقيته وأنت قابع في بزّتك العسكرية، ولم يكن ثمة فرق بين الرُّتبة التي تحملها تلك اللحظة،

رتبة العريف، والرُّتبة الحقيقية، التي أودعتَها الزّاوية، كي تتمكّن من صدٍّ أو كبح جماح ذلك الجَمال الآسر الكاسر الجارف الزّاحف نحوك. فلسبب ما، أصابَ الخبر ما هو أكثر من شرفك العسكريّ، أصاب حسَّك بالرّجولة الذي لا تشعر به، إلا حين تكون داخل هذا اللباس.

.. في القرية البعيدة المنسيّة تلك، حين وصلتَ، سمعتَ عن فلسطين أكثر مما سمعتَ عنها طَوال زمن وجودك في الجيش. في أمسيات الليالي الثلاث التي قضيتها هناك بين الناس، كان التاريخ كلّه بين يديك، واضحًا كما لم يكن واضحًا من قبل.

أما أكثر ما أثار استغرابك، فهو أن السيدة الوالدة التي كنتَ تحاول البحث عن طريقة يمكن من خلالها أن تُسَرّي عنها، كانت متماسكة، وقويّة؛ صحيح أنها ذرفت عددًا لا يمكن أن تحصيه من الدموع حين عانقتْكَ، لكنها لم تبك بصوت عال، وبدتْ ببكائها تلك اللحظة كأنها حُبلى بالشّوق إليك، أنتَ الذي لم تزرها منذ تسعة أشهر.

الشّهادة لا تُستقبل بالدموع.

لقد بهرك هذا النوع من الموت الذي تمناه الجميع لأنفسهم ثلاث ليال كاملة بأيامها. وحين انتهت إجازتك، وقررت العودة، كان أهم ما حدث أنك رأيتَ شقيقاتك السَّبع مجتمعات لأول مرَّة منذ أربع سنوات، أو يزيد، ولعلك لن تراهنَّ على هذا النحو أبدًا! أما بالنسبة للسيد الوالد، فإنه كان في حَيرة من أمرك وأمر هذه الدّنيا، إذ لم يستطع توجيه سؤال لك حول ذاك الشيء الغريب الذي حدث أمامه، ونعني السّهولة التي يُمكن أن تغيِّر فيها رتبتك، ولم يكن من معه أقلّ حيرة، لكن الشيء الذي أرَّقه أكثر، أنه لم يستطع البوح بأفكار راودته حول هذه المسألة حتى للسيدة الوالدة، وحين سيتمكّن، ستكونُ قد قطعتَ الحدود متَّجها لتلك البلاد التي قيل إنها الأجمل، وإن رجلًا كخالك لم يكن يستحقُّ ميتة أقلّ جلالًا من الاستشهاد على أرضها.

***

ما حدث، ليس أقلّ من سرٍّ،

لكنه أكبر من حقيقة،

تسكنكَ، وتقضّ ليلك.

لسبب ما، أنت تعرف، أن خالك إسماعيل لم يكن يومًا على خطأ؛ ولقد تأملتَ ملامح ذلك الرّجل الذي حمل الخبر إليكم، وهو يصفه ويصف الطّريقة التي استشهد بها، ثم وهو يصف ساحة النار والموت في تلك البلاد. واثقًا من خياره كان، إلى ذلك الحدّ الذي جعله يودِّعكم في منتصف النهار التالي، ليرجع ثانية إلى هناك.

ولسبب ما، أحسستَ أنه يذهب لحياة أخرى لا يعرفها أحدٌ منكم.

سحابةٌ من الهمِّ ستُظِلُّك، ورغم أعراسهم الحزينة باستشهاده؛ لن تكون فَرِحًا، وتعود..

محاولات المجنّد يعقوب لجرِّك لحديث ما، ستذهب أدراج الرّياح. لذا، سينتابه إحساس بالذنب، بسبب جملته التي لا بدَّ أنها جرحتْ شعورك، ولا نعني هنا سوى جملته الصَّرخة، التي لا يجوز أن نُكررها ثانية!

أسبوع أسود طويل مرَّ بعد ذلك، لم تكن فيه أنتَ أنت، لم تكن العريف فؤاد ولا الملازم أول فؤاد. لكن أكثر ما أفزعك، أن إحساسًا غريبًا راح يعصف بك، هو أن بزتك العسكرية التي ترتديها فارغة، وأنك لستَ فيها، أنها تقف وحدها بباب سيد البلاد، كما تقف أيّ بزة مدنية في واجهة محلٍّ لبيع الملابس.

أسبوع كامل لم تشعر أن أحدًا خلاله قد رآك بالباب، لم يتعثَّر أحد، ولم تُدِر واحدةٌ عنقها قبل أن تسقط من على الدّرجات الأربع المؤدية إلى القاعة، وخُيّل إليك أن الفتاة المشوقة قد مرّتْ أمامك ولم تلتفتْ، وتلك المرأة أيضًا - زوجة الرّجل بالغ الأهمية الذي لا نستطيع ذِكر اسمه.

وفي خيالك رحتَ تحاولَ تتبُّع العمر الذي نذره خالك إسماعيل لك، الطرُق التي رافقك عبرها، عرَق جسمه الذي ينساب من يده إلى يدك، خوفه عليك، تلفُّته، يقظة الصّقر فيه، لكن أكثر ما عذَّبك، أن هذه الأحاسيس، التي تنتابك للمرَّة الأولى لاحت غامضة، وسط ضباب كثيف، فلم تعد تعرف أين أنتَ، أنتَ الذي عشت في ظلِّه كلّ تلك

السنين؛ وانتابكَ إحساس غريب بأنه اختفي؛ أمامك كان، واختفى، هذا كل ما في الأمر، طار، أو ما يشبه ذلك، تلاشى كغيمة أمطرتْ، هل ترحل الغيمة التي تُمطر، أم تظل هنا؟

لكنك لن تصحو من هذه الكارثة التي حطتْ على مشارف روحك وانتشرتْ، إلا بكارثة أخرى ستطال المجنَّد يعقوب!

نجاحك الذي تكلّل
باكتشاف وجود الهواء

لأول مرّة تداهمك رغبة إخراج الرّسائل من مخبئها، وقراءتها، لكنك لن تستطيع. هكذا، رحتَ تتحسَّسها، تتحسَّسها لا غير، في غياب المجنّد يعقوب، وتحاول أن تتذكّر صاحباتها، واحدةً واحدة، لم تستطع، حاولتَ أن تقارن بين شكل الرّسالة وتلك الملامح التي كانت تمرُّ أمامك خطفًا، لم تستطع، حاولتَ الذّهابَ مباشرة إلى الرّسالة عبر تشمّم رائحتها، لعلّك تتذكرُ رائحةً، ولقد نجحتَ إلى حدٍّ معقول، أفزعكَ هذا. فرائحة الرّسالة التي بين يديك تعود لزوجة ذلك الرّجل الكبير جدًا؛ لو كانت تعود للفتاة الطويلة المشوقة لقمتَ بفتحها، ربما.

وازدادتْ عتمةُ وحدتك.

راح المجنّد يعقوب يغيب لليال متتالية، عرفتَ فيها بعد سرّها، لقد كان يطوف البلاد طولًا وعرضًا، بناء على أوامر عُليا، للقيام بمهمّته التي لم يسبقه إليها أحد، ولن يخْلِفه فيها أحد: مهمَّة اختطاف الهتّافين وتسليمهم.

- إذا تركناك هنا في العاصمة (على طول)، فسيكتشفك الناس، ويعرفك المتظاهرون. قالوا له. ثروة مثلك لا يجوز تبديدها في مكان واحد. أضافوا.

ولعلَّ أكثر ما أفرحه أن مسؤوله الكبير قال له، لقد نصحتُ زملائي في ثلاثة بلدان عربية أخرى - على الأقل - خلال اجتماع تنسيق أمنيٍّ بإتباع

طريقتنا - طريقتك. وقد فرحوا كثيرًا، ووعدوا بتنفيذها، بل نفذوها فعلًا، وهم مرتاحون للنتائج الطّيبة التي تحقَّقتْ وتتحقّق.

مزهوًّا كان المجنّد يعقوب، فها هو ينال شهرة وثناء، لم ينل مثلها أيام بطولات الملاكمة، بما فيها تلك المباراة الكبرى مع الملاكم الإنجليزيّ، المباراة التي أفرحت الجميع، باستثناء قائد الجيش.

... ...

في إحدى المظاهرات الكبيرة التي انطلقتْ ضد قرار التقسيم، استطاع أن يختطف أكثر من أربعة هتّافين خلال أقلِّ من ساعة ونصف السّاعة. فخورًا عاد إليك مساء.

- الناس جُنَّتْ، قال لك، إلى ذلك الحدّ الذي أصبح فيه بإمكاني أن أتسلّل بالهتّاف الأهم، عبر زحامهم، لأُلقيه من على حافة الشارع إلى قوات الأمن المختفية تحته. وليس عليَّ سوى أن أنفض كتفيَّ، ليطير المسكين كالغبار نحو أيديهم!

فَرِحًا، ووحيدًا. راح يضحك؛ ولم يفاجئه صمتك أمام كلامه الذي يطلقه كطرفة. وللحظة عابرة، لحظة قصيرة لم تدركها تمامًا، مرَّ في بالك خاطر غريب حول هؤلاء المتظاهرين:

لقد أحسستَ بأنهم أخوالك!

ولأنك لا تملك هذا العدد من الأخوال، فقد طردتَ الفكرة، ولو كان بإمكانك اللحاق بها وقذفها بكل ما تطاله يدك، حتى تتأكّد من مغادرتها الشارعَ، فالحيَ فالمدينةَ لفعلتَ.

واختفى يعقوب من جديد.

وحين عاد، عاد بحكايات أكثر، وتفاصيل تُخيف.

كانت حرارة العالم تزداد حولك، إلى حدّ، أنك ودون أن تدري، رحتَ تزن خطورة الأمور بمدى جرأة المتظاهرين الذين راحوا يقتربون يومًا بعد يوم من أسوار قصر سيد البلاد. ولسبب لا تدركه، عرفتَ أنهم على درجة من جدِّيةٍ ستجعلهم يطرقون الأسوار.

يا للهول!!

صرختَ ولم يسمعك أحد.

رغمَ كلِّ الظّروف، لا يصح أن تصل بهم حماقتهم إلى هنا!!

في تلك الفترة، استرحتَ من شيء واحد فقط، أحسستَ أنك مَدين به للمتظاهرين: فقد انقطعتْ زياراتُ السيدات والآنسات للقصر عدّة أشهر، واقتصر الأمر على الرّجال الذين صاروا يجيئون في مواعيد غير محددة، بل يمكن القول سريَّة.

لكن ذلك لم يطل، إذ عُدْنَ من جديد، لكن خطتّك الرّامية للتّخلص من مضايقاتهن، راحتْ تحقق نُتائج سحريَّة، فمن جديد عدتَ لا مرئيًا كأي جندي، وكان يكفي أن تُلقي إحداهن نظرة سريعة على ذراعك، لتُدرك فورًا أنها أرفع مقامًا من أن تتنازل وتنظر إلى عريف، حتى لو كان على هذه الدّرجة الصّارخة من الجمال!

لكن واحدة منهن تجرأت ذات يوم ووضعتْ في يدك رسالة، واختفتْ. زلزال مدمِّر هزَّ كيانك المطمئن، فاجأتك الهزيمة في عقرِ نشوةِ انتصارك! فقدتَ الأمل في الحياة، وكدتَ تفقد كلّ شيء، حين تفلّتتْ قدماك محاوِلَةً اللحاق بالمرأة لردِّ رسالتها أمام الجميع.

وحسنًا أن عقلك لم يستجب لقدميك.

حين غادرتَ أسوار القصر ذلك المساء، كنتَ تغادره لسبب وحيد، أن تعرف لماذا مُنيتَ بهذه الهزيمة، وفي الطريق المظلم رحتَ تتساءل وأنت تنظر للسماء: ما الذي يمكن أن أرتديه يا الله حتى أدفع هذه الغوايات عني؟!!

لم تدر كيف وصلتَ بوابة البيت، كيف أشرعتَها، وكيف أغلقتَها بإحكام. عدت للزاوية من جديد، ألصقتَ ظهرك بضلعيها الباردين، ارتجفتْ يداك، وتجمّدتْ أصابعك وهي تحاول العثور على حافة يتاح لها من خلالها أن تفتح المظروف دون أن تمزِّق ما فيه؛ وحين استطاعت أصابعك القيام بالمهمة الشّاقة تلك، وأخرجت الورقة البيضاء، فوجئت تمامًا بما في داخلها. لم يكن هناك سوى سطر واحد، قرأته على عجل، وحين

انتهيتَ، فرحتَ، بل وكدتَ تطير، لأنها لم تكن تطلب منك سوى إعادة رسالتها التي دسَّتها في يدك أيام كنت ملازمًا!

لكن السَّكْرَةَ - كما يُقال طارت - حين جاءت الفِكْرة.

- أيّ رسالة هي رسالتها بين هذه الرّزمة الهائلة؟!

سألتَ نفسك، ولم تصل لإجابة.

وبعدَ تأمُّل طويل لمغلفات الرسائل المتشابهة، اخترتَ المظروف الذي شعرت بأنه، لا بدّ، يضم رسالتها! ولم يطل الوقت، فقد كانت من فئة النساء اللواتي لا ينقطع تردّدهنَّ على القصر.

بصعوبة استطعتَ الوصول إلى يدها، رغم أنها على بُعد خطوة منك، ناولتها الرسالة، والعرَق يتصبب من جسمك، لكنك بعد لحظات قليلة كنت ترى بأم عينك ذلك الجبل الرهيب الذي راح ينزاح شيئًا فشيئًا عن كتفيك.

تنفستَ.

ويمكننا القول: إنك اكتشفتَ يومها وجودَ الهواء.

......

لم يمض زمن طويل حتى دسَّتِ امرأةٌ أخرى رسالة في يدك، تطلبُ منك فيها ما طلبته الأولى، مما عقَّد الأمور أكثر؛ إذ لم يكن من السَّهل عليك العثور على اللحظة المسروقة المناسبة لدسِّ الرسائل في أيديهن.

بدأت التفكير في حلٍّ يريحك منهنَّ جميعًا، وكما يقال: (الله لا يَقْطَعُ أحدًا)، فقد جاءت الفرصة الكبيرة التي جمعتهنَّ كلّهن في ليلة واحدة، في ذلك الحفل الكبير الذي أقيم على شرف المندوب السّامي البريطاني؛ ليلتها اختلطَ الحابل بالنابل، وكان بإمكانك أن تعيد الرسائل التي حشوت بها جيوبك كلها، بيسر شديد. لكن الخوف الذي ملأك، هو أن ترتكب خطأً ما، فتضع رسالةً في يد امرأة لم تكتب لك رسالة أصلًا. إلا أنّك، واعتمادًا على حاسَّتك والطريقة التي ينظرن بها إليك، رحتَ تعيد الرسائل واحدة إثر أخرى؛ وكنَّ فرحات، فها رسائلهنّ تعود إليهنَّ دون أن تُفتح، كما لو أنك لم تكن أكثر من ساعي بريد. لكن الأمور تعقَّدتْ فيما بعد أكثر حين

اكتشفن، أن رسالة واحدة لم تعدْ لمصدرها الأول، إذ وقعت الرسائل في أيدٍ غريبة عن الأيادي التي خطتْها، وعندها فقط، وِلِدَت الفضيحةُ وراحتْ تكبر وتكبر، ولكن في الخفاء، حين أدركتْ كلُّ صاحبة رسالة سرَّ امرأة أخرى سقطتْ في غرامك. وفي الخفاء أيضًا بدأتِ المفاوضاتُ السرِّية بينهنَّ، لتبادل الرسائل، وهذا ما جعل الأمر أكثر سوءًا، إذ أصبحتِ الواحدةُ منهن تعرف أسرار العشرات، بعد أن كانت لا تعرف سوى سرِّ امرأة واحدة.

طبعًا، وكعادتك،لم تعرف شيئًا من هذا، لكن الرسائل ظلَّت تدور من يد لأخرى، وتزداد خطورتها يومًا بعد يوم؛ وحين كانت الحرب هناك مشتعلة، لم يكن شيء هنا يغطي على أخبارها في مجالس سيدات المجتمع سوى المفاجآت التي تنفجر كالقذائف في جلساتهنَّ، كلما اكتشفن اسم واحدة لم يتصورنَ يومًا أنها تستطيع كتابة رسالة. ولم تنج من ذلك، بصعوبة، سوى سيدات المجتمع الأميّات. فوحدهن استطعن امتلاك جرأة نفي السّقوط في هواك.

المجنّد يعقوب يكتشف
وجود هتِّيف نائم على كتفيه

كان السؤال الذي واجهك، بعد تخلُّصكَ من عبء الرسائل: هل ستعود لارتداء بزَّتك الأولى المزيَّنة بالنجوم، أم تواصل حياة التّقشف هذه، التي نزلتْ عليك سكينةً ورحمة؟!

خلوُّ البيت من الرّسائل، تركَ فراغًا؛ فبالقدر الذي كنتَ فيه تخشاها، كنت تجد فيها صديقًا ما، صامتًا صحيح، إلاّ أن صمته يقول الكثير، كنت محبوبًا، ولم تدرِ ما الذي يمكن أن يفعله شاب أصيل مثلك بكل هذه المشاعر المتلهفة العاصفة التي تهبُّ عليه.

أما جملة المجنّد يعقوب، أو صرخته، فقد ظلَّت تدوِّي، في أذنيك، وترى فيها طلبًا مستحيلًا، إذ كيف يمكن لرجل واحد أنْ ينكح كل تلك الجموع؟!!

***

راحت التغيُّرات، التي لا يمكن القول بأنها بطيئة، تزحف نحو المزاج العام لزميل الغرفة، وحين تكامل صمتهُ مع صمت الفراغ الذي خلَّفتْه الرسائل، أصبح بإمكانك أن تشمَّ رائحة العذاب، وتسمع صرخاته في الليل.

طويلا بقيتْ هذه الأحاسيس المبهمة تنتابك، في ظلِّ كلماته التي غدتْ قليلة وبعيدة، إلى أن تقدمتِ الكوابيسُ هائجة تهزُّ نومَه، فتراه يصحو مبللًا بالعرَق والدّموع.

لم يسبق لك أن شاهدتَ شخصًا يبكي أثناء نومه. كنتَ تقترب منه فترى الدموع تتدحرج من طرفيّ عينيه، ولم يعد يصحو إلّا على بركة صغيرة من الماء تحتَ رأسه.

لسبب ما، لم يكن بحاجة للوسائد، وقد ظننتَ أن السّبب يعود إليك، بعد أن عرف أيام المعسكر مدى حاجتك لوسادة أخرى غير وسادتك، فمنحكَ ما لديه، مُحاولًا التقرُّب منك، أَتذكر؟! لكن المسألة لم تكن عائدة لهذا، ولا لتلك العضلات الهائلة لذراعيه التي كان يُلقي برأسه عليها لينام مطمئنًا؛ فقد أمضى نومه الأول، ما قبل المعسكر، ولا شيء تحت رأسه سوى حذائه. لكنه ما أن اهتدى لذراعيه حتى عمل ما استطاع ليكونا وسادته الآمنة.

حاولتَ جرَّهُ للكلام رغم ندرة كلامك، لم تستطع. كان على الغضب والحزن أن يختمرا في داخله طويلًا قبل أن تسمع الانفجار.

صباحًا ينهض، يمضي دون أن تراه، ويعود في معظم الليالي، دون أن تراه، يندسُّ بين ذراعيه، ولا يلبث نشيجه أن يعلو قليلًا قليلًا.

.. وحتى لا أتركك تنتظر، سأمضي بك إلى هناك، إلى الشوارع التي راح لهيبها يعلو ويعلو، ولم يعد أحد قادرًا على إطفائه. راح المجنّد يعقوب يعمل بكامل طاقته، ولم تزل جملة مسؤوله ترنُّ في أذنيه، تلك المتعلِّقة بأسلوبه في اختطاف الهتّافين ومدى تفرُّده في ذلك.

لقد تركّز عمله في الفترة الأخيرة في العاصمة، لأنها البؤرة الأخطر، ولستُ بحاجة لتوضيح هذا الأمر لك، لأن الهتافات بدأتْ تقترب وتقترب من أسوار سيد البلاد، متجاوزة السّاحة الخارجية الواسعة، وصاعدة الدّرجات باتجاه البهو المفضي إلى قاعة العرش نفسها.

لأيام، رحت تحاول رؤيةَ تأثير تلك الهتافات على ملامح سيد البلاد، لكنك لمْ تظفر بمعنىٍ واحد يشير إلى ما يحدث فيه، يتصرَّف كالمعتاد، كما لو أن الأصوات تتدفَّق على قصر آخر لا يعنيه.

أما المجنّد يعقوب، فقد كان يعمل على بعد عشرات الخطوات منك لا غير، محاولًا ما استطاع القيام بمهمَّته.

لم يهمه الأمر كثيرًا حين رأى الدموع تتساقط من عينيٍّ شاب، كان يهتف كما لو أنه يندب بلهجات عربية متداخلة.

يا شعبي يا عربي ثُور

إكسر قيد واهدم سور

شعبي يا عربي لا تنام

لحسن يوكلوك الظُّلّام

شعبي يا عربي يا أصيل

ليه العيشة وآنتَ ذليل

حين أطبقتْ قواتُ الأمن ومعها قوات حرس القصر على المتظاهرين، اختلطتِ الأمور تمامًا، وقد نال المجنّد يعقوب من العِصي ما نال غيره؛ كان يُدافع عن ذلك الشاب الذي فوق كتفيه، باعتباره ملكه الخاص واختصاصه! لكن ذلك لم يُعجب العَسكر، فانهالوا عليه بهراواتهم أكثر، وبصعوبة استطاع أن يشقَّ طريقه هاربًا بالهتِّيف الذي راح يشكره ويدعو الله أن يوفقه، لأنه أنقذه من موت محقق.

عندما تلاشت الأصواتُ التي كانت تهبُّ خلْفه، أحسَّ بإنهاك غريب يحلّ في جسده للمرَّة الأولى. لذا أنزل الشاب من على كتفيه، أمسك به من يده، وسار به نحو مركز الاستخبارات. أدرك الشاب ما يدور، لكنه لم يحاول التملص، أو الهرب، بل وقف قليلًا، فتوقّف المجنّد يعقوب، ونظر الواحد منهما في عينيْ الآخر نظرة ذات معنى، وقال الشاب: كان يمكن أن تتركني أموت هناك، لأن ذلك أرحم من أن أموت هنا!

انتظر الشّاب، محاولًا معرفة وقْع كلامه على ملامح المجنّد يعقوب، فلم يلتقط شيئًا، كان مرهقًا مثله، وغائبًا عما يدور. تحرَّك المجنّد يعقوب، فتحرَّك الشاب معه، الشاب الذي رأى أن أيّ محاولة تفلّتٍ من القبضة المُطبِقة عليه، لن تكون مُجدية.

لم يحاول يعقوب معرفة ما جرى لذلك الشاب، لأنه أدرك بحسٍّ غريزي عميق، أن نحوله لن يتيح له الصمود طويلًا!

ولأيام، كان يعمل كآلة، إلى أن وجدَ طفلًا لا يتجاوز التّاسعة من عمره ذات يوم فوق كتفيه، لقد انتبه لذلك متأخِّرًا، إذ لم يكن وزن الطفل كافيًا ليجعله يحسّ بثقله. ولذا حين اندفعتْ قواتُ الأمن لتفريق المتظاهرين، راح يركض ويركض، وحين اكتشف أنه يركض بحسِّ الطّريدة لا بحسِّ الصياد! بعد أن راحت أضلعه توجعه بسبب المظاهرة السابقة. توقّف، نظر حوله، لم يبصر أحدًا، فسار، إلى أن سمع أنفاسا ثقيلة، اعتقد في البداية أنها عائدة له، لكنّه لفرط دهشته اكتشف الهتِّيف الصغير نائمًا فوق كتفيه، عندها انتفض كما لو أنه يصحو من غيبوبة، فأفاق الطفل، وأعاده الصوت القادم من أعلى إلى رشده تمامًا: هل بإمكاني أن أنزل؟!

أنزله، وفوجئ بوجهه المضيء، رغم الشَّقاء المتأصِّل في ملامحه، فوجئ بضحكته وهو يقول له: لا بدَّ أننا ضللناهم! وهتف: لقد نجحنا!!

حدَّق المجنّد يعقوب في الصغير، ولم يدر ماذا عليه أن يفعل، انتابه إحساس بأن مواهبه تضمحل، ومستواه ينحدر؛ لكنه لم يعرف إن كان ذلك الإحساس راجعًا لضآلة صيده، أم لأنه لم يزل يصطاد.

هكذا، وجد أن الشيء الوحيد الذي يمكن أن يقوم به، هو أن يترك الصغير لحال سبيله، لأنهم - أصلا - سيضحكون عليه إذا ما عاد لهم به.

- وما الذي يمكن أن نفعله بصبي صغير؟ سيقولون.

وبدل أن يعود ذلك اليوم إلى مقرِّ عمله، راح يسير ويسير ويسير إلى أن داهمه الليل، فانسلَّ نحو غرفتكما.

بعد تلك الليلة أطلق صرخته. إذ أنه وجد نفسه صبيحة اليوم التالي أمام سؤالهم الصعب.

- أين ذهبتَ بالهتِّيف الصغير يا يعقوب؟

فرد: أي هتِّيف؟

- ذاك الذي حين خرجتَ من المظاهرة كان على كتفيك. قالوا.

- وهل كان أحد فوق كتفيَّ؟!

- كان. فأين مضيتَ به؟!

- لا أعرف؟

راحت نظرات الشّك تُطبق على المجنّد يعقوب، وغدت المهمَّة التالية له، اختبارَهُ التالي.

فكَّر يعقوب بما يدور حوله، وما يسمعه من هتافات، فلم يرَ في الأمر سوى أناس يتمنّون الذهاب إلى فلسطين للدفاع عنها، وهو نفسه يعرف أهمية "القدس" لأبيه وأمه وله ربّما. ولأن عليه أن يُراوغ ويناور المتظاهرين، فقد كان عليه أن يشاركهم هتافاتهم. ويومًا بعد يوم وجد أن الهُتاف يريحه، يغسل صدره، بل ويؤثر فيه، بحيث أصبح يردِّده من أعماق قلبه!

في هذا الوقت بالذات، كنت تحاول (أنت) ما استطعتَ أن تطوي سرَّ خالك الشّهيد، خائفًا أن يَزِلَّ لسانُكَ أمام المجنّد يعقوب.

أما هو، فقد كان خائفًا منك أكثر مما أنت خائف منه. فبالنسبة إليه كنت السرَّ الذي لم يستطع معرفته بعد. وما كان يمكن أن يقول لك جملته- الصرخة تلك، لو لم يكن يعرف أنك تمتحنه، وتلعب به بالطريقة التي تلعب فيها برتبتك؛ وإن كنّا لا نستطيع هنا القول: إن الجملة - الصرخة كانت تُرضيه أيضًا، لأنها ترفعُ ثقلًا ما عن صدره، بعد أن غدا يدرك ما يدور؛ ولم تعد الحجج التي عليه أن يبتكرها قادرة على إنقاذه؛ لذا، كان لا بدّ له من أن يعود أحيانًا بواحد من الهتّافين، وغدت أيام الصيّد قاسية، وهي تُلقي به فريسة للياليها.

نهايات المجنّد يعقوب الموقّعة باسمك!

انطلقتِ الشّائعاتُ تدور حول تشكيل وحدات من الجيش للذَّهاب لإنقاذ فلسطين، ولنعترف أنك خشيتَ كثيرًا في البداية أن يقع عليك الاختيار، لتكون واحدًا من الجنود الذّاهبين إلى هناك. لكنك أحسستَ فيما بعد، أن في خشيتك هذه، محاولة للنَّيْلِ من شرف الطّريق الذي اختاره خالك، ولم تكن من أولئك الذين يجرؤون على ارتكاب حماقة تجلب العار والشَّنار إلى هذا الحدّ.

تركتَ الأمرَ مُعلّقًا بيديهم، إن اختاروك، فلن تقول لا، وإن لم يختاروك فلن تتقدَّم مُتطوِّعًا! فقد كان الأمر الذي يُشغلك هو حسم ذلك التّردد الذي طال، لاتخاذ قرار واضح من تذبذب رتبتك، أتعود ملازمًا فتقع في شراكهنَّ من جديد، أم تظلّ عريفًا فينجيكَ ذلك من فتنة النساء، وتبقى على ما أنت فيه، مجرد عريف (لا يُسمن ولا يُغْني من جوع).

بين فكي حَيرتك رحتَ تتقلّب، إلى أن جاء مساء خلتَ أنك ستنفجر فيه، لكن المجنّد يعقوب كان كعادته أكثر جرأة حين انفجر قبلكَ بثوان ليس إلّا!! وكان انفجاره موجَّهًا إليك كما لو انك سبب آلامه وعذاباته كلّها؛ لقد تجرأ وقال لك كل ما فكَّرَ فيه منذ أيام المعسكر: طلب منك أن تتوقّف عن تمثيل دورك المكشوف، وتعترف بمكانتك الحقيقية، وأن ترتدي وجهًا واضحًا بدل هذا القناع، وأن تقول كلامًا واحدًا بمعنى محدَّد، وأن تُفصِح عن سرِّ مهمَّتك!

ولأنه تجاوزَ مشارف الانتحار، معنويًا، فقد صرخ صرخته الثانية المُزلزِلَة: إن هؤلاء الذين نقوم بجرِّهم إلى السجون، أشرف منك، وأشرف مني، ولو كنتَ رجلًا لفعلتَ مثلهم، مثلما أفعل أنا، بدل وقوفك كحذاء لامع هناك!

وللحقّ، لم تفهم كلّ ما يقصده، بدا بعض كلامه غامضًا، وبخاصة ذاك المتعلِّق بالقناع والمكانة، وقد فهمتَ الأمر على أنه نوع من انهيار الأعصاب، لكنك بالتّأكيد فهمتَ ما قاله حول المتظاهرين، لأنك تعرف أن خالك استشهد هناك، وأن الرجل الفاضل رفيقه، عاد بعد أن أبلغكما النبأ خائفًا أن يتأخَّر عن موعده الكبير، مع الحياة الكريمة، أو مع الجنة. كما قال. وإذا ما حاولتَ أن تكون واضحًا أكثر، فإنك ستعترف بينك وبين نفسك على الأقلّ، أن مشاهدتك للطّريقة التي يُفرِّقون فيها المظاهرات لم تكن تتناسب مع نظرتك للناس، الذين يُفترض ألاّ يُضربوا بهذه القسوة التي لا تليق، حتى، بالبهائم.

وإذا ما ذهبنا أبعد فسنقول: لقد قرأتَ ذات يوم عن الشّهداء الذين سقطوا في ساحات المعارك، وظلَّ اسم "جعفر الطّيار" يرنُّ في أذنك، ولذا، حين رسمت صورته في لحظة موته، رأيته يرتفع بجسده عن الأرض ولا يلامسها، رأيته يُحلِّق، ويتلاشى في الفضاء، يبتعد ويذوب كغيمة.

***

بعد أن أفرغ المجنّد يعقوب كلَّ ما في صدره، انزوى في أحد الأركان، مثلما كنت تفعل أيام طفولتك، وظلّ يحدق في اتجاهك، لكن ما أرَّقك فعلًا أن نظرته كانت موجَّهة لك، في الوقت الذي يبدو فيه بأنه يُحدِّق في فراغ..

لذا، راح جسدك ينزلق شيئًا فشيئًا، وظلّتْ نظرته ثابتة، لم تُغير اتجاهها، إلى أن أحسستَ بوجهك قد غدا خارج مرماها، ربما هي الآن تحفر منتصفَ جبينك، ها أنت تنزلق أكثر، إنها تصطدم بالحائط خلْفك، وها أنت تنزلق؛ شيئًا فشيئًا.. يختفي أثرها الثّاقب، تتراخى أعضاء جسمك، يأتيك النوم... ف..ت..ن..ا..م..

***

نهضتَ أبكر من المعتاد، وقد قررتَ أن تعود إلى رتبتك الأولى، مهما كانت النتيجة.

ترتدي بزّتَك،

تتأمل النجوم.

وقبل أن تخطو أولى خطواتك خارج البيت، تتناهى إليكَ أصواتٌ مبهمة تقترب من الباب، وبدل أن تدقّه الأيدي بلطف، فجأة تقتلعه اقتلاعًا، فتحسّ بأركان البيت الصغير الذي تسكنانه تنهار، يتبعثر كلّ شيء، تندفع الأيدي هائجةً إلى أعمق الزّوايا، تقلِّب تلك الأماكن التي أخفيتَ فيها الرسائل طويلًا، تحمد الله أنك أعدتَها في الوقت المناسب، لأنهم لا بدَّ جاءوا يفتشون عنها، لكن يعقوب لم يستيقظ، فتدرك أنه لم يستطع النّوم في أول الليل؛ وحين يفيق آخر الأمر على ركلة في ظهره، وينظر حوله محاولًا معرفةَ ما يجري، لا يُبصر في البداية سوى وجهك، كامدًا، لا ينبئ عن أيِّ إحساس.

لقد خُيِّلَ إليه أنك أنتَ الذي قمتَ بضربه، وقد انتصبتَ أمامه بزيِّك العسكريّ، ملازمًا كما كنت من قبل. ينكمش، وقد أصابه إحساس بأنك لا بدَّ ستقتله، نتيجة كلامه الذي تفوّه به، لكن الأيدي تُطبق عليه من الخلْف، تجرُّه إلى الجدار المقابل، وتنهال عليه في ظلِّ صمتك المُريب!

هل أقول لك بأنك تجمَّدتَ ذلك اليوم، بحيث تيبستْ عواطفك كلّها في الدّاخل، هل جبُنْتَ، بحيث لم تستطع قول كلمة واحدة قد تساعد في وقف سيل الضربات الموجَّهة إليه، وهو ينهار، وعيناه تسألانك: لماذا تفعل بي هذا؟!!

لقد أدرك المجنّد يعقوب أنك أنتَ السّبب في كلِّ ما يحدث له، وأنك لم ترعَ العِشْرَةَ والخبز والملح الذي بينكما. ومن بين أسنانه قال بضع كلمات رأيتها تخرج من فمه ملطخة بالدّم: ما الذي فعلتُه لك أيها الخائن؟!!

وخرجوا يجرجرونه.

عمَّ صمتٌ ثقيل، فأحسستَ بشيء ما يدفعك إلى الجدار الذي خلْفك على بعد نصف خطوة، استندتَ إليه كما لو انكَ تتلقّى الضربات التي

راحتْ تنهال عليك بيأس؛ وبثقل زحفتْ أصابعك نحو أزرار بزّتك العسكرية واحدًا إثر آخر، إلى أن وجدتَ نفسك عاريًا دون أن تدري؛ تكوَّمتَ تحت الجدار طويلًا، إلى أن بدأتْ أصوات الحياة تتعالى في الشارع وتصلك، كانت الشمس قد استطاعت الوصول إلى الشّباك؛ عليكَ ألقتْ أشعتَها الداكنة، انتبهتَ، وقفتَ، وكالسَّائر في نومه، وجدتَ نفسك تمضي إلى البزّة الأخرى، بزّة العريف فؤاد، تندسُّ فيها، وتغادر البيت، تُسَيِّرُك غريزتُك، أكثر مما يسيِّرك وعيك، إلى هناك، إلى الباب العالي، حيث ستمضي بقية اليوم، والأيام التي تلي، كخشبة مهملة مسنودة إلى جدار.

ولعل هذه اللحظة بالذات هي النبوءة الأولى التي بدتْ فيها واضحة ظلالُ نهاياتك!!

عبور المظاهرة
التي راحت تهتف بسقوطك

كما لو أنك عدتَ عشرين عامًا إلى الوراء، نظرتَ حولك فلم تجد ما تلجأ إليه إلّا الزوايا، راحت الغرفةُ تتّسع، تضيق، وفي منتصف الليل قبل أن يجرَّكَ التّعب إلى النوم بعينين محمرَّتين، ترى الشيء الغريب الذي لم تكن تراه قبل عشرين عامًا، ترى الزوايا تركض من مكان إلى مكان وتتبادل مواقعها، تسمع صوت انزلاقها على الأرضية، وصوت ارتطامها بأختها حين تصِل الجهة المقابلة، بعد أن تكون قد قفزتْ من فوقك.

في بيت واسع بغرفتين، ومطبخ صغير كان يمكن أن تضيع، تضيع تمامًا، لولا وجود المجنّد يعقوب، الذي خُيِّل إليك أنك كنت تسأله عن الطريق كلما أردتَ الوصول إلى الباب، أو الذّهاب إلى النافذة لإلقاء نظرة سريعة بحثًا عن بائعة الحليب.

أما الآن فأنتَ ضائع.

لذا كان لا بدَّ أن تصل إليه لتهتدي لنفسك.

مكسورًا كدمعة في ممرٍّ طويل، بلا نهاية، حملتَ نفسَك، وذهبتَ لتسأل عنه. لم تنس أن تخلع بزّتك، بزّة العريف، وتمضي، مرتديًا ذلك القميص نفسه الذي اشتريتماه معا، الذي اشتراه لك قبل سنوات، وذلك البنطال.

حاذيتَ مظاهرةً، مظاهرة كبيرة. هل رأيتَ مظاهرة قبل هذا اليوم؟! تلاشيتَ وسطها، وطويلا بحثتَ حتى وجدتَ مخرجًا، وحين ابتعدتَ، خيّل إليك أن المتظاهرين الغاضبين يهتفون منادين بسقوطك، وسقوط

أبيك، وربما بسقوط أعمامك، و... لا، كانوا يهتفون باسم خالك.. نعم خالك.

هشًّا كنتَ، وذائبًا تحت شمس آذار التي فاجأت الأرض، يتصبَّب العرَق على جبينكَ، ينحدر نحو رقبتك، صدرك، ويجري إلى أن يتجمَّع بين ساقيك، وقبل أن تعتلي درجات المبنى، تُفاجئك غيمة سوداء بمطر غزير، فيختلط جسمك - الذي كان قد تحوّل إلى شبه غيمة تمطر على نفسها- بغيمة الأعالي.

لم تفهم الأمر، ولن تفهمه، كيف تجتمع النار والماء في لحظات، دون أن يمحو أحدهما الآخر؛ فكلّ ما حدث أن الماء الذي راح يغمرك من الغيمتين، بدأ يغلي، ويغلي؛ والتفتَّ، فرأيتَ بُخارًا رماديًّا يتصاعد منك، بخارًا لا هو بالبخار تمامًا ولا هو بالدّخان.

وصعدتَ أكثر.. هل تنتهي الأدراج؟

لا ..

وصعدتَ أكثر حتى اختفى المبنى تمامًا، وامتدَّتْ أمامك الصّحراء، الصّحراء نفسها التي عبرها جنود الإنجليز ذات يوم يتابعون الغزلان، وعادوا منها يتابعون غزالًا بعينه؛ كل شيء أمامك، التفَّ الرّمل حول نفسه ودار، وارتفع زوبعة صغيرة ما لبثتْ أن وصلتِ الأرض بالسماء، وراحتْ تقترب. على عجل انطلقتَ هابطًا الدّرجات، واحدة بعد أخرى، قافِزًا، إلى أن وجدتَ نفسك أمام ذلك القبو المعتم وتلك الطاولة التّرابية التي انحنى أحد الجنود فوقها نصف نائم.

سألته عن الطريق الذي يؤدّي إلى السّجناء الذين يأخذونهم في الليل! فأشار بيده نحو الجهة الأخرى، مضيتَ، ووصلتَ إلى طاولة ترابيّة أخرى وخلفها عسكريّ بعينين ترابيّتين، سألته عن السّجناء الذين يأخذونهم في الليل، فسألك غاضبًا: كيف استطعتَ الوصول إلى هنا؟ كيف؟! ثم أجابك برقّة: ههنا سجناء النهار! وطلب منك أن تصعد للأعلى، فالأسئلة تُلقى هناك، إذا ما أردت لها إجابات؛ فصعدت.

قال لك الضّابط الذي لم يكن أعلى منك رتبة، بأن سؤالا كهذا لا يجوز أن يصدر عن رجل مثلك، وطلب منك أن تعاود ابتلاع سؤالك وتعود!!

- شخص مثل يعقوب لا يُسمح لأحد أن يسأل عنه، ولو كان من سأل عنه غيرك لألقينا به جواره هناك!

اعتذرتَ، استدرتَ نحو الباب الذي دخلتَ منه، لم تجده، عدتَ والتفتَّ إلى الضابط فسألك عما تبحث، فقلتَ له عن الباب، قال: الباب أمامك. نظرتَ، لكنك لم تره، هل يمزح معك في موقف حالِكٍ كهذا؟ لكنه رأى حيرتك تزداد، انتصبَ كما لو أنّه في طابور الصّباح، ودار حول الطاولة، أمسك بيدك، وخطا ثلاث خطوات لا غير، مدَّ يده، ورأيتَ أصابعه تنقبض ثم تضغط بقوة إلى أسفل، وتعود ثانية نحو جسده، فلم تخطيء أذناك ذلك الصوت المألوف الذي يحدث عندما تُشرع الأبواب!

أمامك امتدتْ مصطبةُ الدّرج واسعةً، وفي البعيد كانت الشوارع والناس وعربات الخيول والسيارات تُطلق أبواقها وتختفي وراء المنعطفات.

هبطتَ الدَّرجات بسرعة ما توافرت لك عندما صعدتَها، ألقيتَ نظرة على المبنى، كان الحرس حوله ينتشرون، عيونهم تُقَلِّبُ الاتجاهات بحثًا عن شيء خُيّل إليك أنهم وحدهم الذين يعرفونه وينتظرون وصوله في أيّ لحظة.

انقشعتِ الغيمةُ وغابت الشّمس، وبدأ جسدك يتقلَّص شيئًا فشيئًا. مررتَ بالمظاهرة، عبرتَها، ولم تكن هتافات السّقوط ولا هتافات الصعود قد تغيرتْ، وتقلَّص جسدُك أكثر فرحتَ تجري، وقد أدركتَ أنك ستُسحق تحت الأقدام دون أن يتنبه إليك أحد إذا ما واصل جسدك تقلُّصه في هذا العراء؛ وحسنا فعلتَ.

ها أنت في الزاوية الآن.

أيّ زاوية؟

لا تدري.

لكنها زاوية من زوايا غرفتكما بالتأكيد.

هـا جـسدك يـتقلَّص بتـسارع مرعـب، تنظـر فـترى يـديك تـصغُران وتتلاشيان، قدميك، صدرك؛ ها أنت تتحوّل إلى مجرد نقطة لا غير. لكنـك قبل أن تختفي تمامًا ستتذكَّر أن الضابط قد قال لك: لو كان مـن سـأل عنـه أحد غيرك لألقينا به إلى جواره هناك.

- إذن هو هناك. أيْ لم يزل على قيد الحياة. قلتَ لنفسك.

وهكذا، أصبح بإمكانك أن تتلاشى تمامًا، غير نادم على شيء.

وتنام..

وتصحو...

وتنام..

و..

العودة المفاجئة
للصديق المفقود

بباب سيد البلاد، وقفتَ، لم تكن العريف فؤاد القديم، ولا الملازم فؤاد، شبه بندقية مكسورة الكعب كنت، وخالية من الرصاص، ولأوّل مرَّة تساءلت عن السبب الحقيقيّ الذي يدفعك للوقوف هنا ساعات وساعات.

حين وصلتَ إلى هنا أوّل مرّة، حاولتَ ألا تُصْدِر أيّ حركة تشير إلى أنك أقلّ من المهمَّة الملقاة على كتفيك، وذلك الشرف الذي نلته. زرعتَ قدميك في موقعك، زرعتهما طويلًا، بحيث غدا تحريكهما آخر النّوبة أمرًا شبه مستحيل؛ هكذا استمر الأمر، حتى لم يعد بإمكانك السَّير كما ينبغي لملازم في الجيش أو مجنَّد؛ وبعد زمن، رحتَ تبتكر طرائق خاصّة تمكّنكَ من تحريك أصابع قدميك داخل حذائك اللامع، دون أن يُلاحظ أحد؛ ومن يومها، بدأت رحلة الصعود إلى أعلى معتمدًا على ركبتيك اللتين سهَّلتا لك تحريك عضلات فخذيك وساقيك، وصعدتَ أكثر حين تأكَّدتَ من حجم النّجاح الذي تحقَّق، فبدأتَ بتحريك جزء من عضلات ظهرك، وكتفيك، صعودًا إلى عنقك.

وهناك توقَّفتَ..

كنت تدرك أن أيّ حركة تصدُر عمّا فوق هذه الحدود ستكون فاضحة.

لكنك لم تعد ذلك الفتى القديم، منذ ليلة المجنَّد يعقوب.

وفجأة..

ها أنت وجهًا لوجه أمام الكولونيل غريغوري، لكنه مرَّ دون أن يتعرَّف عليك. ولنعترف: صحيح أنك عرفته، ولكن بعد فوات الأوان، بعد تجاوزه عتبات قاعة العرش.

حينها، أدركتَ بغريزتك، أن ما حدث فيك أكبر بكثير مما تصوَّرت، وأن حفرة الانهِدام التي تحسّها في داخلك هي جزء أساس من مظهرك الخارجي.

بسرعة، رحتَ تحاول استدراك ما فاتك، فقمتَ بالتّمارين الخفيَّة كلّها، التّمارين اللازمة لإعادة بعث الحياة فيك، وراعك أن أمرًا كهذا يحتاج إلى جهد هائل، ربما يفوق طاقتك.

بعد نصف ساعة، استطاعت حمرَّة الدِّماء الوصول إلى وجهك الشَّاحب، لكنك لم تعرف تمامًا، أكان سبب وصولها التّمارين، أم الفرح الذي انتابك وأنت ترى الكولونيل غريغوري أمامك مرَّة أخرى، بعد أن أصبحتَ شبه متيقن من أنه اختفى في معمعة تلك الحرب اللعينة.

بعد وقت طويل من الانتظار، بدأتَ تذوي من جديد، لقد مرَّ من الزّمن الكثير، دون أن يخرج الكولونيل من الدّاخل؛ حيَّرك هذا، إلى حدّ أنك رحت تفكِّر بوجود مَخرج آخر للمغادرة، رغم أن شيئًا كهذا لم يحدث من قبل، وتحوّل الأمر إلى مصدر قلق لك، حين تقدَّم الظَّلام، وجاءوا بمن يأخذ مكانك.

بصعوبة تحركتَ، لكنك حين غادرت مكانك، لم تبتعد كثيرًا عنه، لقد بقيتَ في منطقة تتيح لك مشاهدته إذا ما غادر القاعة فجأة، لكن هذا لم يوصلك إلى ما تريد أيضًا، فعدتَ لنظريَّة الباب الخلفي الذي لا بدَّ أن يكون قد غادر منه.

حزينًا عدتَ للبيت، لصمته القاسي، وجدرانه الرَّمادية، لمصطبته، التي ما إن خطوتَ فوقها خطوتك الأولى، حتى فاجأتكَ ببقع من الدّم، دم يعقوب، لم تزل فوقها، وحيَّرك أنك لم ترها طوال ذلك الوقت، رغم تنظيفك المكان أكثر من مرَّة.

جثوت على ركبتيك غير آبه بنظافةِ بزّتك، وبدأتَ تمسحها برقّةِ من يحاول ألّا يجرحَها.

***

حين صحوتَ صبيحة اليوم التالي قاصدًا القصر، كنت على يقين أن الفرصة التي تجمعكَ بالكولونيل غريغوري لن تتكرّر؛ آلمك هذا، فقد رأيتَ فيه بعد تفكير عميق، الإنسان الوحيد الذي يربطك بالماضي الجميل، ماضي المعسكر، بعد اختفاء المجنَّد يعقوب بتلك الطريقة المدوِّية.

من بعيد لاحتْ لك أسوار القصر عالية، وانتصبتِ البوابةُ أكثر ارتفاعًا من أيّ يوم مضى، وقبل أن تصلها بعشر خطوات رأيتها تُشرع، ومنها تنسابُ بهدوء سيارة عسكرية، ما لبثتْ أن مرّتْ أمامك، أدّيتَ التحيّة لمن فيها، تجاوزتْكَ بضعة أمتار، توقّفتْ، أطلَّ السّائق من شباكها، طلب منك التقدُّم نحوه، اقتربتَ بتخوّف، وصلتَ، وقبل أن تنحني لتعرف منه ما يريد، أُشرع باب العربة الخلفيّ، وترجَّل بكامل لحمه وعظمه، الكولونيل غريغوري!! مدَّ يده بفرح وصافحك بحرارة سرتْ في أصابعك، وهتف: كنت أعتقد أننا لن نلتقي ذات يوم، ولكن ها نحن مرّة أخرى!

وبصعوبة وجدت بضع كلمات في حلقك كي تهمس بها: أشكر الله على هذا!

لاحتْ منك نظرة إلى ذقنه، كانت لحيته قد نبتت، ولكن بياض وجهه يُخفي طولها أكثر مما يُظهِره. فقلت لقد أمضى الليل يتحادث مع سيد البلاد إذًا.

- سأراك قريبًا. قال لك. وأخرج ورقة كتبَ عليها بضع كلمات وناولك إياها؛ دسستها في جيبك دون أن تنظر إليها، ابتسم لك ثانية مبديًا إعجابه القديم، صعد للسيارة، وبقيتَ مكانك تراقبها حتى اختفتْ تمامًا.

في ذلك الصباح تجاوزتَ العتبات بقامة لا تنتمي لقامتك المهدّمة، تجاوزتها بقامتك القديمة، قامة المعسكر وأيامه البعيدة.

***

من الأمور الجميلة، أن موعدك مع الكولونيل غريغوري كان لا يبعد عن تلك اللحظة أكثر من ثمان وأربعين ساعة لا أكثر، بحيث لم يُتعِبك الانتظار ولا التّفكير بما ستقوله.

لكن ما حيّرك هو البزّة التي سترتديها في مناسبة كبيرة كهذه.

اخترتَ بزّة الملازم، إذ لا يعقل أن يقوم عريف بمجالسة كولونيل في مكان عام دون أن يكون الثاني عُرضة للسّخرية.

سبقكَ للموعد!!

عينه تراقب المدخل، فوجئ بك تصعد الدّرجات على صورة غير تلك التي رآك بها قبل يومين. حيّره هذا، بحيث بدتْ حيرته لك نوعًا من فتور في العلاقة، ما كنت تتصور أن الحرب، وحتى لو كانت عالمية، قادرة على فعله! وبسرعة تذكّرتَ لقاءكما أمام بوابة القصر فطردتَ بعض هواجسك، لا كلّها. لكنّك لم تفكّر للحظة أن قدومك ملازمًا يكفي لإحداث هذا التأثير.

لم يذهب بعيدًا في الحديث، إذ بعد سؤال أو اثنين حول أخبارك، سألكَ الثالث الذي لا بدَّ منه: مستر فؤاد، قل لي كيف رُفِّعْتَ من عريف إلى ملازم أول خلال أقل من ثمان وأربعين ساعة، هذا أمر لا يحدث في أيّ جيش، حتى لو خاض العسكريُّ حربًا وانتصر فيها كما انتصرنا في الحرب العالمية الثانية؟!

لقد كنت بحاجة للسّؤال، لأنكَ تودّ أن تقول كلَّ شيء حول هذه المسألة، صحيح أنك تمنيتَ أن يكون الشخص الذي أمامك الآن هو المجنَّد يعقوب، لكن الكولونيل كان على الدوام من المقرَّبين!!

رحتَ تشرح له المسألة بخجل شديد، وبارتباك فتى قرويٍّ يطأ أرض العاصمة الواسعة لأول مرَّة؛ وقد كان بإمكان من يشاهدكما من الخارج عَبْر الزجاج، أن يشاهد أمرًا طريفًا، حيث الكولونيل غريغوري يضحك بأعلى صوته، دون أن تبلغ ضحكته الرَّصيف، وأنت تتحدَّث كمن يعترف بذنْب كبير.

لقد اكتشف الكولونيل غريغوري فيك براءة ما كان يظن أن شابًّا في نهاية النصف الأول من القرن العشرين يرزح تحتها!! وفجأة التفتَ إليك وقال: تلزمك حربٌ على الأقل كي تتخلَّص من خجلك هذا الذي أنت فيه. وأضاف: لكنني لن أخوضها معك، رغم أنهم يطالبونني بذلك، تصوَّر؟!

أربكك الأمر، إذ لم يكن حديث الحرب من الأمور المطروحة، فسألته: ما الذي تعنيه كولونيل غريغوري؟

التفتَ إليك، صمتَ طويلا، فكَّر، ابتعدَ مُقلِّبًا الشَّارعَ بنظره عبر الشباك، وأخيرًا قال: أظن أنك من الناس الذين يُوثق بهم؟

هززتَ رأسك توافقه!

- ثمة جيوش عربية ستتوجَّه إلى فلسطين خلال أقل من أسبوعين، لتحارب هناك. وقد طلبوا مني أغرب طلب: أن تكون هذه الجيوش تحت إمرتي مستر فؤاد!

وللحظة أوشكتَ أن تجامله فتقول له: ومن هو الأكثر خبرة وأعلى رتبةً منك.

لكنه لحسن حظك، واصل حديثه: كيف يمكن لبريطانيا أن تكون ضد بريطانيا مستر فؤاد؟ كيف يمكن أن أذهب لمحاربة أناس أعطاهم بلدي وعدًا بإقامة وطن قومي لهم، ويعمل على تسليحهم؟ ثم ألا يُدركون بعد أن أمرًا كهذا فيه الكثير من الغباء، صحيح أنني لستُ ممن يحبّون تلك العصابات اليهودية، فقد قتلتْ منا الكثيرين في فلسطين، لكنني لا أستطيع الذّهاب لخوض حرب ضدهم، إلا إذا خلعتُ هذه البزَّة ولبستُ غيرها، تفهمني؟

وصمتَ طويلًا، ثم قال: ألا ترى بأننا متشابهان؟ فالمطلوب منك هو وجه آخر من المطلوب مني، مطلوب منّا ما لا نستطيع القيام به، ولكلٍّ أسبابه.

في نهاية لقائكما، تمنّى أن يراك مرَّة ثانية، فقلت: ما دمنا على قيد الحياة، سنلتقي لا بد.

لكنكما افترقتما وأنتما ترزحان تحت حسٍّ عميق بأن هذا اللقاء هو الأخير!

عتبة الوداع
التي تبدأ بإجازة

أربكك أن ثلاثةً لا غير يحملون السرَّ الكبير في هذا البرّ: سيّد البلاد، الكولونيل غريغوري وأنتَ؛ أربكك أن تكون أحد أضلاع هذا المثلث الغامض الذي يحيط بما هو أكثر غموضًا منه: الحرب.

وكما لو أنك تركتَ موعدك معه، لتلتقي بمقدماتها على الفور، تلاشتِ الأيامُ القليلة التي تفصل لحظة السرِّ عن لحظة إعلانه. وبعثركَ هذا، خاصة أنك كرَّستَ الشهور الأخيرة للعناية أكثر ببنادق سيد البلاد، بعد أن طلب منك أن توليها رعاية أكبر.

فهمست مؤنبا نفسكَ: كان عليَّ أن أعرف أن طلبا كهذا وراءه ما وراءه. فاتتني هذه!!

أما الشيء الآخر الذي كرَّستَ له ما تبقّى من وقت، فهو مذياع المجنّد يعقوب، الذي- ولسبب لا تعرفه- راح يلعب دور صاحبه في غيابه. وقد أدهشك أنك أهملتَ جهازًا عظيمًا كهذا، حين لم تلتفت إليه، بل لم تعِره الاهتمام اللائق به، رغم أنه قمة قمم إنجازات العصر.

رحتَ تتصيّد الأخبار أولًا، إلى أن أدركتَ أنك تعرف ما لا تعرفه الإذاعات، وحين أيقنتَ أن الخبر لن يجيء عبر هذا الصّندوق السِّحريّ، فَقَدَ لأيام لا غير بعضَ بريقه، فانطلقتَ تتلقّط أغاني أم كلثوم، وأسمهان، وقد أوشكتَ أن تحسم ذلك الجدل الذي لم يكن يتوقَّف حول من هي

الأهم منهما لصالح أسمهان، لولا أن أغنية (على بلد المحبوب ودّيني) هي لأم كلثوم لا لها.

بالطبع، لم تكن تنظر للأغنية من زاوية العشق والغرام، بل من زاوية الحنين إلى السيدة الوالدة والسيد الوالد والسيّدات والآنسات الصغيرات شقيقاتك، اللواتي لو رأيت بعضهن أمامك وجهًا لوجه في الشارع لما عرفتهنَّ. فما بالك بسلالتهنّ؟!

مرور عدة أسابيع من الوحدة كان كافيًا لزيادة تعلُّقك بالمذياع، ولو كنت تعرف أنهم يسمحون لك باصطحابه إلى تلك البوابة العالية لاصطحبته معك.

***

- بنادق جميلة، أليس كذلك؟

قالها سيد البلاد وهو يقف فوق رأسك فانتفضتَ واقفًا، لكنه أعادك ثانية إلى الأرض حيث كنت بإشارة من رأسه.

- واصلْ عملك، أتدري، كنت أحب، قديمًا، العنايةَ بها بنفسي، كانت تلك متعة كبيرة ها أنا أتنازل اليوم عنها لك.

- شكرًا مولاي.

- أتدري، لدي إحساس أن من لم يعمل على رعاية بندقيته بيده، لا يستطيع أن يحسَّ أبدًا بالنشوة كاملة وهو يطلق النار منها، أحسستُ ذلك في البدايات، حين كنتُ أخرج للصّيد، لعلّ الأمر يشبه هنا تركنا للآخرين أن يعتنوا بزهور حدائقنا، ألا ترى أن الذين يتركون الآخرين يعتنون بزهور حدائقهم لا يستطيعون التَّمتع بتفتُّح الأزهار فيها؟!

لم يمهلك أن تجيب، فحمدتَ الله على ذلك.

- لكنني كلما رأيتك تعتني بالبنادق، لمحتَ في يدك هذه البندقية بالذات، لعلها المصادفة، أليس كذلك؟!

هززتَ رأسك.

وللحقّ، كنت ترى في هذه البندقية الإنجليزية بالذّات، النّموذج الذي يجب أن تكون عليه البنادق.

- كانت هذه البندقية من النماذج الأولى التي تمَّ صنعها. قال لك. لقد تمَّ تعميمها الآن على نطاق ضيّق بعد إجراء بعض التغييرات؛ قاموا بتقصير كعبها قليلا، وطولها، بحيث غدت عمليةً أكثر ربّما، لكن بقي للنموذج الأول سحره. وصمتَ قليلًا، ثم سألكَ: قل لي، بين ما هو عمليّ وما هو جميل ماذا تختار؟!

ترددتَ قبل أن تجيب، ولكنه كان ينتظر، وما كان من اللائق أن تتركه يترقّب كثيرًا.

- أختار العمليَّ الجميل مولاي.

ضحك سيد البلاد، وقال: أريد إجابة محددة!!

- أختار العمليّ إذا، وأختار الجميل.

- هذه إجابة تناسبنا.

راح يفكر؛

وبدورك كنتَ تحاول أن تتجرأ وتطلب منه ذلك الطّلب الصَّعب: إخراج المجنّد يعقوب من السجن.

لكنه، لحسن حظّك، استدار، ومضى، وما كان بإمكانك أن تنادي عليه، وقد أعطاك ظهره، وهو يهز رأسه: أجل، إجابة تناسبنا.

***

رغم أنك عشتَ داخل الأسوار نفسها مع عشرات الجنود والضّباط، إلّا أن شيئًا واحدًا لم يربطك بهم، كنت غريبًا، تنتمي للبوابة وحدها، وما تبقّى لك من أشياء قليلة في الخارج الواسع. لذا، حين راحت الحركة تدبُّ بين صفوف الجنود والضباط، مطالبة بالتّدخل فيما يحدث في فلسطين، وعدم ترْكِ أهلها وحدهم في مهبّ المذابح، كان الشيء الوحيد الذي تعرفه، أن مطالبة كبيرة كهذه لا يجرؤ عليها جنديّ، وهي محصورة هناك خارج الأسوار والثكنات، في المظاهرات التي لا تتوقّف. لكنك بين فترة وأخرى كنت تعود بذاكرتك للوراء فترى خالك مُمسكًا بيدك، يشقُّ

الدُّروب لك، دون أن تتمكَّن تمامًا من تجميع صورته، رغم أن زيارته لك في الأحلام تكررت كثيرًا منذ ليلة يعقوب السوداء. أما الشيء الذي لا نستطيع أن ننكره هنا، فهو سماعكَ على الدَّوام فتاتَ كلام حول مواضيع مختلفة يتمُّ تداولها، في داخل الدّاخل، أو فيما يحيط به. ولم يكن سرُّ الكولونيل غريغوري الذي أودعه صدركَ سوى النهاية المنطقيّة لذلك الهمس.

حين وصل الكلام واضحًا آخر الأمر إليك، حين لم يعد سرًا، اكتشفتَ أن ما منعك من أن تفعل ما فعله الآخرون، هو عدم الجرأة لا غير، ونعني هنا التَّطوع للذَّهاب إلى فلسطين.

ولذا، ما إن تأكَّد لك أن بإمكانك أن تطلب طلبًا كبيرًا كهذا دون أن تتضرر حتى اندفعتَ لذلك مع من اندفعوا من كتيبة الحرس الخاصة.

ولم يطل انتظاركم، حيث جاء الرَّد سريعا: مولانا لا يستطيع المقامرَّة بحياة خيرة رجاله في حرب لا يعرف المرء مداها.

لقد سرَّك أن تكون واحدًا من الخِيْرة، وأن لك مكانة كبيرة إلى هذا الحدّ في قلب سيد البلاد، ولأن جميع من معك كانوا مجرَّد أشباح، لكونكَ ببساطة لا تعرفهم، أحسستَ بأنك وحدك المقصود بهذا الكلام؛ ولذا رحتَ تحاول ما استطعت خلال الأيام التالية أن تبدو أكثر إخلاصًا واجتهادًا في عملك، إلى ذلك الحدّ الذي فكرتَ فيه بالعودة إلى بزّة الملازم.

أما ما حدث بعد ذلك، فهو أن تعميمًا غير مكتوب قد صدر، يسمح لكلِّ فرد، من الكتائب الأخرى، يريد التّطوع للقتال، أن يتقدَّم بطلب إجازة مفتوحة، يعود بعدها - إن عاد !- إلى مركز عمله ورتبته. وقد غُلِّفَ هذا الطّلب، بنوايا الحرص، أكثر من أيّ شيء آخر، فسيد البلاد لا يريد لهم أن يموتوا هناك، لكنه لا يستطيع أن يمنعهم من أداء واجب يعتقدون أن عليهم القيام به!

وهكذا كان، من يريد الذهاب للحرب، يذهب على عاتقه كأيّ متطوِّع مدنيّ، مع فارق أن الثاني لم يكن بحاجة لإجازة.

في زمن قياسيّ لم تتصوّره، راحت الشوارع تمتلئ بمظاهر الوداع، ومرَّت طائرة في واحد من مساءات نيسان، ألقت عدّة قنابل على العاصمة وقفلت راجعةً، مخلِّفة وراءها سماء مضاءة بالطلّقات وصدى انفجارات باهتة في مكان لم تستطع تحديده بدقَّة.

***

بعد يومين، جاءك الأمر: عليك أن تُقدِّم إجازة مفتوحة، بدءًا من يوم غد.

أربكك الأمر، أنت الذي لم تطلب سوى إجازة واحدة طوال مكوثك بهذا الباب.

رحتَ تفكر في السبب الذي يدفعهم لأن يوجِّهوا إليك أمرًا عسكريًا غريبًا كهذا، فكَّرتَ بشبهاتٍ يمكن أن يكون اعتقال المجنّد يعقوب قد جعلها تدور حولك، وفكَّرتَ بلقائك الخاص بالكولونيل غريغوري، فلم تصل إلى شيء يوضّح الصورة. لكنك قفزت ما إن تذكرتَ حوارك مع سيد البلاد، وهزَّكَ الفزع.

- لا بد أنني سقطتُ هناك، حين لم يكن السّؤال سوى اختبار.

قدمتَ طلب الإجازة المفتوحة، مضطرًا، وخائفًا، وحين هممتَ بمغادرة القصر، قالوا لك باستغراب: إلى أين؟!

فقلت: لقد وافقتم على الإجازة التي طلبتم مني تقديمها. أليس كذلك؟!

- نعم، ولكن عليك أن تبقى على رأس عملك.

حيَّرك الأمر..

وهكذا، إلى أن جاء ذلك اليوم الذي قالوا لك فيه: يُمكنك الآن أن تُقدِّم طلب إجازة!!

فقلت: مرَّة أخرى؟

فقالوا: نعم.

فقلت: إجازة داخل الإجازة؟!

- نعم.

فقدَّمتَها..

لكنك خشيتَ أن ترتكب الحماقة الأولى حين هممتَ بالمغادرة، فلم تغادر. إلّا أنهم قالوا لك: ماذا تنتظر؟! اذهب لزيارة أهلك وعد قبل ثمان وأربعين ساعة إلى موقعك.

لم تفهم الأمر، لكنك أطعتَ.

إلى القرية عدتَ، وما إن لمحتك السيدة الوالدة من شقِّ الباب الذي لا تفارقه عيناها، حتى هبَّتْ في وجهك غاضبة، قبل أن تحتضنك كعادتها: ما الذي أتى بك على هذا النّحو. وعلى صوتها جاء السيد الوالد، الذي ما لبث أن هبَّ هبتَها. عندها تراجعتَ ثلاث خطى للوراء، وقد أكمل الدائرة المضروبة حولك، تلك الزَّمجرة المرعبة التي أطلقها كلب في الحوش لم تكن رأيته من قبل وما كان رآك.

وحسنًا فعل الكلب، لأنه أنقذك من هبَّة الغضب التي اجتاحت السيدةَ الوالدة والسيد الوالد. إذ فجأة اقتربا منك وأحاطاك بأذرعهما، في الوقت الذي انطلقتْ فيه قدمُ السيد الوالد لتوجِّه ضربة مباشرة للكلب المزمجر، الذي ما لبث أن تراجع مُطلقًا ما يشبه صوت الصِّيصان!

- كيف تجرأتَ أن تأتي إلى هنا، دون لباسك العسكريّ؟! قال لك أمام دموع السيدة الوالدة، التي أضافتْ بدورها: أتريد أن تُيَتِّمَ قلبي، ما الذي يحدث لي إن أصابك مكروه؟!!!

- ولماذا يصيبني مكروه هنا؟!! تساءلتَ ببراءة.

- ونسيتَ!! هل نسيتَ أن بإمكانهم الانفراد بك، ما دمتَ خارج لباس الحكومة، هل تعتقد أنهم نسوا ما حدث لهم؟!

- ولكنني خالُ أبنائهم الآن، كيف يمكن أن يُقْدِموا على فِعْلٍ يضرُّ بي؟

- إن أجمل ما فيك عينيك، أنهما مثلك، أتريدني أن أفقد واحدة منهما، هذا إذا اكتفوا بواحدة؟ قالت السيدة الوالدة.

- ذلك لا يمكن أن يحدث، اخزي الشيطان. إنه سعيد مع سَعْدَة، وله الآن منها..!

- خمسة أولاد؟ قالت السيدة الوالدة، وأعادت: لديه خمسة أولاد. لكن أختك، أختك التي لم ترها منذ..!

- منذ ثلاث سنوات، قلتَ لها. وأعدتَ: منذ ثلاث سنوات.

- نعم، أختك التي لم ترها منذ ذلك الزمان، غدتْ ثلاثة أضعاف، بل أربعةَ أضعاف ما كانت عليه في الماضي، وقد سمعتهُ يسخر منها قبل شهور، وهو يقول: كنتُ أعتقد في البداية أنكم زوجتموني واحدة، لأكتشف بعد سنوات بأنكم زوجتموني أربعة!!

المفاجأة التي هزَّت بدن السيدة الوالدة، ولم تنل رضا السيد الوالد، أن تعليقك كان: لم أكن أعرف أن زوج أختي من خفيفي الدَّم إلّا اليوم!!!

***

على عجل مرَّت الساعات، لكن أهم ما حدث خلالها أنك نسيتَ الأسباب كلّها التي يمكن أن تكون وراء هذه الإجازة الغريبة، التي لا شكّ تُخفي ما هو أغرب.

على عجل طار الخبر، فحضرتْ شقيقاتك وأولادهنَّ، رغم السِّرية المُطْلَقة لإجراءات السيدة الوالدة الرّامية إلى التّعتيم على أنباء وجودك في القرية. وقد ضاعف ذلك من قلقها، بحيث أنها لم تسمح لك فيما بعد أن تغادر بيتها إلا بواحدة من بزّاتك العسكرية القديمة التي تعود لأيام المعسكر، وتعتبرها، هي، واحدة من أهم الأشياء التي تبدِّدُ حزنها وتسند قلبها كلما تشمَّمتْ رائحتَكَ فيها، أو تخيلتكَ تملؤها.

حين رحتَ تُلوِّح مبتعدًا، تأملتَ سَعْدَة جيدًا، فنسيتَ يدك معلَّقةً في الهواء، لقد أحسستَ من جديد أنك تحت حمايتها، إذ لن يجرؤ زوجها في أيِّ يوم من الأيام على الاقتراب منك ما دامت موجودة. امرأة هائلة كانت، من ينظر إليها يعرف مدى العزِّ الذي ترفل فيه. هكذا فكَّرتَ! وتأملتَ شقيقاتك الأخريات، فقلت: يلزمهن الكثير حتى يبلغن مستوى أختهنَّ الكبيرة. ولم يكن بإمكانك أن تنسى إلقاء نظرة سريعة على الكلب، رغم العداوة الكبيرة التي استقبلك بها. كان يحدِّق فيكَ من بعيد غير آسف على رحيلك، وهو يتذكَّر ما ناله بسببك طوال يومين!

وحين أصبحتَ على بُعد ثلاثين خطوة، تذكرتَ يدكَ، أعدْتَها إلى جانبك، وانبثقت فجأة في البعيد هناك تلك النّخلة الوحيدة، ولمع تحت الشمس العالية خيطان من الدّمع فوق خدَّي السيدة الوالدة. لكنها ما لبثت أن مسحتهما بسرعة، وتمالكتْ نفسها، ما إن رأت زوج سَعْدَة يهمُّ بمرافقتك حتى الطريق. انتفضتْ كنمرَّة، وسمعتَ صوتها الذي غدا قاسيًا كحجر: لا، لقد جاء وحده، وسيعود وحده!!

فرحتَ بهذه الثقة التي منحتْك إياها السيدة الوالدة أمام الجميع، على غير عادتها، وستذكر قولتَها هذه وتستعيدها في الشّهور المقبلة، كلّما حلكتِ الساعةُ واشتدَّ الخطر.

الأمانة الكبرى
التي لن تنسيك العيب الوحيد للحرب

حين ألقيتَ نظرة على العاصمة خلْفك، كان الشيء الوحيد الذي يمكن أن تراه منها، تلك الأيام الخالدة التي أمضيتها في رحاب قصر سيد البلاد، والتي خرجتَ منها بذكريات طيبة ودليل يحسدك عليه كثيرون: تلك البندقية النّادرة التي حظيتْ برعايتك التي لم تحظ بها بندقية أخرى، البندقية الإنجليزية النادرة التي أهداك إياها بنفسه في اللحظة الأخيرة.

كان وقْعُ ما قام به كبيرًا على مستويين: الأول، أنه قرر إرسال أهمِّ كتيبة لديه، وأقربها إلى قلبه، للقتال في فلسطين، والثاني، أنه مدَّ يده وناولكَ بندقيته الأثيرة.

لقد ارتبكتَ، أعترفُ أنكَ ارتبكت!! حتى لو لم تعترف أنتَ. وقد هيئ إليك للوهلة الأولى أنه يريد منك أن تقوم بتنظيفها، تنظيفةَ وداع! بعد أن تأكَّد من إعجابك بها. وقبل أن تقوم بحركة خاطئة تثبتُ قلّةَ نباهتكَ في موقف عظيم كهذا، قال لك: أُعطيكَ أهم بندقية لدي، فقاتل بها بما يليق ببندقية سيد البلاد أن تُقاتل. وصمتَ قليلا، ثم قال: لحسن الحظ أن رصاصها متوافر، لأنه الرّصاص نفسه المُستَخدم في أخواتها من الجيل الثاني. لذا، فإنَّ كلّ ما أريده منك هو ألا تعود بها أقلّ من مُنتصرة!

وحين استدار، هيئ إليك أنه ما فعل ذلك، إلّا ليلجم دموعًا أوشكتْ أن تفلتَ من عينيه، في موقف الوداع الصعب هذا.

***

لم تكن بحاجة لوقت طويل من التّفكير كي تعرف أن بين يديك أمانة لا تستطيع التّلال حمْلها، ولذا، وبعد مغادرتك لقاعة القصر ستحسُّ أنك لا تستطيع وحدك حمل البندقية؛ ثقيلةً كانت على كتفك، كتفكَ الذي لم يكن من فئة الأكتاف الضَّعيفة في أي يوم، كتفكَ الذي استطاع أن يحمل من النجوم ما لم يتمكَّن غيره من حمله. وأحسستها طويلة، تلمس الأرض بين حين وآخر، رغم أن قامة كقامتك، يحسدك عليها الكولونيل غريغوري نفسه. ولفحكَ سطوعها، أكثر بكثير من تلك الشمس التي راحت تحرق الرّبيع في طريقها متلهفة للصّيف، ولذا، كان عليك أن تنقلها بصعوبة إلى الكتف الثاني بين لحظة وأخرى كي لا تحترق بوهجها!

بعد ساعة، أو ساعتين، راحت البندقية تفقد القليل من وزنها وطولها، مفسحة المجال لقامتك كي تأخذ مداها، لكنك لن تكتشف ذلك بسهولة، لأن كونها البندقية الخاصة لسيد البلاد، ظلّ يعطيها وزنها المعنوي، كبندقية عليها أن تتحمل العبء الأكبر باعتبارها سيدة البنادق.

***

بتواضع الرّجال الكبار، قررتَ خوض الحرب برتبة عريف، فما دام الهدف مقدّسًا إلى هذا الحدّ ونبيلًا، فأوْلى بمن يدافعون عنه أن يتحلَّوا بالتّواضع. ولست تدري كيف بزغتْ تلك الفكرة في رأسك فجأة، فرُحتَ تقارن بين من يحجُّ ويطوف بالكعبة عاريًا من مناصبه وغناه ورُتبه، ولا شيء يستره غير ثياب الإحرام، وبين الذاهب للدفاع عن بلد مقدَّس، وأخوة يتعرَّضون للمذابح كلّ يوم.

كانت أخبار "مذبحة دير ياسين" تملأ الأرض وتُشعل الناس، وقد كنت تدرك بحواسّك كلّها، ما الذي يعنيه قتْل الأبرياء، ومداهمتهم في زوايا بيوتهم وذبحهم.

لكن لنعترف، أنك لم تكن تفكِّر بالموت، بقدر ما كنت تفكِّر بالحياة، ولسبب بسيط: أن تقف بين يدي سيد البلاد وتعيد إليه الأمانة عن قريب متوهِّجة بشموس النصر.

***

لأسباب كثيرة، أهمها الحرص على سلامة الجيش، تَقرَّر أن تتحرّك القوات ليلًا، وقد حُددت الساعة التاسعة والنصف موعدًا لذلك، فانطلقتَ مع من معك، قاصدًا المكان المحدَّد، لتكتشفوا بعد وصولكم، أنه تمَّ تغيير المكان، فمضيتم للمكان الجديد، وحين وصلتموه، قيل لكم إن نقطة التجمُّع تغيَّرتْ، فرحتم تحاولون ما استطعتم الوصول إليها، رغم إدراككم أن الجيش لا يمكن أن يمضي مُخلِّفًا وحدتكم وراءه. وما كان بإمكانك أن تملك الجرأة لتعود مطأطئ الرأس إلى سيد البلاد، لتقول له:

- ها بندقيتك مولاي، لم أتمكن من اللحاق بالقوات!

لكن ذلك لم يحدث لحسن حظك. لذا، صببتَ قليلًا من الماء البارد على انفعالاتك، حين رحتَ تفكِّر: لا بدَّ أنهم فعلوا ما فعلوه ابتغاء للسِّريَّة.

عند منتصف الليل تحرَّكت الآلياتُ العسكريّة، وسطَ هتافات أبناء الشَّعب، وتكبيراتهم، والأنوار التي حوَّلتِ الموقعَ الشاسع ساحةً للاحتفال.

عندها خفتَ، إذ كان بإمكان أيّ طائرة، كتلك التي أغارتْ قبل أيام، أن تهاجمكم في تلك اللحظة وتُشتتَ شملكم قبل أن يلتئم في أرض المعركة. ولم يهدأ لك بال حتى نظرتَ وراءك فلم ترَ من العاصمة غير تلك الذِّكريات التي تحدثنا عنها.

وللحقّ، فإن وجه المجنّد يعقوب قد سطع فجأة، فرأيته قريبًا أمام عينيك، بحيث كان بإمكانك أن تلمسه لو مددتَ يدًا، إلّا أنه ما كان لك أن تفعلَ ذلك وقد أطبقتَ على الأمانة التي تحملها بيديك الاثنتين.

رأيت المجنّد يعقوب طويلًا، ضخمًا، ولمعتْ واضحة عضلاته العظيمة، كما لمعتْ في ذلك اليوم الذي هزم فيه الملاكم الإنجليزي. فقلتَ: ما كان عليهم دخول حرب كبيرة بلا يعقوب!

ولزمن طويل ستبقى ملاحظتُك هذه، الانتقادَ الوحيد الذي ستوجهه لقيادة الجيش، دون أن تبوح به لأحد.

العودة المفاجئة
التي كانت مناسَبَةً لعتاب يعقوب

الخبر الذي وقع عليك وقوع الكارثة، كان الأمر العسكريّ الغريب الذي تلقيتموه للعودة للعاصمة بأقصى سرعة.

لثلاثة أيام أُتيح لكم في المعسكر الذي أقيم على عَجَل أن تشحذوا لياقتكم عبر إطلاق بعض الرّصاصات على أهداف ساذجة في الغالب، والزَّحف اتّقاء للرّصاص والعبور من تحت الأسلاك الشائكة، ورؤية القنابل اليدويّة عن قرب للمرّة الأولى.

لم يكن درس القنابل صعبًا على مَن يستطيع إدراك قيمة الزَّمن، أما أولئك الذين لم يحسبوا عمرَهم بالثواني، فقد كان الأمر بالنسبة إليهم تعجيزًا يمكن أن يدفع بعضهم للتراجع عن قرار خوض الحرب، والعودة إلى هناك لاستئناف الحياة بإلغاء الإجازة.

سبع ثوان ولا شيء سواها، المدَّة التي تُتيح للقنبلة أن تقوم بعملها على خير ما يرام، إذا ما ألقيتْ في المكان المحدّد لها بدقة.

لم يكن الأمر صعبًا عليك، في حين أن بعض رفاق السِّلاح ارتبكوا فعلا؛ فرغم أن القنبلة التي استُعمِلتْ منزوعة الصَّاعق، إلا أن التَّعامل معها لم يكن يمتُّ بصِلة إلى تلك الطمأنينة الخاصّة التي توحي بها البندقية.

باختصار، كانت القنبلة لغمًا من وجهة نظر الكثيرين، ولذا ذهبتْ محاولاتُ المدربين هباء، حين قيل إن عليكم أن تعدّوا حتى ثلاثة ثم تلقون بها إلى العربة أو الموقع الذي تريدون تدميره.

وللحقّ، لقد كنتَ من الفئة التي لا تميل لهذا النوع من الأسلحة، وأستطيع أن أفهم هذا، بخاصة وأنك نشأت وترعرعتَ في جوٍّ كان الهدوء فيه يعني الحياة، وليس الضّجة. ورغم هذا، كنتَ على استعداد لتجاوز بعض المشاعر الصغيرة الخاصة، لأنك ببساطة شديدة، على الاستعداد للقيام بأيّ شيء كي تعود حيًّا في سبيل الله! -عكس كثيرين كانوا يتمنّون الموت في سبيله- لأن بندقية سيد البلاد أمانة وضعها بشهامة نادرة بين يديك، وكان عليك أن تُعيدها بنفسك سالمة إليه.

أترى، كيف أن بعض الأشياء الصغيرة ترسم مصائرنا إذا ما ساعدناها قليلا؟

***

هذه الهواجس الجميلة كلّها تبخَّرتْ، ما إن سمعتَ الأمر بأم أذنيك.
(على القوات كافة أن تعود للعاصمة فورًا!)

في الطريق علمتَ أن ثمة مظاهرات كبرى انطلقتْ هناك تطالب بتسليح الشَّعب، لكي يشارك بدوره في معارك فلسطين، وحين فكرتَ في الأمر انتابكَ بعضُ الغضب، إن لم نقل كلّه، فقد أحسستَ أنك في غير موضع ثقة، أنت المُسلَّح ببندقية لم يلمسها سوى أربعة: الذي صنعها والذي أوصلها، والذي امتلكها، والذي اعتنى بها بكل ذلك الحرص كما لو أنه يعرف تمامًا المهمَّة التي ستُلقى على عاتقها بعد حين.

في طريق العودة فكَّرتَ بالمجنّد يعقوب، عاتبته، همستَ له: أترى، ها هم الذين دخلتَ السِّجن من أجلهم يُفسدون الأمور دفعة واحدة، ويضطرون جيشًا يضم الكتيبة الخاصة وبندقية سيد البلاد للعودة ثانية إلى نقطة الصِّفر، وكأننا ذاهبون إلى مالطا وليس إلى بيت المقدس ويافا وحيفا وغزة هاشم. وقد بلغ الغضب أوجه حين تبيَّن لك أن تحرير البلاد قد تأخر ثلاثة أيام بسبب هذه الرعونة التي يبديها الشَّعب. لذا رحتَ تُعدُّ النَّفس للقيام بما لم يقُمْ به يعقوب نفسه، وتخيَّلتَ نفسك تحمل عشرة متظاهرين على كتفيك، وتُلقي بهم في السجن، لتعود وتحمل مثلهم مرَّة أخرى وأخرى، وهكذا إلى أن تختفي الشوارع بمن عليها!

ها أنت تضع لهم ما يكفيهم من طعام وماء، وتُغلق البوابة خلْفك، غير عابئ بنظرات المجنَّد يعقوب التي تتابعك من بين الأجساد المتراصّة بصعوبة، وتمضي، بعد أن تقول لهم: اجلسوا هادئين حتى نعود، ولم يكن لديك شكٌّ في أن تلك العصابات الصهيونية ستتمكَّن من الصمود أمامكم أكثر من ثلاثة أو أربعة أيام، وهي المدَّة التي يستطيع فيها الطعام والماء سدَّ حاجة هؤلاء المُتنمِّرين الذين أودعتهم السِّجن بنفسك!

***

من بعيد لاحت العاصمة، تمامًا كما رأيتها ذات يوم في رحلة الشّقاوة تلك التي قادك إليها المجنّد يعقوب، لكنها بالتأكيد لم تكن أقلّ غموضًا. صحيح أن أنوارها ازدادتْ بها لا يقاس إذا ما قورن سطوعها بعتمة السنوات البعيدة الماضية، لكن، ثمة فيها دائمًا ما يُخيف.

لُحسن الحظّ، أنكم وصلتم ليلًا كما غادرتم ليلًا، ويبدو أن القيادة قد حرصتْ على أن تُعدَّ مفاجأة كبيرة للشعب، إذ انتشرتم في مفارق الطُّرق، والشوارع الرئيسة، وفوق سطوح بعض المنازل، وتبادلتم نوما خاطفًا، استعدادا ليوم العمل الكبير.

صبيحة ذلك الأحد الذي يبدو لك الآن بعيدًا، لم يطل انتظاركم، إذ تدافع الناس فجرًا، بعد وصول أخبار عن قرب سقوط مدينة "طبريّا" ونيّة الإنجليز تسليم ما تحت سيطرتهم منها لليهود، لتكون أولَ مدينة يسلِّمها الانتداب لهم. وهكذا حين كنت تخوض حرب الشوارع بكامل لياقتك كي تُعيد الناس إلى منازلهم بأقصى ما تستطيع، لم تكن تعرف ما يجري هناك. لكنَّ الشيء الوحيد الذي لم يخطر ببالك لحسن الحظ: أن تكون مضطرًّا لاستخدام البندقية هنا، في العاصمة.

عند الظُّهر سلَّمتُم زمام الأمور لقوات الأمن واستدرتم عائدين إلى حيث كنتم، ولكنكم بدل أن تمضوا إلى المعسكرات المؤقتة رحتم تتَّجهون للحدود مباشرة، كما لو أنكم تعوِّضون ما فاتكم من وقت.

وأخيرا توقَّفتم.

رحتم تستطلعون سبب هذا التوقُّف المفاجئ، الذي رأيتَ، رغم كل التعب الذي ألمَّ بأعضائك، أنه يجيء في غير مكانه وزمانه. وحين طال الأمر، أصبح بإمكانكم الترجُّل من العربات العسكريّة، ولم تكن العربة التي تقلُّك -باعتبارها واحدة من عربات الكتيبة الخاصة- تبعد أكثر من ثلاثين مترًا عن حاجز عسكريٍّ للقوات الإنجليزية.

كان ثمة جنديان إنجليزيان لا غير، هناك على الحاجز؛ اختفى أحدهما بعد حديث طويل مع أحد ضباط جيشكم، وبقي الآخر في مكانه سدًّا يمنع تقدُّم القافلة.

أما أولئك القادة بأنجمهم التي راحت تلمع كاليراع كلما سقط بعض الضوء على أكتافهم، فقد كانوا في المقدِّمة ينتظرون على أحرٍّ من الجمر؛ أعينهم مُنْصَبَّةٌ على ذلك الشّاويش الذي راح يُجري اتصالاته، بعد أن أحسَّ بأن مرور هذه القوات أمرٌ يتجاوز مهمَّته ورُتبته.

وقد طالت الدّقائق بحيث تحوَّلتْ إلى ساعات، قبل أن يُقْبِلَ ذلك الشّاويش الإنجليزي حاملًا كشّافه العسكريّ ذا العين السّاطعة التي راحتْ تمرُّ عليكم واحدًا واحدًا، كما لو أنها تريد أن تعرف ما الذي يدور في داخل أرواحكم، لا لتعرف الحجم الفعلي لقوة أسلحتكم.

تجاوزك الشّاويش، لكنه عاد ثانية باستدارة مُربِكة، ألقى نظرة طويلة عليك، بحيثُ أوشكتَ أن تسمع سؤاله الذي لم يسأله لك، لكنه ما لبث أن واصل طريقه نحو نهاية القافلة، وسط دهشة زملاء السلاح الذين لم يستطيعوا تفسير ما رأوه.

بحسِّك العميق أدركتَ، أن الإجازة التي حصلتم عليها لخوض الحرب، قد لا يُوافق عليها الإنجليز هنا، وهكذا امتدَّت يدك إلى جيبك اصطدمتْ أصابعك بمرآتك التي اشتريتها خصيصًا لشاربك، منذ أن أبدى إعجابه به سيد البلاد، تذكَّرتَ رأيه، فغدوتَ أكثر ثقة بنفسك، بحثتَ عن الورقة، لمستها أخيرًا قابعة هناك، كان وجودها خيرًا من عدمه، أخرجتَها، تأملتها في الضّوء الأمامي للعربة التي تستقلّها، وبهدوء

جنـديّ يعرف حجم المهمات الملقاة على كاهله، رحتَ تبحث عـن المكـان الذي يمكن أن يضع الجنديُّ الإنجليزيُّ فيه موافقتـه عليها، إذا مـا وافق.

وجدته، فسحةً بيضاء جاهزة لاحتضان الخَتْم.

وهكذا،

راحت الطمأنينة تنتشر بهدوء في أوصالك.

درس الغَضَبْ!!!!

دخول الحرب بسبع كلمات
لم تكن في الحقيقة سوى خمس!

وها أنتَ وحدك..

لا شيء لديك سوى هذا المذياع، وبندقية سيد البلاد، وستّ جهات لا تعرفها.

وللحكاية حكاية.

أما الشيء الذي أظنه لم يزلْ يحيِّرك حتى الآن، فهو كيف حدث ما حدث، وكيف كتبتِ الأقدارُ بخط يدها أن على العريف فؤاد -دون خلق الله- تحمّل أعباء حرب بهذا الغموض.

ولكن، قبل أن نمضي نحو النهاية التي غدتْ وراءك الآن، دعنا نمضي نحو بداياتها التي ستظلّ حاضرة إلى زمن طويل، نُقلِّبها ونُقلِّبُك، باحثين عن تلك الكلمة المفقودة في هذا الكلام.

***

حين تحركتِ القافلةُ، وغدا الحاجز الإنجليزي وراءكم، وامتدَّ الليل أمامكم بلا حدود، كنتم على درجة من التّعب تؤهلكم لأكثر من هزيمة لو أن العدوّ كان بالانتظار.

لكن، لِحسن حظِّكم، أن واقع الحال يحتِّم أن تسيروا طويلًا وتبحثوا عنه، كي تأخذ الحرب مجراها.

وحسنا فعل أسعد بيك - قائد القوات، حين أمر بأن تتوقَّف القافلة، وأن تستريحوا، حتى يتسنَّى لكم السَّير الآمن في أرض تطأونها للمرَّة

الأولى. ولم يكن قراره ضربًا في المجهول، فبعد ساعتين من المسير أوشكتم خلالها أن تبلغوا الصباح، اكتشفَ أنكم تدورون في المكان نفسه.

الشيء الوحيد الذي كان لا بدَّ منه، وقد قام به على أتمِّ وجه، أن يُصدر الأمر لوحدات الجيش بالانتشار، كي لا تباغتكم واحدة من طائرات "كوماندر" أو "تايغر ماوث" من تلك التي استطاعت بلوغ العاصمة نفسها، وتُشتتَ شملكم قبل أن يلتئم هناك.

حين أطلَّ الصباح، كان بإمكانك أن ترى بأمِّ عينك ذلك الحاجز الإنجليزيّ الذي أمضيتم نصف ليلة بانتظار موافقته على السّماح بدخولكم. وقد دفعك ذلك لإطلاق جدولٍ من الغضب ضد الإنجليز! وكان يمكن لهذا الجدول أن يتحوّل إلى سيل، لولا أن الكولونيل غريغوري واحد من سلالتهم.

قد تكون بعض العيون أُغمضتْ أثناء الليل، لكن عينك لم تعرف شيئًا من ذلك البذخ. استندتَ إلى دولاب الشّاحنة التي تُقلّك، وبقيت تحدِّق في الأفق حتى أضاء.

كان المشهد الممتدُّ أمامك، المشهد المحيط بك مُربكًا أيضًا، فقد تهيأ لك، لأقل من لحظة، أن ما تراه جيشًا خارجًا من حرب لا في طريقه إليها. ولم يكن ذلك غريبًا، لأن انتظاركم على ذلك الحاجز بدَّد نصفَ همَّتكم، وعودتكم للعاصمة قبله بدَّدتِ النصفَ الأول.

بفطنته أدرك أسعد بيك أن ثمة شيئًا كان لا بدّ منه، نسيه، لكنه ما دام تذكره فإنه لا يستطيع، بَعدُ، أن يتناساه.

لقد أدرك أن جيشًا ذاهبًا للحرب لا بدَّ له من خطبة تستنهض روحه، وليس في ذلك نَيْلٌ من حماس أيّ واحد منكم أو صِدْقِهِ، لأن في أمر كهذا بركة لا بدّ منها.

ولذا، ما إن بدأت القوات بالتحرّك من جديد حتى فاجأها بأمر التوقُّف والانتشار ثانية، بانتظار البحث عن خطيب مفوَّه - كما تقول العرب- لكي يقوم بالمطلوب.

راح عدد من الجنود يبحثون عن ذلك الشّخص بينهم، إذ لا يُعقل أن يبحثوا بعيدًا قبل أن يتأكَّدوا من أن أحدًا بينهم يمكن أن يؤدّي مهمَّة كهذه وينال شرفها.

بعد بحث طويل، أحضروا له جنديًّا، وقالوا له: إن أباه شيخ مسجد ويمكنه القيام بما تريد، لكنه حين نظر إليه وجده أقلَّ بكثير من أن يستنهض همّة جيش، لأنه بحاجة إلى مَن يستنهض همَّته أولًا؛ ضئيلًا كان وعلى وشك السّقوط. سأله عن اسمه وبصعوبة أجاب: عبد الله.

كان بإمكان أسعد بيك أن يلتقطَ بسهولة ذلك الجهد الكبير الذي بذله عبد الله كي ينطق اسمه، ولذا قال له: الله يقوِّيك يا عبد الله. وأشار له أن ينصرف، وقد أدرك أن مهمَّة كبيرة كهذه لا يقوم بها سوى شيخ كبير.

بعد تفكير عميق، قرَّ قراره أن يبحث بعيدًا، وهكذا، كان يُمكن أن تلمحوا سيارة "ستيشن واجن" تنفصل عن القافلة عائدة من حيث أتت، باتجاه الحاجز، على ما في ذلك من مخاطرة، إذ بدا للجميع أن ثمة معجزة قد حدثت حين سمح الإنجليز بالمرور لكم مرَّة، أما مرَّتين، فإن الأمر سيغدو امتحانًا لأعصابهم، هم أبردُ خلق الله أعصابًا على هذه الأرض، كما يُشاع!

وخابت توقّعاتكم من جديد، حيث لم يطل الوقت كثيرًا، إذ وصلتْ، بعد أقلِّ من ساعتين "الستيشن واجنّ" برمادها المحترق، ترجَّل منها شيخ ضرير، حين رآه أسعد بيك هتف فرِحًا في سرِّه: هذا هو المطلوب.

وثانية، صدر أمرٌ آخر بأن تتجمَّعوا، فتجمعتم، وبمساعدة أربعة جنود تمكَّن الشيخ من صعود ظهر واحدة من شاحنات التّموين ليُلقي كلمته.

اثنان من الجنود الذين صعدوا معه، ترجَّلا، كي يُتيحا لكم، ليس سماعه فقط، بل ورؤيته أيضًا، لكن الحقيقة أن وصول صوته للجميع كان يتطلّب معجزة لا أقل.

تلاشت أصواتكم في ذلك البرّ، وأتاح لكَ الصمتُ الكبير فرصةَ أن ترى في البعيد نخلة يتيمة، تشبه إلى درجة لا تُصدَّق نخلتكم في القرية، فهاج حنينك إلى شيء لم تستطع تحديده بدقّة!

.. واكتمل الصمت،

أصبح بإمكان كثيرين منكم أن يستمعوا تمامًا لما سيقال. ولأنك جزء من العمود الفقريّ للكتيبة الخاصة، كنتَ الأقرب، وقد كان أسعد بيك على درجة من الفطنة أنه طلب من الشّيخ الضرير أن يصعد واحدة من شاحنات كتيبتكم.

راح الشيخ يحدِّق في الأفق أمامه وعلى جانبيه إلى حدٍّ أنكم أوشكتم أن تشكُّوا في حقيقة عماه، أما هو، فقد كان يحاول فعلًا أن يستردَّ بصرَه ما استطاع، ما دامت الظروف قد حكمتْ عليه أن يقف موقفًا جليلًا كهذا.

وقد طال صمته..

طال أكثر مما يجب..

مما دفع أسعد بيك إلى أن يقول له بأعلى صوته: كلّنا آذان صاغية يا مولانا.

لكن الشيخ الضّرير ظلَّ يحدِّق في الأفق كما لو أنه لم يسمع شيئًا، ثم حين راحت الكلمات تتوارد إلى حنجرته، تنحنح مرّتين، مُحاوِلًا أن يجعل الطريق سالكًا لها ما أمكن، وفوجئ الجميع حين لم ينطق سوى سبع كلمات هي في الحقيقة خمس لا غير.

- أيها الجيش، أيها الجيش، ليتك كنتَ لنا!!

وصمتَ.

لقد وقعتْ كلماته وقوع غارة مباغتة على أسعد بيك، حيث استطاع أن يُدرك ما لم يستطع الكثيرون منكم إدراكه. وفي الوقت الذي رحتم تنتظرون فيه بقية الخطبة التي انتهت، راح أسعد بيك يصرخ: خسئتَ، أعمى البَصَر وأعمى البصيرة أيضًا!

وراح يشقّ صفوفكم صائحًا: أبعدوه من هنا، لا أريد أن أراه.

***

حين اختلى أسعد بيك بنفسه في حجرة عربته، أدرك أن الأمور قد تعقدتْ أكثر مما يجب، ولذا توصَّل إلى أن مشكلة بهذا الحجم لا يحلها سوى شيخ آخر، أو كما قالت العرب: (فداوِها بالّتي كانت هي الداءُ.)

لذا، وعلى عجل، انطلقتْ عربة أخرى، وبعد أربع ساعات إلا قليلًا، عادت وفي جوفها شيخ من أفراد الجيش نفسه، حين رآه أسعد بيك، أدرك أن جيشًا يتحرَّك لمهمة كبيرة لا بدَّ من أن يكون بين صفوفه شيخ رسميّ.

كان الانتظار بحدٍّ ذاته مُرهقًا، لكنك كنت خارج دائرة الإرهاق هذه، إذ لطالما انتظرت، ولذا رحتَ تُقَلِّبُ جُملة الشيخ الضَّرير محاولًا الوصول إلى معناها الذي جعل قائدًا للجيش ينفجر كقنبلة فور سماعه لها.

أدراج الرِّياح، راحتْ محاولاتك الهادفة لفكِّ أسرار تلك الكلمات السبع، التي هي في الحقيقة خمس كما قلنا، إلى أن أقنعتَ نفسك آخر الأمر، أن جملة الشيخ قد تكون ضريرة مثله!

لكنكم بعد قليل، ستبكون على كلمته، لأنها كانت قصيرة على الأقلّ، إذ ما إن بدأ الشيخ الجديد خطبته، حتى أدركتم أنها لن تنتهي، وقد حاول أسعد بيك أكثر من مرَّة أن يتنحنح، إلا أن ذلك لم يُفِد، كما راح الجنود والضّباط الواقفون يتساقطون واحدًا إثر واحد ما إن انتهتِ السّاعة الأولى من الخطبة وأقبلتِ الثانية؛ أما أنت، فقد كان وجود بندقية سيد البلاد بين يديك دافعًا قويًّا للعب دَوْر نخلة ليس في قاموسها كلمة: الجُلوس.

بعض الجنود حلَّ بهم تعبٌ لا يمكن قهره، فراحوا يتَّكئون على بنادقهم في البداية، ثم على مرافقهم حين جلسوا، وما لبث بعضهم أن راح في نوم عميق، إلى حدٍّ أن شخيرهم تصاعد دون ورع.

عن طريق الخطأ انطلقتْ رصاصةٌ، بعثرتْ بدايات السّاعة الثالثة من عمر الخطبة، وبعثرتِ الجنودَ والضّباط، الذين فوجئوا بفكرة أن تكون الحرب قد بدأت، هنا؛ وكل الحروب، كما تعلم، تبدأ بطلقة، سواء أكانت طلقة كبيرة، أم صغيرة.

حين تأكّد أسعد بيك أن الطّلقة خرجتْ خطأ، أمر بمعاقبة الجنديّ المُتسبّب في انطلاقها، وأمر الشّيخ أن يختصر : لأن وراءنا الكثير! كما قال

له. فراح الشَّيخ يُلملم فلول أفكاره مُلخِّصًا بعض ما قاله، مُنهيًا خطبته بهذه الكلمات التي لا بدَّ لي من أن أذكِّرك بها للأمانة والتاريخ:

(أيها الضباط والجنود الأبطال، إننا مدينون بالشُّكر للصَّهيونيين والإنجليز الذين كانوا سببًا في جمْعِ كلمة العرب بهذه السُّرعة الفائقة، بحيث أصبحنا بين عشية وضحاها كتلة واحدة متراصَّة، وقد كان من الصَّعب إيجاد مثل هذه الكتلة مع توحيد غاياتها وأهدافها في عدِّة قرون، ولكنه أمرُ الله، وحكمته، فإذا ما كنتُ أحارب وسقط إلى جانبي جنديٌّ مصريٌّ أو عراقيٌّ أو أردنيٌّ أو سعوديٌّ، فإنني سأتذكر بلده ما حييت. فسيروا على بركة الله فالنصر للمؤمنين الصادقين!)

انتهاء الشيخ من خطبته، اعتبره البعض نصرًا بحدِّ ذاته، وهؤلاء، هم الذين لم يُغلق لهم جفن، أما الذين ناموا فقد اعتبروه فرصة لا بدَّ منها كي يستعيدوا بعض نشاطهم، وقالوا: الخطبة استراحة المُحارب. بين ليلة أمضوها ساهرين في العاصمة، وأخرى وراء ذلك الحاجز.

وتحرَّكت القافلة. ودون أن تدري رحتَ تبحث عن تلك النَّخلة اليتيمة، فلم تر غير تلك القامة الرَّمادية الثابتة لشيخ ضرير، راح الغروب يلفُّه، دون أن تصدر عنه أيّ حركة، وكأنه قرَّر ألا يغادر مكانه إلى الأبد، بعد أن تركَه أسعد بيك وحيدًا في ذلك العراء..

عن المهمة الأولى الموكلة إليك
وكيف تحوّل الفشل إلى نجاح!

كان بإمكانك أخيرًا أن تلحظ الفرْق الكبير بين حياتك بباب سيد البلاد وحياتك الجديدة.

امتدتِ الطُّرقُ بلا نهايات، ودارت في الجوِّ عُقبان ونسور، عُقبان سود، بأجنحة معدنيّة، لا ترفّ، أجنحة تنزلقّ على الهواء، تنخفض وتنخفض في دوران لا يتوقّف؛ دوّامة العُقبان تلك، كنتَ تعرف إلى أين ستنتهي، فذاك مشهد من مشاهد طفولتك الأولى، قبل أن تُزجّ في الزّوايا.

شغلكَ المشهد طويلًا، حتى أنك لم تشعر بتوقّف الشّاحنة التي تحملك.

بإمكاني أن أتركك هنا في مكانك، لأمضي بعيدًا نحو المقدِّمة، حيث أسعد بيك يتأمّل الامتداد أمامه بوجل شديد، وقد أدركَ أن الطّرق لا تؤدي إلى مكان.

في قاموس الحروب، ذاك شيء خطير، وقد هاله أن ثقته بقُرب المسافة بين عاصمته وفلسطين، كانت أكبر مما تصوَّر، ولم يكن ذلك بسبب طول الطريق، بل لأنه حين قرر أن يشق طرُقَه الخاصّة حتى لا يقع فريسة للطيران، لم تكن بين يديه أيّ خارطة تشير إلى اتجاه.

بعد قليل، ستكون واحدًا من أولئك الذين سيبحثون للقافلة عن مخرج وسط الرِّمال.

بين الحجارة الصوانية وأشواك البرِّ، انطلقتَ بعزيمة ثابتة، يُعززها إحساسك بأن فرصة اللقاء بخالك إسماعيل قد اقتربتْ. وبالدِّقة نفسها

التي كان يمكن أن تبحث فيها عن إبرة في مخزن للقشّ رحتم تبحثون عن طريق.

ثلاثة كنتم، عبد الله ابن الشيخ، وجنديّ آخر لم تعرف اسمه إلى أن قال عبد الله موجهًا كلامه له: لا فائدة، هيا بنا نرجع يا عبّاس!

بعد أن أضناكم البحث، تعثَّرتم في طريق عودتكم بشريط سكة حديد، لم يكن بمرتبة اكتشاف يتيح لكم أن تعودوا بفرح من حقق نصرًا، صغيرًا.

موقفكم أمام أسعد بيك، كان موقف ذلّ، وتبرع الجندي عبد الله ببذل روحه رخيصة، حين تجرأ وقال: لم نجد هناك سوى شريط سكة حديد.

جنَّ أسعد بيك، وانفجر في وجوهكم، وخيِّل إليك أن العُقبان تبتعد من فرط غضبه: هل ترون معي قطاراتٍ كي تعودوا إليَّ باكتشافكم العظيم هذا؟!

طبعا، لم يُجب أحد، لكنه، وبعد صمت طويل، خلتم معه أنه موشك على اتخاذ قرار بالعودة إلى العاصمة، صاح بكم: تعالوا هنا. فأدركتم أنكم من الهالكين.

منذ هذه اللحظة، ستُشكلون ثلاثتكم طلائع القوّات، بعد أن أدرك أسعد بيك بحاسَّته الحربية، أن من يسير مع السِّكة لا بدَّ أن يصل، حتى وإن لم يكن يملك عربة قطار واحدة! وهكذا، راحت العرباتُ العسكريّة تشقُّ طريقها بأمان بمحاذاة شريطَيْ المعدن الدّقيقين اللذين كانا يختفيان لمسافة تخالون معها أنكم عدتم إلى سيرة ضياعكم الأولى، فينزل بعضكم ويبدأون الحفر بأيديهم حتى يتبيّن لكم خيط المعدن من خيط الرمل.

بعيدة كانت الجبال، وقريبة، سوداء، وصوتُ محرِّكات سيارات القافلة يُحدث دويًّا هائلًا، إلى ذلك الحد الذي لن تسمعوا أيّ صوت سواه.

وفجأة، ظهرتْ طائرةٌ في الأفق، وراحتْ تقترب، وتقترب، صوَّبَ أسعد بيك منظاره نحوها، وطمأن مساعده: طائرة عربية. فأبلغ المساعد بدوره الجميع، فانخفضتِ البنادقُ، واحتلت الأيدي مكان الفوهات

مُلوِّحةً بفرح شديد. وفي المقدمة سأل مساعد أسعد بيك: هل هي من نـوع "دوف" أم "فيوري"؟

- المهم أنها عربيّة؟!

وفي الأعلى، لم يبخل عليكم الطّيار، إذ حلَّقَ مرَّتين على ارتفاع مُنخفض أتاح للكثيرين منكم أن يروا بوضوح يده وهـي تحييكم، وقـد كنتَ مـن هؤلاء، لكنك انشغلتَ أيضًا بما هو أهمّ، إذ رحتَ تبحث عـن العلامات التي تُفيد أن هذه الطائرة عربية وليست معادية: شكل الجناح، الـذّيل، العلم المرسوم على جانبها الذي رأيته، وقـدَّرتَ أن في الجهـة المقابلـة عَلَـما شبيهًا، ومن بين ضجيج محرِّكات الشاحنات، رحتَ تحاول التقـاط نغمة محرِّك الطائرة، لتعرفها إذا ما فوجئتَ بهـا محلِّقـة فـوق رأسـك لـيلًا، لـئلا ترتكب حماقة إسقاطها عن طريق الخطأ؛ بخاصة أنك ستكون واحـدًا مـن القلَّة القليلة الذي تمكَّن من إسقاط طائرة. ولهذا حديث آخر!

يمكننا القول: إن المعنويـات التـي غـدتْ لـساعات طويلـة بمستوى قـضيبـيِّ سـكة الحديـد، لا غـير، ارتفعـتْ، وغـدتْ في لحظات بارتفـاع جنـاحَيْ الطـائرة التـي لم يـستطع أحـد أن يجـزم فـيما إذا كانـت مـن نـوع "دوف" أم "فيوري" بعد أن أكـدّ آخـرون: إنهـا "داكوتـا" بالتّأكيـد. فاحترتم أكثر. وحين كانت تبتعد شرقًا بعد جُرعة الحماس التي بثّتهـا بـين أضلاعكم، كنتم قد غدوتم أكثر ثقة بأن النّصر أقـرب، رغـم هـذا الخطـأ الذي لا يغتفر، ونعني هنا عدم وجود أيّ خارطة تنبئكم عن المكـان الـذي أنتم فيه، وتُشير بوضوح إلى المكان الذي تقصدونه.

أما أنتَ فقد كان بإمكانك، وبشكل خاص، أن تلمح في البعيـد نخلـة وحيدة، كتلك النّخلة التي رأيتها عند الغروب، النّخلة التي ذكَّرتْك بنخلة قريتك.

فقلت: هذا فأل خير.

الوصول المحفوف
بأكثر من اكتشاف

لم تُدرك أنكَ وصلتَ أرض فلسطين، إلا حينما بدأتْ تلوْحُ عن بعد قراها وبساتينها، ومآذنها.

حينها انتابك ذلك الشّعور العميق بأنك تطأ أرضًا مقدسة.

رهبة غريبة دبَّتْ في أوصالك، إلى ذلك الحدِّ الذي جعلك تتردَّد في التَّرجُّل من العربات للسير فوق ترابها بحذائك العسكري.

ومن كلّ مكان راح الناس يتدفّقون باتجاهكم، بأغنياتهم وزغاريدهم، أطفالًا ورجالًا ونساء وشيوخًا. ورغم قاماتكم المعفَّرة، وعلامات التَّعب التي اختطفتْ ألوانكم، راح بهاؤكم وهالات الضّوء المحيطة بكم تُعمي أعينهم. وقد كان فرحهم بوصولكم هو السّبب الأوّل الذي شجّعَ الكثيرين، وأنتَ منهم، للسَّير على التراب غير خائفين أن يُخْدَش!

***

أول الأوامر التي صدرتْ: أن تصطفّوا في طابور طويل، لتتلقوا مطعومًا ضد التيفوئيد، الذي قيل إنه كان منتشرًا. وقد اكتشف الثوّار قبل وصولكم بأيام مجموعة من رجال العصابات الصهيونية متنكِّرين بأزياء عربية، يحاولون وضع ميكروبات هذا المرض في عدد من عيون وآبار المنطقة. وكانت حملة التّطعيم في أوْجِها حين وصلتم.

لكن ما أثار إعجابك بشكل خاص، أنك رأيتَ ما لم تره في أيّ مكان، أسواقًا تمور بالحياة، وجوهًا يمكن إذا ما استخدمتَ قليلًا من نباهتك أن

تدرك، أن هذا جنديّ، وهذا من الثوار، وهذا ممن احتُلَّتْ مدينتُه أو قريته واضطرَّ أن يلجأ إلى هنا.

على عَجَل أُقيم معسكر، قبل حلول الظّلام، فأصبح بإمكانكم أن تنفضوا الغبار العالق بأعماق مساماتكم؛ وقرب منتصف الليل، اختليتَ ببندقية سيد البلاد تنظِّفها، وتمسح عنها آثار الدّروب التّرابية، بحيث غدت بمعدنها المشعشع أكثر سطوعًا من ذلك الضوء الشّاحب الذي تجلس تحته؛ وعندها، أصبح بإمكانك أن تسمح لنفسك أن تستحمَّ، وقد كنت على يقين أن عينك لن تغمض ما لم تُعِد البندقيةَ إلى زهو بريقها الأزليّ.

خرجتَ من الخيمة - الحمّام، شخصًا آخر، خرجتَ الضابط فؤاد، لا العريف، رغم تمسكك ببزة الثاني، لكن وصول أصوات الرّصاص وانفجارات القنابل البعيدة، أفسد الكثير من نشوة النّظافة التي رحتَ تنزلق بخفَّةٍ في هالتها. وأكثر من ذلك، فقد تسلل إلى روحك شيء من تأنيب الضمير، إذ كيف يمكنك الاستحمام هنا بالماء، وغيرك يغرق في هذه اللحظات ببحر دمه لا بدّ!

ولم يذبل لك جفن..

رحتَ تبحث بين الظِّلال البعيدة عن قامة تشبه قامة خالك إسماعيل، وقد نسيت تمامًا أنه رحل من زمن، وأنك شاركتَ في عزائه الذي أُقيم في بيتكم. على يقين كنتَ أنه هنا. ولأن وصولكم لا يمكن أن يظلَّ سرًّا، فسيعلم أن الكتيبة الخاصة جاءت ضمن صفوف القوات، وسيعرف أنك أحد أفرادها؛ إذ طالما ردّد، ووافقتْه السيدة الوالدة، وهو يشير إلى قامتك: (ثلثا الولد لخاله). وما كان يمكن أن تخذلَهُ وأنت شبيهه إلى هذا الحدّ.

***

في الصباح صدرتِ الأوامرُ بالسّماح لكم بشراء ما تحتاجون من أشياء، من السّوق. وقبل الذهاب، حرصتَ على تفقُّد الغاليين: بندقيتك، وشاربك الذي تحوّل إلى أمانة أُخرى منذ ملاحظة الإعجاب التي أبداها سيد البلاد به! وهكذا كان بإمكانك أن تتجوّل ومعك عبد الله وعباس،

وأن ترى بأمّ عينك، صباحًا فلسطينيًا، وأنت تدور بين جموع البشر التي انصبَّتْ عيونها عليك دون خلق الله من الجنود.

لمعتِ البندقيةُ، فاختطفَ ضوؤها الأبصار، وامتدتْ قامتُك عالية، وهي توشك أن تتجاوز الفوهة المرفوعة نحوَ السماء؛ وفي لحظة واحدة تمنّى كلّ بائع في السوق أن تتوقّف أمام متجره، أو مطعمه، ليتشرَّف بهذه القامة، ولم يكن عبد الله الذي يسير في ظلّك، ظلّكَ الذي امتدّ طويلًا بلا حدود، أقلَّ انبهارًا، لكن انبهاره سيتحوّل بعد قليل إلى فخر، ويحاول أن يبدو ما استطاع أمام العيون أنه مرافقكَ، بخلاف عباس الذي رأى في وسامتك الزّائدة عن حدودها ليونةً لا تليق بجندي ذاهب للحرب.

حين هبَّت رائحة الطّعام، خُيِّل إليك أنك لم تأكل منذ سنوات، ولذا رأيتَ نفسك مُنقادًا وخلفك من معك، إلى الطاولة الخشبية الوحيدة التي لا يجلس إليها أحد، وكراسي القشّ المحيطة بها.

هل كان اسم المطعم هو الذي قادك للجلوس "مطعم الأمل" أم رائحة الطعام؟!

لا تُجب!

نسيَ صاحب المطعم كلَّ زبائنه، حين رآك تأخذ مكانك بكلِّ بهاء الجنود، وهبَّ ليخدمك بنفسه: محسوبك "أبو جميل".. تشرفنا يا بيك! ألف أَهلا وسهلا. شرّفتونا!

صادقًا كان الرجل، إلى ذلك الحدّ الذي خلتم معه أنه مستعد لرفعِكم على كفيه طيلة وجودكم.

بعد لحظات كان الشّاي أمامكم، لكنكم انتظرتم طويلًا قبل وصول الطعام، رغم أن الرّجل لم يتوقّف عن الترحيب بكم لحظة واحدة، ولذا، كنتم على يقين أن تأخُّر وصول طلبكم لم يكن من باب الإهمال، ولا يمكن أن يكون.

وأخيرًا، وجدتم أنفسكم وجهًا لوجْه مع مائدة غير عادية، بيض وجبن وزيتون، وصحون من الحمُّص والفول وكبد الدَّجاج و..

وانتابكم الخوف فجأة.. إذ لم يكن في جيوبكم من النّقود ما يؤهلكم أن تبدأوا اليوم الأوَّل مبذرين؛ وهكذا، طار نصف فرحتكم بالطعام، فأخذتم تلوكونه بحذر، محاولين ما استطعتم تحاشي الاقتراب من صحن كبد الدَّجاج بشكل خاص!

لكن أبا جميل الذي، يبدو أنه، أمضى عمره في هذه المهنة اندفع باتجاهكم، وقد أدرك مسحة الخجل والخوف التي راحتْ تفترش ملامحكم، وجرَّ كرسيًّا، وانطلق يحثّكم على الأكل. بل إنه مدَّ يدًا واقتطع لقمة من رغيف ساخن وراحَ (يماحكم)[2].

شيء كهذا لا يحدث في المطاعم، رحتَ تفكِّر، محاولًا أن تقوم بدور زميليك من هذه اللحظة؛ وكي لا تبدو غريبًا تمامًا، وتُجرِّح بغربتك هذه إحساس الرّجل، الرّجل الذي بدا لك أن الكرم يحركه لا المصلحة، امتدتْ يدُك إلى صحن كبد الدّجاج، فاتحةً الطريق ليد عبد الله المتردِّدة. لكن زميلك الآخر تمسَّك بتردُّده، ولم ينجح صاحب المطعم في جرِّه إلى الصحن رغم محاولاته الصّادقة.

أما أنت، فقد حاولتَ التّصرف بشكل طبيعي ما أمكن، وقد أدركتَ أن جلوس صاحب المطعم معكم، لا بدَّ أنه عادة من عادات أهل البلاد.

ارتفعتِ الشمسُ، زحفتْ مساحة من الظلِّ وغطتْ وجهك، أنعكس لمعان البندقية التي امتدَّت أفقيًا في حضنك، خاطفًا، فراح أبو جميل يحدِّق، ساعيًا لأن يكحِّل عينيه بجمالها الطّاغي ما استطاع.

***

وأخيرًا، كان لا بدَّ ليدك من أن تمتدَّ نحو جيبك، وقد أدركتَ أنك المسؤول هنا، رغم أن عباس يحمل رتبتك المُعلنة نفسها. لكن أبا جميل انتفض: أتريدون إهانتي! منذ متى يدفع الضَّيف ثمن الطعام في بيت مُضيفه؟!!

وحين بدأتَ تُلحُّ، قال لك، وقد أحسَّ بأنك الشّخص الذي يُمكنه التفاهم معه: ألم تلاحظ أننا تأخَّرنا في إحضار الطعام لكم؟

---

[2] - أي يأكل معكم.

هززتَ رأسَك توافقه.

فأضاف: هذا لأنّ الطعام جاء من البيت، لا من مطبخ المَحَلّ. وطعام البيت شيء نَجرحُ بركَتَه لو فكَّرنا لحظةً أن له ثمنًا. أرجوكم لا تهينوا بَركَةَ طعامي!

امتدّتْ يدك، شدَّتْ على يد أبي جميل، وصافحه زميلاك بالحرارة نفسها ، ورحتم تبتعدون نحو المعسكر، وسط عشرات العيون التي تتابعكم. وقبل أن تصلوا سألتَ عبد الله: مِن أي كتيبة أنتَ؟

- من الكتيبة الخاصة. أجاب بفخر.

- منذ متى؟

- قبل أن تأتي إليها.

- أنت تعرفني إذن؟

- ومن لا يعرفك؟ أنت أَشهر من أن تُعرَّف!!

وامتدَّ صمتٌ عميق قبل أن تكسره بسؤال آخر للعريف عباس: وأنت مِن كتيبتنا؟!

- الآن كلّنا من كتيبة واحدة. أليس كذلك؟!

طريق البطولة
الممّهد بسمعة بندقية

بوصول أخبار بندقيتك إلى أسعد بيك، تغيّر كلّ شيء. في البداية أحسّ أن ثمة طعنة شيطانية قد وجِّهتْ لمقدِّمة الجيش من أجل مؤخِّرته! قال كلامًا كهذا، أو يفوقه. لكنه تراجع قليلًا حين علِم أنك أكثر بكثير مما تبدو، أنك أكثر من مجرد عريف. وهكذا كتم نصف غيظه على الأقلّ، ودعاكَ للمثول بين يديه، وحين مَثلْتَ، أدهشه ذلك الانسياب الفذِّ لقامة البندقية، فحاول أن يُبعد نظره بصعوبة عنها، نجح، إلا أن ما أدهشه أكثر حين تأمّلك، أن جنديًّا بهذه الوسامة ضمن قواته.

ببساطة يمكننا القول إنكما وقعتما وقوع الصّاعقة عليه، كما تقول العرب، أنتَ وبندقيتك، ولذا تلعثم وهو يحاول البحث عن كلمات غير تلك التي كان جهّزها.

متجاوزًا الرُّتبَ، وجدَ نفسه يدعوك للجلوس إلى جانبه، ولأنه يتمتّع بقدر لا بأس به من النباهة، كقائد للقوات، أراد أن تبدو المقابلة غير العادية عادية، فبادرك بسؤال أربكك: أرجو ألا يكون الطّريق قد أَتعبكَ؟ وضحك وهو يُفسِّر، كما لو أنه يعتذر: أرجو ألا نكون قد أتعبناك!!

تردَّدتَ قبل أن تُجيب، وحين وجدتَ أن من غير اللائق تَركَ سؤال أسعد بيك معلّقا في الهواء أجبتَ: سيدي، هذا واجبي!

فجاءتْ جملتُكَ قاطعة لأيّ إضافة.

بالطّبع، ذهب تفكيرك نحو المهمَّة التي أوكلتْ إليكَ ومن معك للعثور على طريق للجيش، ولا تستطيعَ هنا أن تُنكِر أن بعض الفخر قد تسلّل إلى روحك المتواضعة، حين وجدتَ قائدًا بهذه الرُّتبة، ومعه جيشه، يسير على الخطِّ الذي حددتموه ثلاثتُكم!!

إلا أنه في الحقيقة لا يتذكّر ذلك. ولا يمكن أن يتذكَّر، فقد كنت في حالة يرثى لها حين ذهبتَ في المهمّة، وفي حالة أسوأ حين عدتَ منها، وما كان باستطاعته أن يلحظ الفرق بين بندقيتين أو بين رجلين وهو على تلك الحالة من الضّياع.

لم يستطع أسعد بيك العثور على اهتمامات مشتركة يمكن أن تساهم في بقائكما معًا، ولو، ربع ساعة، دون أن يتسلّلَ الصمتُ بكل ثقله ليكون ثالثكما في تلك الخيمة الواسعة التي تليق بقائد؛ ولذا، راح يفتعل ما استطاع انهماكًا في أمور خارجة عن برنامج الزّيارة، مما ترك أثرًا طيبًا لديك؛ إذ لا يُعقل أن ينشغل قائد ذاهب للحرب في مجاملات لا تنتهي، ومع مَن؟ مع واحد من أفراد قواته!

استدعى مساعده، الذي ما إن رأيتَ النجومَ ساطعةً فوق كتفيه حتى هببتَ واقفًا تؤدِّي له التّحيةَ العسكريّة، لكن يدَ أسعد بيك امتدتْ إليكَ في اللحظة المناسبة، وحالتْ بينكَ وبين الوقوف الكامل، حين ضغطتْ بأكثر من رفقٍ على فخذك. وبما يشبه الأمر، طلب منه أن يأتيه بخارطة للمنطقة، مهما كان الثّمن.

غرسَ مساعده قدمه في الأرض، وهوى بالثانية على التّراب، مؤدِّيًا التّحيّة، وبدل أن تظهر واحدة من إمارات الرّاحة على ملامح السيد القائد، راح يحاول ما استطاع كتْمَ غيظه، بعد أن اندفعتْ سحابةُ غبار، وحلّقتْ عاليًا، ثم راحتْ تقترب غير عابئة بمحاولاته تبديد شمْلها قبل الوصول إلى كوبَيِ الشّاي اللذين أمامكما، وحين فقدَ الأملَ ورأى السّحابة تتنزَّلُ في الكوبين، نادى بأعلى صوته أن غيروا لنا الشّاي.

في الحقيقة، كنت مستعدًا لأن تكرع أيَّ شيء في لحظة حرجة كهذه، بغبار أو بسواه. لكن ما حدث أتاح الفرصة أكثر لأسعد بيك أن يسترقَ

عددًا آخر من النَّظرات لتلك البندقية التي بين يديك، وقد فُتِنَ بها إلى ذلك الحدّ الذي كان يمكن، في حالة طبيعة، أن يُبادلها بعربة مصفَّحة.

عاد السيد القائد يصرخ بأعلى صوته، حين تأخَّرَ وصول الشّاي، وقد آلمه هذا الصمتُ، الصمتُ الذي بدا أكثر الأشياء بساطة بالنسبة إليك. حائرًا كان، إذ راح يُحصي إيجابيات وسلبيات توجيه سؤال مباشر لك، حول البندقية، التي رأى أن فطنة سيّد البلاد قد خذلته حين وضعها في يدِ شخص آخر غيره؛ بل إنها إهانة، نعم إهانة، أضاف دون أن يعرف تمامًا من ذاك الذي يوجِّه إليه الكلام ويوبِّخه في تلك اللحظة . وفكَّرَ السيد القائد، ما دمتَ أكثر من عريف، فإن مهمَّتك تتجاوز القتال إلى شيء مختلف أخطر منه، وما هذه البندقيّة التي تحملها إلا رخصة مفتوحة الصَّلاحيات لكي تراقب وتنقل ما تراه بمنتهى الحريّة.

هذا الأمر، شغل أسعد بيك كثيرًا، وسيُشغله مستقبلًا، حيث طلب من مساعده، بعد أن صارحه بما يحسُّ به، أن يتمعَّن جيدًا في بندقية العريف فؤاد ويتأكَّد من أن أحدًا آخر لا يحمل ما يُشبهها.

أخيرًا أدرك، وسط موجات ارتباكه المتلاحقة، أن سلبيات الحديث المباشر حول البندقية، ورتبتكَ، ستجعلك أكثر حذرًا في المستقبل، بل وأكثر شدّة في التّعامل مع ما ستراه، ولذا ابتلع كلامه كلَّه، واكتفى بسؤال وحيد: لا شك أن عملك قريبًا من سيّد البلاد يحسدك عليه كثيرون؟

- إنه الشَّرف نفسه، سيدي؟

جاء جوابك واضحًا، ومفاجئًا له، لكونه مختصَرًا وبليغًا.

دخل أحد الضباط بكوبَي شاي جديدين، لكنّكَ لم ترتكب حماقة النهوض لأداء التّحية له، حين أحسستَ أن ذلك سيسبب جرحًا لأسعد بيك نفسه، الذي يعاملك في هذه اللحظة كضيف لا كجندي. لكنَّ عدم وقوفك كان بالنسبة إلية دليلًا أكيدًا على أنك بدأت تظهر على حقيقتك!

على عَجَل شربتَ شايك، فأحسّ أنك تقول له: هيا بنا ننتهي، فوراءنا الكثير! في وقت لم يكن قد أنهى ربع كوبه، إذ لم يلحظ أنك كنتَ تحاول ما

استطعت التَّخلصَ بأقصى سرعة من ذبابة كبيرة سوداء حطتْ على حافة الكوب ما إن وُضِعَ أمامك. كم تكره الذّباب، أعرف، لا تقل لي.

في الحالات العادية،

في مواقف كهذه،

يقوم من هو أعلى رتبة بإنهاء المقابلة،

ينظر إلى ساعته، ينهض،

يطلبُ من حارسه أن يذكّرَهُ بالموعد التّالي، وفيما إذا تأخَّر أم لا، لأن هناك من ينتظره في الخارج.

أما وأنتَ الضّيف، فلم يجد أسعد بيك من مَخرج سوى أن يطلب منك مرافقته في جولة قصيرة، تمنّى ألاّ يثقل عليكَ بها!

خرجتما. في الجو بعض رطوبة، وشمس السّاعة الحادية عشرة التي خلَّفت الربيع وراءها، بدأت اشتعالها. رحتَ تحاول ما استطعتَ ألّا تسير بمحاذاته بل متأخِّرًا خطوتين، كما كنت تفعل حين تسير برفقة الكولونيل غريغوري، أتذكُر؟! لكنه كان يستحثُّك أو يخفِّف من اندفاعه ليجاري تمهُّلك!

في داخلك، أعني في أقصى أعماقك، ما بعد طبقة التّواضع، التي لا نستطيع القول إلا أنها أصيلة وصُلبة، كان ثمة شيء يجعلك تحسّ بالفرح، ولا نقول بالفخر، إذ إنك الوحيد من بين كلّ هؤلاء الذي يتشرَّف اليوم بمرافقة السيد القائد في جولته، كما سبق وأن أُتيح له يومًا، بل سنواتٍ، الوقوفَ بباب سيد البلاد، والحديث معه، وتبادل الابتسامات التي تطوَّرت إلى ضحكات أحيانًا. لكن هذا الحسَّ كان أعمق من أن تصل إليه كاملًا، لتُمسك به وتسير بين الناس مزدانًا وثملًا بنشوته.

باختصار، كان لتلك الجولة أثر عظيم في نفوس الجنود، إذ إن الهمس تصاعدَ بعدها، وغدا كلامًا، وما بين ليلة وأقلّ من ضحاها، أصبحتَ واحدًا من مشاهير، بل أبطال الجيش قبل أن تتاح لك الفرصة - التي ستأتيك بكامل شروطها أكثر من أيّ واحد آخر - لإثبات ذلك!

عن المفاجأة الأولى وموجة الدّمع
التي حملتكَ لذراعيِّ السيدة الوالدة

- ألم تنتبه له في المرَّة الأولى، حين أرسلته للاستكشاف؟ أعني ألم تنتبه لبندقيته؟!

- في هذه أعترف، لقد كنت أعمى. أجاب أسعد بيك مساعدَه.

ولم يدر كيف طارت أفكاره بعيدًا نحو ذلك الشّيخ الضّرير.

***

ليلة طويلة أمضاها أسعد بيك، وهو يحاول ابتلاع إهانة كبيرة بهذا الحجم، اعتصرته خلالها الغيرة، وعلّقته على حافة الحقد. فتحتَ كلّ الظروف، لا يجوز أن تُوكَلَ مهمةُ مراقبة القوات لرجل متنكّرٍ برتبة عريف، بل وأن يضع سيد البلاد بندقيته الخاصة في يده فوق ذلك!

إلّا أن أسعد بيك كان أذكى من أن يدخل لعبةً على هذا المستوى، وله من الطموحات ما يكسرُ قامة أحلامه هناك في العاصمة.

***

بإيعاز منه، تمَّ تعيين حارسين شخصيين لكَ، عبد الله وعباس؛ وقد طلب منهما أن يواصلا حياتهما معك، بصورة اعتيادية، لا تَشعر معهما أن هنالك حرَّاسًا.

خطوة ذكية بلا شك.

إذ بدل أن يأتوا إليك بمن لا تعرفه، فتُبدي نفورًا، اختاروا شخصين ما بينك وبينهما رابطان كبيران: شرف العثور على طريق للجيش، وشرف

الخبز والملح الذي حظيتم به في مطعم الرّجل الأصيل، أبي جميل، رغم أن (عباس) لم يُشاركما صحن كبد الدجاج!

بعد أقل من ساعتين على تعيينه حارسًا، وقف الجندي عبد الله أمام أسعد بيك، مؤدّيًا التّحية، وقد هاله أن جنديًا بهذا الحجم قد أثار سحابة غبار أكبر بما لا يقاس من تلك التي أثارها مساعده، لذا وجد يدَه تلوّح أمام وجهه، وراح يسعل، قبل أن ينهض متّجهًا للباب لالتقاط أنفاسه، وحين أصبح في الخارج، بدأ بنفض التراب عن بزّته بعصبية واضحة.

تبعه الجندي عبد الله - الذي استعاد عافيته، فبدا أكثر نشاطا مما كان من قبل، يومَ البحث- مُعتذرًا، بعد أن أدرك أيّ مشكلة تلك التي وقع فيها.

- أوامرك؟!! قال له أسعد بيك.

- عفوًا سيدي، أنا من يتلقّى أوامركم.

- حسنًا، ماذا تريد؟

- لست أنا، بل هو، لقد أبدى لي بصورة غير مباشرة رغبته في الاستماع إلى الأخبار. بل وتحدَّثَ عن شوقه للصّحف، إذ قال: رغم أنني كنت أكتفي بمشاهدتها بين أيدي الباعة وأمام المحلات!! إلّا أنني فجأة أحسستُ بشوق إليها.

- حين تتوافر لنا الصّحف، سنزوده بها، أما الآن فبإمكانك أن تذهب إلى خيمة المساعد وتحصل على مذياع!

بنشاط من يؤدّي مهمّة جليلة، مضى الجندي عبد الله إلى خيمة المُساعد، وهناك، وجد المذياع بانتظاره؛ حين تناوله، رآه جديدًا، إلى درجة أحسَّ معها بأن أحدًا لم يسمع من خلاله أيّ خبر بعد؛ وناولوه البطارية المُلْحَقة به.

أدرك المساعد صعوبة قيام الجندي عبد الله بمهمّة حمْل المذياع والبطارية، فامتدتْ يده إلى حقيبة - كان يأمل أن يستخدمها لأغراضه الخاصة- وناوله إياها، بحيث أصبح بإمكانه أن يزجّ البطارية في أسفلها، ويضع المذياع فوقها، ويحملهما.

فوجئ عبد الله بخفّة حمْلِه ما أن غدا فوق ظهره، لذا سار بفخر بين الجنود الذين راحوا يراقبون الجزء الأكبر من واجهة المذياع التي انطلقت تلمع تحت الشمس، وخلف لمعانها تربض هناك عشرات الأخبار التي يتمنّون سماعها.

***

- ها قد لبّينا له طلبه الأول، نرجو أن يكون راضيًا.

قال أسعد بيك تلك الليلة، وهو يتابع تعرّجات الطّرق في الخرائط غير العسكريّة التي تمكّن مساعده من العثور عليها.

وقبل منتصف الليل، جاء أمرٌ من العاصمة، كان على أسعد بيك بموجبه أن يقوم بجمع أسلحة المتطوِّعين العرب، وحتى الثّوار الفلسطينيين، حيثما وجدهم، (لأنّ الجيش، أيّ جيش لن يستطيع القتال، في ظلّ الفوضى).

بالنسبة إليه، رأى في الأمر إعادة للاعتبار، رغم أنه لم يستشعر بعد أيّ فوضى يُمكن أن تؤثّر على سير المعارك، لا لشيء، إلاّ لأنها لم تبدأ أصلًا.

- الاحتياط واجب. قال.

في الصّباح الباكر، كان أوّل من يسمع بالأمر هو العريف فؤاد، الذي أُوكلتْ إليه مهمّة المشاركة في التّنفيذ، في محاولة من أسعد بيك أن تبدو الأمور عادية تمامًا. وفاجأه أن العريف فؤاد انطلق بهمَّة نادرة لتنفيذ الأمر كما لو أنه مجرّد جنديّ عاديّ.

في البعيد، كانت المعارك على أشدِّها، في القرى وحول المستعمرات، لكن الشيء الذي لا بدّ منه للثوار والمتطوِّعين، هو أن ينزلوا إلى المدينة للتّزود بما يحتاجون، وهناك كانت البقعة الأكثر أمنًا.

بحماس أقبل المتطوِّعون العرب والثوار الفلسطينيون على قلب المدينة ما أن سمعوا بوصول طلائع الجيوش العربية، وما كانت فرحتهم أقلّ من فرحة أبي جميل. لكنّهم راحوا يتوجّسون خيفةً، كما يقال، حين طُلِبَ منهم أن يُسلِّموا أسلحتَهم -بعد أيام قليلة من وصول جيش الإنقاذ- مقابل

إيصالات رسمية، لطمأنتِهم، كي يتمكَّن الجيش من تنظيم كلِّ القوى الموجودة على الأرض!

أما أسعد بيك، فبعد معاناة كبيرة مع الخيمة وسُحُب أتربتِها، قرّر أن يتّخذ مركز البوليس الموجود بين مدينتيْ "الرّملة" و "اللِّد" مقرًا لقيادته، وهكذا، أصبح بإمكانه أن يشمل بحمايته مدينتين.

في كلِّ مكان ظهر فيه واحد من الثوار، في المنطقة الممتدّة من "الطِّيْرَةْ" حتى "قَطْرَةْ" ومستعمرَّة "بيت شيْمن" ومحيط محطة سكة الحديد، وصولا إلى "عَاقِرْ" وما حول المطار، تمّ تجريده من سلاحه، أو إحضاره إلى القيادة للتّفاهم معه، وإقناعه بشتى الطّرق؛ لكن، وفي الحالات كلّها، ما كان بإمكان أحد أن يخرج وبندقيته مُعَلّقة على كتفه. وكما تعرف، كثيرون كانوا أولئك الذين رفضوا تسليم أسلحتهم إلّا بعد أن أُرغموا على ذلك.

في حُمّى هذه الفوضى، تناهى إليك صوتٌ تعرفه، كان الغضب يُخفي بعض ما فيه من وضوح، اقتربتَ، ورحتَ تشقُّ الطريق نحو السّاحة الترابية، وخلفكَ عبد الله وعباس، وشيئًا فشيئًا، بدأتَ ترى قامة عالية، لرجل يُدير ظهره إليك، يُمسك ببندقيته بقوّة، رافضًا تسليمها، مهما كان الثمن.

وقبل أن تفكِّر، صدرتْ عنك تلك الصَّرخة التي ستعتبرها دائمًا واحدة من أخطائك القاتلة: خالي!! الخال؟!

استدارَ الرَّجل، ولم يكن خالك الذي تعرفه، كان رجلًا آخر، بلحية بيضاء، وقامة أعلى، وعينين أكثر نفاذًا مما رأيت في أيّ يوم من الأيام.

حاول أن يناديك باسمكَ، لكنه تلعثم، كما لو أنه نسيه! لذا رحتَ تردِّد: فؤاد! نعم، أنا فؤاد!

عمَّ صمتٌ، وترقُّبٌ، وانتظر الجميع ما ستُسفرُ عنه اللحظة التالية.

اقتربَ منك، حين شعر بأنك قد تحوّلتَ إلى مجرَّد حجر لا غير، وتسمَّرتْ عيناه لحظة حين وقعتا على بندقيتك؛ مدَّ يده باتجاه يدك، يدك التي ظلّتْ ملقاةً على جانبك بذهول، أمسكها، سحبها باتجاهه، ودون أن يُبدي أيّ انفعال، سألك: كيف أهلك؟!

- بخير.

وحين اطمأنَّ. عاد ليواصل صراعه مع الجنود، مُصرًّا على موقفه.

وأخيرًا، كان لا بدَّ لك من أن تتدَّخل، وتقوم بالواجب الملقى على عاتقك، غير آبه لأيّ صلة قرابة تربطك بهذا الشّخص الغاضب، لكنك في اللحظة الأخيرة، تراجعتَ، وقرَّرتَ أن تأخذه جانبًا وتتحدَّث معه.

سرتما صامتين عشر خطوات بعيدًا عن الجمْع، تعالى همسكما، لكنه لم يصل كلامًا واضحًا لأولئك الذين يحدِّقون بكما مُنتظرين ما ستسفر عنه هذه الجولة الغريبة من المفاوضات! ولم يمض وقت طويل، حتى رأوه يناولك بندقيته!

لم يسلِّمك الرجل -الذي سيعرفه الجميع فيما بعد باسم الخال- سلاحه إلّا بعد أن قطعتَ له وعدًا بأن بندقيته ستكون في أمان، وأنك ستعيدها إليه بنفسك بعد أقلّ من يومين.

وصلتِ القصّةُ إلى أسعد بيك، فأيقنَ، أنكَ تمكَّنت بذكائك الحادّ من حرمانه من ورقة ثمينة كان يمكن أن يضعك بسببها رهينة له.

لكنه، وقد قرَّر أن يترك الأمور بينكما، مرهونةً للعلاقة الطبيعيّة بين قائد وأحد أفراد جيشه، بدأ يكتفي بما يصله من أخبار عنك، دون أن يُبدي رغبة في أن يراك.

هذا الأمر أراحك كثيرًا، إذ إنك بدأتَ تحسّ بوطأة أن تكون باستمرار قابعًا تحت نظراته؛ رغم أنه للحقّ، وكما تعرف، كان يحاول ما استطاع أن يبدو لطيفًا، بل مبالِغًا في لُطفه، وبلا أيّ سبب منطقيّ.

***

بعد أن هدأتِ العاصفةُ التي أثارها الرجل الغاضب، وانفضَّ الجنود، امتدتْ يدك ببندقيته لتناولها للجندي عبد الله، وقبل أن تلامسها أصابعه، كنتَ قد حدَّدتَ نوعها، وقدَّرتَ سنةَ صُنْعها، وأحسستَ بالخدوش الغائرة في عقبها، وعمر تلك الجروح المفتوحة في معدنها.

- بطولةٌ أن يتجرأ المرء على خوض حرب ببندقية مثلها. قلتَ لنفسك. وفكَّرت: ما الذي يمكن أن يفعله الخال لو أن بندقية كبندقية سيد البلاد بين يديه؟!

هذا الإحساس جعلك، ودون وعي، تمدُّ يدك إلى حزام بندقيتك وتعدِّلُ وضعها على كتفك، ثم تمسِّدُ عقبها براحتك وتشدّها نحو خاصرتك بحنان.

حين غدا الوضع هادئًا تمامًا، وخُيِّل إليك أن أحدًا لم يعد ينظر نحوكما، توقَّفتَ فجأة، فتوقَّفَ الرّجل، حدَّق الواحد منكما في وجه الآخر، وتعانقتما بحرارة خلّفتْ دمعتين على خدّي الخال.

- كنت أخشى ألا تجرؤ على معانقتي يا ابن الغالية!!

وما إن سمعتَ كلماته، حتى ماجتْ عيناك بالدّموع، وبدأت بكاء راح يجرفك بعيدًا بعيدًا، إلى ذراعيْ السيدة الوالدة.

- كنت أعتقد أنك قد استشهدتَ. قلتَ له.

- لا، ليس بعد، لم يكرِّمني الله إلى هذا الحدّ.

لكن الشيء الذي لم تعترف به حتى الآن، ولن تعترف به، أن ذلك الرّجل قد لا يكون في حقيقة الأمر خالك!

السؤال الذي كان
يلزمه ليلة كي يصبح صرخة

- هل أنت متأكَّد من هذا الكلام؟

سألَ أسعد بيك مساعده.

- نعم سيدي.
- هذا يُحيّرني. هل ما زال عبد اللـه، هذا، هنا؟
- أجل سيدي؟
- قل له أن يدخل.

بعد لحظات كان عبد اللـه أمامه. أدّى التّحية العسكرية بنشاطه المعهود، فرفع أسعد بيك يده دون أن يشعر، وراح يلوِّح بها أمام وجهه.

انتبَهَ أن أرضية القيادة الآن إسمنتية. فأنزل يده المتلعثمة.

- أَعِدْ عليَّ ما قلته قبل قليل. وبدِّقة، فهمت؟ بدِّقة متناهية!

أحسَّ الجندي عبد اللـه بخطورة المعلومة التي حَمَلها، لكنه لم يرتبك، فقط، ابتلع ريقه، وقال: العريف فؤاد أخبرني أن سيد البلاد قد قال له بالحرف الواحد (لا تعُدْ بهذه البندقيّة أقلّ من مُنتصِرة).

- أهذا ما قاله بدقّة؟
- أجل سيدي.
- بإمكانك الانصراف، لا ، بل انتظر أوامرنا الجديدة.
- حاضر سيدي.

وخرج عبد اللـه فرِحًا، لأن فكرته حقَّقت نجاحًا ما كان يتوقَّع أن يتحقّق، فقد شعر ومعه عباس أن جيشًا كالذي يضمّهما يحتاج إلى معجزة كي يدخل الحرب، وما كان هناك أفضل من أن يحمل عبد الله إلى قائده خبرًا أفضل من رغبة سيد البلاد في انتصار بندقيته.

ألقى أسعد بيك رأسه بين راحتيه، وراح يفكّر طويلًا، حتى أن مساعده بدأ يقلق عليه. وفجأة رفع رأسه كما لو أنه كان طوال هذه المدّة مغمورًا بالماء، أخذ نفسًا عميقًا، ثم قال: إنه أمرٌ مُحيّر.

- ما الذي يحيّر في الأمر، سيدي؟ سأل مساعده بارتباك.

- ألم تفهم بعد؟!

- عفوًا سيدي، لا ، لم أفهم؟

- يحيّرني أنني حُمِّلْتُ من العاصمة حتى هنا آلاف البنادق، وعشرات المدافع والمصفَّحات، لكن سيد البلاد لم يقل لي حين ذهبتُ لوداعه (لا تعُد بها أقل من منتصرة)!

- ربما، سيدي، إذا سمحتَ لي، قال ما قاله، للعريف، أو ذاك الذي أيًّا كانت رتبته، لأن البندقية تعود إليه.

- أنت تقتلني، وهذه البنادق لِمن؟ لأبي، أم لأبيك؟

ألقى رأسه ثانية بين راحتيه، لكن المدّة طالت أكثر، وبالطريقة نفسها رفعه كالمرَّة الأولى، أخذ نفسا خُيِّل لمساعده أنه أعمق وأعظم، وقال له: أطلب منه أن يدخل.

ثانية وجد عبد اللـه نفسه أمام قائده، فأدّى التَّحية بحماس أكبر، كما لو أنه يدخل عليه للمرَّة الأولى في حياته. وبعينيه الصغيرتين المشاغبتين أحسَّ بما يدور في رأس قائده، فانتشى.

- أمرك سيدي؟

- من الآن، لديك مهمة جديدة، لا تقلُّ عن المهمة الأولى خطورة؛ من الآن عليك أن تحرس العريف فؤاد، وبندقيته أيضًا. أتسمع، يجب ألّا تغيب عينك عن البندقية أبدًا. مفهوم؟!

- أمرك سيدي.

***

- قلتَ لي يا ابن الغالية، يومين ونعيدها إليك، فأين عهدك؟

قال الرّجل، وهو يحاول ما استطاع أن يلتقط كلمةً من عينيك، بعد أن انعقد لسانك.

- ألم تسمع بسقوط قُرانا واحدة إثر أخرى في أيديهم. ألا ترى حولك هذه الأعداد الهائلة من البشر المشرَّدين. عليك أن تقول لي شيئًا واضحًا يا ابن الغالية. لا أستطيع الانتظار هنا للأبد، فمهمتي غير مهمَّتكم.

راحت عيناك تبحثان عن ملجأ، بعيدًا عن حدَّة نظراته، وذلك الحزن الكبير الذي يغمر ملامحه؛ لكنك لم ترَ غير مئات مثله ينتظرون منذ ليلين، وقد هدَّهم التَّعب.

وبدا لك العالم كلّه صامتًا.

من شرفة القيادة، أطلَّ السيد المساعد، ألقى نظرةً على جموع الرّجال المنتظرة، وقال: الانتظار هنا لن يفيدكم، أسماؤكم معنا، وحين يحين موعد تسليمكم السِّلاح، سيصلكم سلاحكم إلى بيوتكم.

- وهل بقي لنا بيوت؟! قال أحدهم. سمعتَه، حاولتَ تحديده، لم تستطع، وخيِّل إليك أن أكثر من رجل قد قالها، ربما كلّهم.

- أسمعتَ؟

كان الخال يوجِّه إليك سؤاله.

- هؤلاء، كان الجيش هو الذي أخذ سلاحهم، أما أنا فلم يأخذ الجيش سلاحي، بل أنت، لذا لن أذهب لمطالبة الجيش به، بل سأطالبك.

لوهلة أحسستَ أن الأمر أسهل، لأنه ليس سوى قضية عائليّة بين خال وابن أخته. ولأنك صادق قلت له: أنا من أخذ البندقية، وأنا من يعيدها، اطمئِن!

- سأحاول. قال لك. ثم راح يبتعد، عددتَ له عشرين خطوة، سارها بثبات، قبل أن يتوقَّف، ثم يستدير ثانية إليك ويجلس غير بعيد عن حدود موقعك.

أما الشيء الذي فاجأك، فهو أنك رأيت خلْفه، في البعيد، نخلة، تمامًا كنخلة طفولتك الوحيدة؟

- كيف لم أرها من قبل؟ سألتَ نفسك. وبدأتَ تخطو للخلْف دون أن تملك جرأة إبعاد عينيكَ عنها، لئلا تختفي.

***

بعد ثلاثة أيام انتصبَ الرجل، ثم خطا باتجاهك.

الشيء الذي حيَّرَكَ، وسيحيّرك دائمًا، كيف أنه لم يكن يرفع نظره عنك. حتى حين يعمُّ الظلام، وتحمل العتمة أصوات الانفجارات البعيدة، وضوءها، كيف بقيتَ تشعر به يحدِّق في وجهك مباشرة!!

نهضَ، وفي خط مستقيم -كان بإمكانك أن تراه كما لو أنّه مرسوم على الأرض- ظلَّ يسير إلى أن وصلك، وقد هالك أنه قطع أكثر من ألف خطوة، هو الذي لم يبتعد أكثر من عشرين!

وقف أمامك مباشرة، خفتَ.

- منذ، لا أدري! فقد تنقلتُ بين سنوات عمري من معركة لأخرى كما يتنقل الطَّير بين جبل وجبل، ولكنني لم أحسّ مرَّة يا ابن الغالية أنني بلا رجولة سوى في هذه الأيام الخمس التي أمضيتها منتظرًا هنا.

وصمتَ كثيرًا.

كان عبد الله على بُعد خطوات منك، وبجانبه عباس، وصمتهما واضحًا يصلك.

بحثتَ عن كلام يقال، لم تجد. فارتفع الصمتُ طبقةً أخرى.

- أليس لديك ما تقوله لي؟ سألك.

كنت تعرف، أن البنادق لن تعاد إليهم، لأن أسعد بيك قد قالها بوضوح: هناك عصابات صهيونية مُنظَّمة، لا نستطيع مواجهتها بالفوضى.

لكن الرّجل، تغيَّر فجأة، وراح يحدِّق في بندقيتك، كما لو أنه يراها للمرّة الأولى.

- بندقية عظيمة!

هززتَ رأسك بفخر: أجل.

انكسر الصّمت، ها قد فُتح موضوع تحبه. وتمنيتَ أن يواصل أسئلته، فأدهشك أنه استجاب للأمنية.

-لم أر مثلها من قبل.

- لأنها ليست عادية، إنها أمانة.

- أمانة؟!

- نعم، أمانة وضعها بين يدي..

تردَّدتَ، وبدا لك أنك على وشك إفشاء سرٍّ عسكري.

- من ذاك الذي وضعها بين يديك يا ابن الغالية؟

ها هو يُمسكك من يدك التي توجعك، يُذكِّرك بالسيدة الوالدة. أحسّ بأنك موشك على قول ما يودّ سماعه، ولكن، كان يلزمك أن يعيد السؤال مرَّة أخرى لتجيب، فأعاده:

- من ذاك الذي وضعها بين يديك يا ابن الغالية؟

- سيد البلاد. قلت بسرعة، كي لا تتيح لنفسك فرصة للتّراجع.

- سيد البلاد شخصيًا؟!

- أجل، سيد البلاد. ليس هذا فقط.

- وهل هناك ما هو أكبر من هذا؟!

- أجل. إنها وصيته.

- وقد أوصاك أيضًا؟!

- قال لي (لا تعد بهذه البندقية أقلَّ من مُنتصِرة).

- تلك مهمَّة ليس من السَّهل تحقيقها ما دمتَ هنا.

- لماذا؟

- لأن النَّصر يسكن هناك، خلف انتظاركم الذي تدفع البلاد ثمنه في كلّ مكان الآن. لكن أتدري، ربما لم يزل ثمة فرصة لتحقيق شيء ما لبندقية بهذه الأهمية!

وفجأة استدار، راح يخطو خطواته العشرين، خطواته التي لم تكن بحاجة لأن تُحصيها هذه المرَّة لتعرف عددها.

وجلس.

حاولتَ ما استطعت رؤية النّخلة التي كانت وراءه من قبلُ، لم ترها، لقد اختفتْ، اختفتْ تمامًا، كما لو أن الأرض انشقَّتْ وابتلعتها.

***

- لقد أفشيتَ السرَّ الكبير؟

قال عبد الله، ولم تستطع أن تعرف فيما إذا كان يلومك أو يخبرك بشيء لا تعرفه!

ولن تجد تفسيرًا لكلام الخال الغامض الذي سمعته، لأن الأمر سيتخلَّق هناك، في رحم ليلة سوداء بلا نجوم، ويولَدُ صرخة، ما سمعتها من قبل من فم أي إنسان، حتى أنت!

السرُّ الذي كان لا بدّ أن يوضع في بئر

بقع الدم كانت تُغطي ثيابك، ومن الخنجر الطويل الممتدِّ، الخنجر المندفع من أسفل فوهة بندقيتك ليزيدها طولًا على طول، كان ثمة قطرات حمراء تسقط، قطرات دم لم يجفّ بعد.

خُيِّل لعبد الله أنك قُتِلتَ، بعد أن فضح بنفسه سرَّكَ، وأن من قتلكَ يريد توجيه رسالة واضحة، ليس إلى أسعد بيك، بل إلى سيّد البلاد نفسه. انعقد لسانه في البداية، حين تذكر بين صحوه ونومه أنه حارسك، وحارس بندقيتك، فما الذي يفعله وهو يراك قتيلًا على بعد مترين منه ببندقيتك نفسها.

طويلًا حاول كتمان صرخته، وفي اللحظة الأخيرة، استطاع لجم اندفاعتها حين صرَّ بأسنانه المُطبِقة على بعضها البعض، وكتم الجزء الأكبر منها في صدره، صدره الذي راح يموج كما لو أنه قربة ماء مترجرجة.

على هذا الجزء اليسير من الصرخة صحوتَ فَزِعًا، بعكس عبّاس الذي لم يتحرَّك. وحين رأى عبد الله الحياة تدبُّ فيك من جديد، أوشك أن يُطلق بقايا الصّرخة، لكنك قطعتَ عليه الطريق وأنت تصرخ: ما لك، لماذا تصرخ، ما الذي حدث؟!!

أشار عبد الله إلى قميصك، فهالكَ أن بقع دم تغطيه، ودون أن تشعر امتدت يدك إلى بندقيتك المعلَّقة فوق رأسك، فإذا بيدك تجفل لحظة ملامسة

الدّم، يدك التي أرجعتَها إليك ثانية، وقرَّبتها من عينيك، فرأيتها تلمع تحت خيط النّور الشاحب المتسلل من فتحة باب الخيمة.

خمسة أيام تلك التي أمضيتها هنا، ولا شيء تفعله غير الانتظار وتجميع السّلاح الخارج على النّظام، ثم ذات ليل تنام، وإذا بك تصحو قتيلًا.

في الوقت الذي راح فيه عبد الله يحسب بتخبُّط نتائج ما حدث، مدركًا أنه لا بدَّ هالك، كنتَ على يقين من أنك تستحقُّ الميتة الطائشة التي مرَّت على جسدك، وتركتك حيًّا.

لقد سقطتْ أسطورةُ الانتباه، أسطورة نوم الطّيور التي طالما احتكرتَها لنفسك من دون خلق الله (فؤاد، لا يمكن أن يكون نائمًا إذا ما نام).

ها أنت تصحو قتيلًا، فلا تعرف من كان يريدُ قتْلَكَ، ولماذا ترك رسالة الدَّم الحمراء هذه فوق جسمك، وفي فوهة بندقيتك النّازفة.

فجأة كسرتْ يدُ عبد الله غيمةَ الذّهول، ذهولكما، حين امتدتْ إليكَ، وسحبتْكَ للخارج بصمت، وكلّها حرص على ألّا يصحو عباس. في الوقت الذي عادت فيه يدك اليمنى لتقبض على خصر بندقيتك متجاوزة رهبة الدّم.

في الخارج المُلقى على حافّة لحظة زمنية متأرجحة بين الفجر والليل، وقف عبد الله في مواجهتك، وقبل أن يهمس بأيّ كلمة، التفتَ حوله، كان أكثر من حارس يحيطون بالخيام، لكنهم بعيدون، تأكّد أن همسته لن تصل إليهم، ولن تصل لذاك الذي ينام في الدّاخل.

- علينا أن ننسى ما حصل هذه الليلة، ننساه تمامًا، لأن تذكُّرنا له كاف لكي نهلك معًا، فما بالك لو عرف به أحد! قال لك.

وافقته بهزَّة رأس؛ وعلى عجل امتدت يده إلى بندقيتك، تناولها، وأفزعَكَ فيما بعد، أنك سمحتَ له بذلك، سمحت له أن يكون الشّخص الخامس الذي يلمسها بعد صانعها والذي حملها لسيد البلاد، وسيد البلاد وأنت.

لكن الوضع كان أكثر تعقيدًا من أن تفكرِّ في سلسلة الأيدي هذه.

- اذهبْ ونظِّف نفسك، اغسلْ ثيابك بالماء البارد. قال عبد الله.

وحيّرك تصوّره أنك قد تمضي لتسخين الماء في زمن كهذا، زمن الحرب.

- الدّم لا يزول إلا بماء بارد! أضاف.

بهدوء أشرعتَ باب الخيمة، تسللتْ يدك إلى حقيبتك الملقاة إلى جانب فِراشك، حقيبتك الخضراء بزواياها المهترئة، وقبل أن تصلها، كانت يد عبد الله تشدّك للخلف، وتسحبك إلى خارج الخيمة من جديد: ما الذي يعيدك للدّاخل ثانية، اذهبْ إلى ذلك الخزان، وامسح الدَّم قبل أن يجفَّ تمامًا، هيّا.

أطعتَهُ.

الشيء الذي كان يحيّرك، أن عبد الله، وهو ابن شيخ، لا يتحرَّج من ارتداء بنطال قصير لا يبلغ ركبته. صحيح أن كثيرًا من الجنود مثله، لكنك لم تكن تجرؤ على فعل شيء كهذا.

- أسوأ ما في الإنجليز أنهم نشروا عادة كهذه بين جنودنا. قلتَ لنفسك ذات يوم.

حين توجَّهتَ نحو الخزان الملقى على تل صغير من الرَّمل، رأيته هناك، كما تركته في الليلة السابقة، جالسًا في مكانه، وخلْفه كانت النّخلة.

حيَّرك أنه لم يتزحزح، حيَّرك أن النّخلة التي لم تجد لها أثرًا في المساء السابق عادت إلى مكانها.

إذا رأيته ستسأله: ما سرُّ تلك النخلة يا خال؟ وستسأله: ألا تعرف النوم؟!

***

على خيرٍ مرَّت الحادثة المُحيِّرة، الحادثة التي لم تجدا تفسيرًا لها، لا أنت ولا عبد الله!! لكنها تحوّلت إلى سرٍّ، سرٍّ في بئر. وظلَّ يقلق عبد الله أن مهمّة حمايتك كانت أصعب مما ظن، رغم أن أسعد بيك قد أعفاه، ومعه عباس، من أيّ نوبة حراسة من تلك التي يقوم بها الجنود.

حين غدت الشمس بقامة رجل، لم يكن ثمة أثرٌ للدّم على ثيابك أو بندقيتك، لكن عددًا من السيارات المدنيّة، ومن بينها سيارة للصّليب

الأحمر عبرت بجوار الخيام خطفًا، مثيرة الكثير من الغبار الذي حجبَ الضوء لدقائق، وهي تحمل عشرات الجرحى، متَّجهة لمستشفى "الرَّمْلَة".

وكنتَ حائرًا.

ثمة إجابة لا بدّ أن تكون لسؤالك الذي يتفجَّر بين أضلاعك منذ ساعتين: كيف حدث ما حدث؟!!

وللحظة أضاء وجه الخال، وأنت تتجاوز الخيام، متَّجهًا إليه.

- إذا ما كان أمضى الليل فعلًا في مكانه دون أن ينام، فلا بدّ أنه رأى. قلتَ لنفسك.

حين وصلتَ لطرف الشارع الترابيّ، كان بإمكانك أن تُبصر بوضوح خيط الدّم الذي خلَّفته العربات العابرة، وأن تسمع أولئك الذي كانوا يصرخون بباب قيادة القوات، مطالبين بإعادة بنادقهم.

ألقيتَ عليه تحيّة الصباح، وقبل أن يردّ، سألته:

- قل لي، هل أمضيتَ ليلتك ساهرًا هنا؟

- كيف تتخيَّل لحظة أن باستطاعتي النّوم وبندقيتي ليست في يدي؟! ألم تسمع صوت الرصاص، صوت القنابل في البعيد. ألم تر مواكبَ الجرحى التي مرَّتْ، لا تقل لي أنك لم تر الدَّم فوق الرِّمال!

- لقد صحوتُ ملطخًا بالدّم يا خال! قلتَ له وأنت موشك على البكاء.

- وما الذي كنتَ تتوقّعه ما دمتَ نائمًا في حرب إن خسرناها لن نكسبها ثانية؟!

لم تُجب، ولكنك سألت: أرأيتَ أحدًا يجتاز الخيام هذه الليلة، ويصل خيمتي؟

- ومن يستطيع أن يفعل ذلك، والحرَّاس في كل مكان يا ابن الغالية؟

لم يكن يسخر، لكنه بدا مطمئنًا، إلى ذلك الحدّ الذي لم يسألك فيه عن الموعد الذي ستُعيدُ فيه بندقيته إليه.

تركته في مكانه، وخلفكَ سار عبد الله.

- لستُ مرتاحًا لهذا الرجل، قال لك، لستُ أدري ما الذي يجعلك متعلِّقا به؟!!

- الكثير. يا عبد الله.

عند الظُّهر عدتَ إليه ثانية، لكنك لم تعرف ما الذي يُمكن أن تقوله له. صامتا وقفتَ.

- ها قد عدتَ يا ابن الغالية؟!

أكثر وضوحًا، كانت النّخلة.

انتظركَ أن تقول شيئًا، وحين طال صمتك، بدا لك أنه انشغل بمراقبة شيء بعيد يحدث خلف ظهرك، إلى ذلك الحدّ الذي دفعك إلى أن تستدير لترى إلى ما ينظر.

لم تر شيئًا غير الخيام وعبد الله الذي يحاول ما استطاع أن يُبقي عباس بعيدًا كي لا يسمع الحديث الذي يدور. هكذا فكّرت، وأنت تراه يسحبه للوراء.

***

إلى مقر القيادة مضيتَ، طفتَ به.

هالَكَ أن الرّجال الذي رأيتهم قبل أيام، لم يعودوا أنفسهم، هالَكَ ما يمكن أن يحدث للرّجل حين تُنتزع بندقيته منه. خفتَ..

كانوا بين نارين: نار انتظارهم، ونار تمرُّدهم على جيش قال إنه قادم لإنقاذهم.

عدتَ. في الطريق تجرأ عبد الله، متجاوزًا دوْره، وسألك: لا تؤاخذني سيدي، ولكن بالله عليك قل لي ما الذي نفعله هنا؟

قلت: ننتظر الأوامر، ألا تعرف أن الجيوش لا تتحرَّك على هواها؟

ارتبك عبد الله أمام جوابك، أحسّ أنه تجاوز حدَّه.

- لكن الناس تموت هناك؟ قال عباس، متجاوزًا صمته الذي بدا لك أبديًا.

لم تردَّ، مضيتَ إلى الخيمة، طلبتَ من عبد الله أن يبحث عن أخبار تسمعونها.

أدار المذياع، راح يبحث، فجاء صوت أم كلثوم شجيًّا:

ويُسأَل في الحوادث ذو صوابٍ

فهل ترك الجمال له صوابا

وكنتُ إذا سألت القلب يومًا

تولّى الدّمع عن قلبي الجوابا

نظر عبد الله باتجاهك، وجدك تُدمدم، أوقفَ البحث عن محطة أخرى إلى أن انتهت الأغنية. وقبل أن يواصل البحث عن محطة ثانية، قلتَ له: انتظر، الآن موعد نشرة الأخبار.

- (أغار عددٌ من الطائرات العربيَّة على طابور مدرَّع لقوات "الهاجاناه" بقنابل حريق وشديدة الانفجار، وكانت الإصابات مباشرة ومُركَّزة وأحدثت انفجارات وحرائق كبيرة، كما أغارت على قوات العدو على الطريق بجوار مستعمرَّة "ريشون".

- هل أنت مطمئن الآن؟ سألتَ عبد الله.

فأجاب عباس: لقد قيل ذات يوم، إذا أرسلتَ جنديًّا للحرب، فلا تجعله يسمع عن سير معاركها من المذياع.

- ولماذا؟ سألته بجفاف.

- لأن أحدًا لا يقول الصِّدق، هذا كلُّ ما في الأمر.

- حتى نحن؟ سألته بغضب؛ في حين راح عبد الله يحاول ما استطاع أن يُغيِّر الموضوع.

- لا يعرف الجنود ما حدث فعلًا قبل عودتهم إلى منازلهم.

صدِّقني. قال عباس.

ولأول مرَّة تحس أن (عباس) لم يكن راضيًا على سيْر الحرب.

في الليل، وقبل أن يباغتك النّوم، رحتَ تحاول وضع كلامه في خانة ما، تحدّده، أهو تمرُّد، أم محاولة للمساس بروحك المعنويّة، أم محاولة لاختبار ردّة فعلك، مَن يدري؟!!

وخطفًا مرَّ وجه يعقوب أمامك، وأنت تتمعَّن في وجه عباس؛ إنه يشاركك الخيمة، إنه هو.

الأكثر حرصًا على النوم قبلكما كان عباس، ولولا ما قاله لك اليوم، لقلتَ إنه الأكثر ثقة في الجيش ونصره القادم. نمتَ أخيرًا، بعد أرق لم تعرف له سببا، وحين أطلَّ الصباح، صحوتَ على صرخة عبد الله المكتومة ذاتها. كانت البندقية معفّرة، تناولتها بسرعة، قرَّبتَها من أنفك، وكم بدتْ قويّة لك رائحة البارود التي تفوح منها.

حدق الواحد منكما طويلًا في عينَي الآخر، قبل أن تستديرا لتحدِّقا في وجه عباس الذي كان في سابع نومة كما يقال. ولم يدر أيّ منكما ما الذي يمكن أن تفعلاه.

بصورة غريزية، اتَّجهتَ إلى باب الخيمة، حدَّقتَ في البعيد، وهناك، رأيته، الخال، في مكانه، كما تركتَه منذ ظهيرة الأمس، وخلفه، كان لا بدَّ لك من أن تُبصر نخلة، أحسست للحظة بأنها أصبحت أعلى.

سِبحة الأسرار التي انفرطت
ومحاولات لملمتها

الشيء الغريب الذي بدأتَ تلاحظه، أن عدد الرجال الذين ينتظرون بنادقهم، راح يتقلَّصُ شيئًا فشيئًا!! إلى ذلك الحدّ الذي دفعك لأن تقول: لو كانوا صادقين فعلًا لما غادروا تاركين بنادقهم خلفهم!

وللحظة، انطلقتَ تتخيَّل ما يمكن أن تفعله لو أن بندقيتك اختفتْ. صحيح أن أشياء كثيرة قد حدثتْ لها، أشياء مُحَيِّرة، وقد تقتضي فتح ملف تحقيق، إلا أنها لم تزل هنا.

أدركَ عبد الله أنك على وشك إيصال الأمر للقيادة، بعد أن لمس بيديه وعينيه وأذنيه فكرة تقديس النّظام التي تسكنكَ بعمق مذ عرفتَ الكولونيل غريغوري كما قلتَ له بعظمة لسانك. وفي هذا كان هلاكه، وهلاك عباس. لكن ما حدث فيما بعد، ولليلتين متواصلتين، أن أيّ علامات غريبة لم تظهر على البندقية. وقد أدركتَ أن السَّبب الوحيد يعود لكونك لم تعد تنام، إلّا وأنت متشبث بها.

.. يمكن أن تعترف هنا، دون حَرج، أن إحجامك عن الذّهاب للتبليغ عما حدث، يعود بعضه إلى عدم استطاعتك الوصول إلى الكلمات التي يُمكن أن تُفسِّر من خلالها أمرًا غامضًا كهذا، حينما تقف أمام السيد القائد. ثم إن أشدّ ما كنت تخشاه تحوّلُكَ إلى حكاية يلوكها الجنود في زمن الحرب، هم الذين ينتظرون حكاية، في ليالي الانتظار التي لم تُنجب بعدُ أيّ بطولة، عن أيّ حياة أو عن أيّ موت.

***

حين همستَ لعبد الله وعباس، أن ثمة شيئًا كبيرًا يدور في الخفاء! ارتبك عبد الله، كان ذلك واضحًا؛ فيما واصل عباس صمته الهادئ العميق.

- وما هو هذا الشيء، سيدي؟! سأل عبد الله.

لم تُجب، رحت تحدِّق حيث الخال يجلس ونخلتك خلْفه..

- لا تقل لي إنك لم تسمع بعد بالبنادق التي تختفي؟

- أيّ بنادق؟! سأل عبد الله برعب. وواصل عباس صمته.

- لا أقصد بندقيتي، أعني بندقية سيد البلاد! بل أتحدّث عن بنادق الثوار التي جمعناها.

- لم أسمع بالأمر؟

***

كان عبد الله يعرف كلّ شيء، لأن ما حدث لم يعد سرًّا بعد ثلاث ليال، وحين استدعاه أسعد بيك ليسأله فيما إذا كانت بعض الأخبار الخطيرة قد وصلتْ إلى سمعكَ. قال عبد الله: أتعني، اختفاء الأسلحة سيدي؟!!

فَزِع أسعد بيك، وسأله: وكيف عرفتَ بالأمر؟

ارتبك، ولم يجد من كلام يقوله سوى:

- الحكاية ليستْ سرًّا، سيدي.

- الشيء الذي أريده منك أن تُكذِّب الخبر حتى لو سمعتَ العريف فؤاد يردّده، فاهم؟

- حاضر سيدي.

وها هو يُكَذِّبُ الخبر.

ما حيَّرك لمدة يومين آخرين، أن كلّ من سألته أجاب بأنه لم يسمع بشيء من هذا. بل لا بدّ من القول بوضوح: إن الجنود كانوا ينظرون إليك خائفين، وبالطريقة نفسها التي ينظر بها إليك أسعد بيك.

هم كانوا يخشون أن ترفع تقريرًا، قبل أن تُعاد البنادق لأصحابها، وأسعد بيك، يخشى أن ينفضح الأمر فيبدو في نظر سيد البلاد هناك، غير قادر على الإمساك بما هو بين يديه.

باختصار، يمكن أن أقولها لك بوضوح أشد، ولتسامحني: لقد عاملك الجميع كجاسوس!

***

- (سننام ما إن نسمع صوت خطاكم، لكم ما تريدون، ولكن، ابتعدوا عن بنادقنا.)

واضحًا كان العهد الذي لم ينقضْه أحد، مرَّة واحدة، حدث ذلك الخطأ حين تناول أحد الرّجال بندقية عسكرية معتقدًا أنها بندقيته، لكنّه أعادها قبل الفجر بقليل. وبعدها أصبحوا أكثر حذرًا.

افتعلتَ سببا للوصول إلى مقر القيادة، لكي تتأكّد مما يقال، لم يكن الأمر متعلِّقًا بأهمية السرِّ بالنسبة إليك، ولكن برغبتك العارمة في أن تتأكّد من أن عبد الله وعباس لا يكذبان عليك.

حين وصلتَ، فوجئتَ بأن أحدًا لم يسمح لك بالدخول، حتى الجنود الذين يقفون حُرَّاسًا، الجنود الذين يعرفون بأنك تناولتَ الشّاي مرَّة ومرتين برفقة أسعد بيك وفي خيمته.

لم تكن بالطبع من أولئك الذين يمكن أن تتصاعد أصواتُهم بسبب وبلا سبب، فاختصرتَ، ولكنك ما إن استدرتَ، حتى سمعت صوتًا يناديك، عرفته، إنه صوت أسعد بيك. وبدل أن يدعوك للدّخول، رأيته يغادر الشّرفة مُقْبِلًا عليك..

- كنتُ أحبُّ أن أستقبلك في الدّاخل، ولكن الطّقس كما تلاحظ أكثر من حار. لذا رأيتُ أن نتمشّى!!

- هل صحيح أن ذلك الشخص الجالس هناك خالك؟ سألك أسعد بيك، فأحسستَ أنه يُمسكك من يدك التي توجعك.

- هززت رأسك؟

لكنه تظاهر أنه لم يرك، لذا أعاد السؤال كما لو أنه يحقِّق معك.

- نعم؟ قلتَها بصعوبة.

- وما الذي يفعله هنا؟

- تعرف، سيدي، أنا ذلك الذي جرَّدته من بندقيته، لـذا فهـو يريـد أن أعيدها له بنفسي.

- لكنك لن تعيدها، فأنت تعرف الأوامر أكثر مني؟

- بـالطبع، في مـسائل حـسّاسة كهـذه لا يمكـن الـسّماح للعلاقـات الشخصية أن تتدخل.

لم يُعجَب أسعد بيك بجوابك، ورأى أنك في هذه النقطة تتفـوَّق عليـه، بل إنها مصدر من مصادر قوتك..

- حتى خالي، جرَّدته من سلاحه حين كنت مضطرًّا لذلك. هكذا كـان يتخيَّلك تتباهى أمام من أرسلوك إلى هنا.

وانتهت الجولة التي لم تكن سريعـة، الجولـة التـي أحسـستَ أنـك قـد خسرتها، ولم يشعر أسعد بيك أنه كسبها تمامًا.

***

السؤال الذي نبتَ في رأسك فجأة: لماذا لم يغادر الخال مع من غادروا؟

لكنك ببساطة وجدتَ الجواب: لأنني لم أُعِد له البندقية بعد.

ذات صباح، نظرتَ إليه، كان أشبه بشبح هنـاك، والنّخلـة التـي وراءه أشبه برمح.

حملتَ بعض الطعام، ولم يكن أكثر من خبـز جـافٍّ، وصـحن عـدس؛ مضيتَ إليه، وقفتَ أمامه، ومددتَ الصحن باتجاهه..

- لم أجلس هنا بانتظار أن تتصدَّق عليَّ من طعامك يا ابن الغالية، فأنت تعرف أنني أريد شيئًا آخر.

أحسستَ أن يدك ستبقى معلَّقة في الهواء إلى الأبـد، لكنـه فاجـأك بعـد لحظات، تناول ما تحمله؛ واستطعتَ أن ترى بريق عينيـه، فبـدا لـك أكثـر شبابًا منك ومن زملائك الجنود. كل ما حدث أن ملابسه معفَّرة أكثـر ممـا

كانت عليه حين رأيته أول مرَّة، وحتى هـذه، لم تكـن متأكّـدًا منهـا تمامًـا. وواصل النّظر إليك، وهو يضع الصّحن بقربه على التراب.

لم تجد ما تقوله له، وبندقيته بـين يـديك. لـذا استدرتَ عائـدًا، وحـين التفتَّ وراءك رأيته يشير لأحد الأطفال الذين شُرِّدوا عـن قـراهم، يناولـه الصّحن وقطعـة الخبـز، دون أن يتوقَّـف عـن متابعتـك، عيناه في ظهـرك تدفعانك، وتدفعانك، وأنت تبذل جهدًا هائلًا كي لا تتعثّر.

حين وصلتَ الخيمة، قلت: لن أعود إليه ثانية. وقد أحسستَ بأن ثمة بقعة حمراء ملتهبة نبتتْ فجأة بين كتفيك .

قبل منتصف النهار تجرأتَ وأعدتَ النّظر إليه، لكنك فوجئت بعبـاس يتحدَّث معه، كأنهما يضحكان! بل إنهما فعلًا يضحكان! حيَّرك الأمر.

قلت لعبد الله اذهب إليهما، وقل لي لماذا يضحكان؟!

- مَن؟

- الخال وعباس.

مـضى، ولكنـه بـدل أن يعـود راح يـشاركهما الحـديث، بـل وسـمعت ضحكته بالذّات، ضحكة عبد اللـه التي تفوق حجمه عشرات المرّات.

لقد أفلتت الأمور من بين يديك، فها أنت تخسر الخال، الخال الذي كان يجب أن يكون الحديث الدائر بينهم هناك، بينك وبينه.

- هل سبق لي أن شاركته الضّحك في يوم ما؟ سألتَ نفسك، ولم تعثر على إجابة.

ها أنت تحاولُ الرّحيل للماضي، ها هو الماضي يعـود أبيض مُقفِـرًا، ولا شيء غير ذلك، أين صورة الخال، أين يده التي تحتضن يدك الصغيرة، أيـن قامته ولحيته البيضاء التي كانت بيضاء منذ رأيتَها؟!

وحيَّرك أنك لم تتمكّن من استحضار وجه السيدة الوالـدة بوضـوح أو بعض ملامح السيد الوالد، أو السيدات والآنسات شقيقاتك، أو صديقك الوحيد القابع في سجنه. حتى أنك لم تتذكّر شـكل الكولونيـل غريغـوري على ما فيه من اختلاف.

حاولتَ أن تتذكّر الطُّرق، الممرّات في القرية، حقل أبيك، شكل الكلب الذي نبح في وجهك، لم تتذكّر، حتى الأشياء كانت تتضببُ كالبشر، مثل ظلال حروف ممحوّة في دفتر مدرسيٍّ قديم.

تفقّدتَ جسدك، أما زلتَ طويلًا كما كنت؟ وهل ثمة نساء هنا كي تدسَّ إحداهنَّ رسالة في يدك؟!! أفزعك ما تراه من وجوه حولك، وجوه سمراء جميلة، وجوه معفرة، وجوه تتشبَّث بملامحها كما تتشبّث بالحياة، لكنها ستُمحى، بعد مرورك عليها، وتتلاشى من ذاكرتك بعد قليل.

حين عاد عبد الله لم تسأله عما حدث هناك، كنت تقبع في الخيمة صامتًا.

تلك الليلة، خرجتِ البندقيةُ، غادرتْ يدَك، ذهبتْ بعيدًا وعادتْ، وحين امتدّتْ أصابعُك، آخر الليل، بحركة لا إرادية لكي تتحسَّسها، لم تجدها هناك.

انطلقت صرختك رغمًا عنك، وقبل أن تكرِّرها كانت يد عباس ويد عبد الله فوق فمك، وهما يوبخانك: ما الذي حدث؟!!

- البندقية، بندقية سيد البلاد، اختفت!

- أصرخ إذن، دع المعسكر يصحو، وافضح أمر نفسك بنفسك، قل لهم إنكَ لم تستطع المحافظة على الأمانة، قل لهم إن بندقيتك قد استُلَّتْ من بين يديك وأنت نائم!

ماتتْ صرختُك الثانية قبل أن تُغادر حنجرتك، ودُفنتْ هناك عميقًا في قلبك؛ وحين هدأتَ، قال لك عبد الله: لا عليك سنعيدها، فإذا حدث لها شيء، أو لك، ونحن هنا بجانبك، فهذا يعني أننا، أيضًا، أقلّ من جنود! استرحْ.

بعد صمت طويل هيئ إليك أنك تسمع صوت طائر لم تسمعه من زمن بعيد.

- إنه شحرور. قال لك عباس، أتذكر أنك سمعتَ شحرورًا من قبل؟

- ليس هنا. أجبتَ.

- مع أنني لم أسمعه في حياتي إلّا هنا، أتصدِّق؟!

أيّ حديث هذا الذي يدور؟ سألتَ نفسك، ووقفتَ، قلتَ: عليَّ أن أُبلغ القيادة عن فقدان البندقية.

- ربما يكون هذا السبب مقنعًا للقيادة كي تدخل الحرب بدل أن تتفرّج عليها من بعيد، مُدَّعية أن الأوامر لم تصل بعد! قال عباس.

فوجئتَ بهذا السيل المتدفِّق من العبارات المتداخلة، العبارات المحتشدة بالمعاني المتضاربة.

بحثتَ عن بسطارك، وجدتَه، أحسستَ أنك تندسُّ بأكملكَ فيه، خطوتَ باتجاه باب الخيمة، وقبل أن تصل، تحوَّلتَ إلى تمثال من ملح، كان ثمة رجل هنالك بالباب، رجل تعرفه، تعرف قامته، إنه هو الخال. دبَّت الحياةُ في جسدك. لا يحلّها أحد غيره، قلتَ في نفسك. إذ طالما حلَّ معضلات أكبر من هذه بكثير. ولكنك قبل أن تتفوّه بكلمة، رأيت ذراعه تمتدّ، وتقدِّم لك الحلّ: ها بندقيتك.. خُذها!

حين أصبحتْ في يدك تجرأتَ وسألته، وقد أفلتَ السؤال الغريب رغمًا عنك: أنتَ، أنت الذي أخذتها يا خال، أنت؟! وأوشكت أن تبكي

- أولم تأخذ بندقيّتي يا ابن الغالية؟! ما الذي تريدني أن أفعله إذن، أن انتظرك للأبد هناك؟

- لكنك كنت تنتظر!

- ومن قال لك هذا؟

- عيناي يا خال؟

- لا تصدِّقهما دائمًا يا ابن الغالية؟

كان عباس وعبد الله يستمعان، دون أن يُبديا أيّ ردّة فعل تدلّ على أنهما فوجئا بالأمر.

- لديك بندقية جميلة يا ابن الغالية، ولا بندقية لديّ. قلتُ أستعيرها منك، ثم إنني بهذا أحقق تلك الوصية التي حَمَّلكَ إياها سيد البلاد، ألم يقل لك لا تعد بها أقلّ من مُنتصِرة؟!

أجبتَ: أجل.

- قل له إذن إنها انتصرت، نعم انتصرت في أربع معارك على الأقل، قل له حين تعود: سيّدي، ها أنا أعيدها مُنتصرة إليك، قل له ذلك، ولكن تذكَّر -إن كنتَ تستطيع أن تتذكر فعلًا- أنه لن يكون فرِحًا بذلك.

تراجع الخال بضع خطوات، وعدتَ من جديد تمثال ملح. لكنَّ ما لم تعرفه، أن هذه المرَّة ستكون الأخيرة التي تحدِّثه فيها ويحدِّثك، فمنذ الآن ستراه، ستراه فقط، دون أن تستطيع تبادل الكلام معه أبدًا. سيؤرقك هذا كثيرًا، لكن السرَّ الذي يجمعك بعباس وعبد الله، سيكون مؤرِّقًا أكثر، لأنه السرُّ الأخطر.

درس العجايب والعجبْ

عن الهزيمة الشّخصية التي
مُنيَ بها أسعد بيك

صرختَ بانفعال: هل قتلتُه؟

فأجابَ عبد الله من بين أصواتِ الرّصاص: وقتَلتَ أباه!!

عندها بدأتِ الأرضُ تدور وتدور وتدور.

- انتبهْ. قال لك عبد الله بأعلى صوته.

لكنك لم تسمعه، فقد رحتَ تُجاري الأرضَ في سرعة دورانها، وفجأة، أمام أعين الجميع سقطتَ.

كنت قد صوَّبتَ بكلِّ ما أتيح لك من تركيز في لحظة يختفي الوقت فيها وتتطاير الثّواني كالغبار، وأطلقتَ نارك.

ورأيتَه بأمِّ عينكَ يهوي...

ضخمًا كان، بحيث سمعتَ ارتطام جسده حين تلاشى كلّ صوت سواه، ولم يعد يملأ أذنيك سوى دويّ ذلك السّقوط، وتردده، تردده الذي تسارع حتى توحّد بانفجارات الطلقات.

وهويتَ بدوْرك.

لا نستطيع القول إن المعركة كانت مفاجأة لكم، بقدر ما كانت مفاجئة لأسعد بيك، أسعد بيك الذي كان على يقين من أنه اختار لك أكثر المواقع أمنًا، الموقع المطلّ على سهل فسيح، وخلْفه تمتدّ حقول القمح والذُّرة، أنتَ نفسك، حين سرتَ داخل هذه الحقول، كان الشيء الذي يُشغلك، كيف أن باستطاعة حقل، مهما كان، أن يُخفي قامتَك كلّها، أنتَ الذي لم يسبق

لك في أيّ يوم أن رأيتَ شيئًا عظيمًا كهذا؛ ولن تلبث دهشتك أن تتصاعد حين تسمع صوت سيارة أسعد بيك وراءك، وتعرفها، قبل أن تراها، وسيعرف رفاق سلاحك أنها هي بعد أن تصل، ستدهش أن السيارة ومن عليها من جنود وقادة كانت تسير كما لو أنها داخل موقع تحت الأرض، والحقل يغطيها، لكن جلال المشهد لن يحملك بعيدًا إلى حيث السيدة الوالدة والسيد الوالد، إذ كنت تسير كما لو أن حياتك كلّها أمامك ولا شيء منها خلفك أبدًا.

أيّ نعمة مُهلِكة هذه؟!

- سترونهم قبل وصولهم إليكم بكثير، سترونهم قبل وصولهم إليكم بأيام، حتى. وضحك أسعد بيك، وهو على ثقة بأنه وضعك أمانة غالية في يد تلك القمّة المنبسطة.

الشيء الذي لم تعرفه، أن هذا الموقع قد غدا هدفا للعصابات الصهيونية أيضًا، لأنه كان يطلُّ على ثلاث مستعمرات ويُشْرف مباشرة على الطريق المؤدي إليها.

طبعًا، لم يكن بأهمية الأبراج الثلاثة التي اختارها أسعد بيك مقرًّا له، لكنه كان ضروريًّا لسلامة جزء من الطريق كما كان ضروريًّا لسلامتك.

حلَّ الغروب فانتزعكَ من ذلك الهيام الذي أبديته تجاه الحقول خلْفك، انتزعكَ من ذلك الجمال الذي لم تستطع الشمسُ في عنفوان نهارها أن تُقصي نظرك عنه. راح الحقل يختفي، والشمس تتلوّن، حمراء برتقالية، وساطعة، وطال المشهد، حتى بدأت تحسّ بأنك تعيش لحظة أبدية، وما إن وصلتَ إلى هذا الحدّ حتى سمعتَ عبد الله يهمس في أذنك:

- ها هم قادمون!

وسمعتَ صوت الرّصاص يجري نحو فوهات البنادق التي اتّسعتْ حدقاتُها فجأةً كعيون الجنود.

كانوا على ثقة من أن أحدًا لم يفكر بالوصول إلى هذا الموقع، كانوا مطمئنين كأسعد بيك تمامًا. لذا ستكون دهشتُهم كبيرة كدهشته، حين يدوّي الرّصاص وتبدأ المعركة الطويلة.

هكذا وجدتَ نفسك ومعك عبد الله وعباس وثمانية جنود آخرين، في قتال مع مجموعة من أفراد القوّات اليهودية، بعد أن انتظرتموهم إلى أن غدوا في مجال بنادقكم. مُلتصقينَ بالأرض كنتم، ملتصقينَ تمامًا، بطريقة خَلَّقَتْها الغريزةُ أكثر مما صنعها التّدريب.

الشمس تغربُ، ضوؤها يسقط مباشرة على وجوهكم، فترتبكُ الرّؤية، يتحرّكون في البعيد كأشباح، يسطع ضوء الشمس أكثر، من الصّعب أن يستطيع أيّ منكم توجيه بندقيته بالدِّقة التي تحتاجها حرب جئتم للانتصار فيها.

الآن يمكن أن يُدرك أسعد بيك أن محاولات حمايتك قد ذهبتْ أدراجَ الرياح، إذ لم يعرف أن الهجوم سيبدأ حيث تكون أنتَ، كما لو أنهم يرصدون تحرّكاتك منذ البداية! كما لو أنهم يعرفون أن النَّيْل منك يعني الكثير لقيادة الجيش هنا، وقيادة البلاد هناك!

وهكذا، حين سمعَ أسعد بيك صوتَ الرصاص في البعيد، رصاص المعركة التي ابتدأت قبل أن يخطط لها، لم ير من بين الوجوه -التي غدا يعرف بعضها- غيرَ وجهك، وسيدرك، والمساء يحلّ، والغموضُ يتّسع ويأخذ حيزًا هائلًا من الفضاء حوله، سيدرك أن الأمر سيتحوّل إلى أكثر من كارثة إذا ما حدث لك أنت بالذات مكروه.

على عَجلٍ وَجَّهَ أسعد بيك مجموعة من الجنود للقيام بعملية إسناد، ولكن وصولهم كان قد تأخّر، تأَخّر كثيرًا، لأن عبد الله وعباس وثلاثة جنود آخرين فقط، ظلّوا على قيد الحياة، حين استطاعوا التّراجع للوراء باتجاه القوات، والرّصاص يتابعهم.

كل ذلك حدثَ بسرعة، بسرعة لا يتصوَّرها عقل، رحتم تُطلقون النار، وهم يتقدّمون، وأطلقتَ رصاصتك الأولى، وفي غمْرَة النّشوة بأنك استطعت إطلاقها صرخت بانفعال: هل قتلتهُ؟!

فأجاب عبد الله من بين أصوات الرصاص: وقتلتَ أباه!!

عندها بدأت الأرض تدور وتدور وتدور، ورأيته بأمّ عينك يهوي، ضخمًا كان، بحيث سمعتَ ارتطام جسده حين تلاشى كلّ صوت سواه،

ولم يعد يملأ أذنيك سوى دويّ ذلك السّقوط، وتردّده، تردّده الذي تسارع حتى توحَّد بانفجارات الطلقات.

وهويتَ بدوْرك.

***

الشيء الوحيد الذي كان يتوقّعه عبد الله وعباس، أن يتمَّ إعدامهما لفشلهما في مهمَّة حمايتك، أولًا، وتراجعهم باتجاه الحقل ثانيًا مع اشتداد الهجوم وقوة ناره.

ورغم أنك لم تُطلق سوى تلك الرّصاصة، رصاصتك الأولى والأخيرة، إلا أن عبد الله قال: إنكَ قاتلتَ ببسالة إلى أن استشهدت.

وظلّ عباس صامتًا.

– كان ما حدث مفاجأة كبرى، سيدي! أضاف عبد الله، لكننا كنا مستعدّين للموت حتى نحميه، وهذا ما حدث، ثم حتى نعود بجثته على الأقل؛ لقد حاولتُ أن أسحبه من أرض المعركة، لكنني لم أستطع بمفردي.

– وأين بندقيته؟ هل أحضرتَها؟ سأل أسعد بيك.

– لقد بحثت عنها سيدي لكنني لم أعثر عليها، هبط الظّلام بسرعة، واختفى كلُّ شيء، حتى المذياع سيدي لم أعثر عليه، رغم أنني كنت أسمع صوته، كان هناك أغنية، لست أدري كيف انطلقتْ منه، إذ كان مقفلًا، لا بد أن حركة خاطئة كانت السّبب في انطلاقه بأغنية لم يكن الوقت وقتها:

(غنِّي لي شوي شوي.. غنِّي لي وخدْ عينيِّ)

أدرك أسعد بيك أن الهزيمة التي أُلحقتْ به، باستشهادكَ، أكبر من أن تُحتمل، ورأى فيها نذير شؤم يكفي لإعلانه الاستسلام؛ لكنه تجاوز موجةَ اليأس بمسؤولية القائد، وأصدرَ أمره لعبد الله أن يعود ومن معه من النّاجين، ومن يريد من الجنود لاستعادة جثتك، وبندقيتك مهما كان الثمن.

عادوا.. وفي الطريق أدركوا أن عليهم أن يستعيدوا الموقعَ كي يستطيعوا تنفيذ الأمر.

أكثر حلكةً كان الليل، أكثر من أن تستطيع أعينهم فتح ممر للرؤية عبره. وحين راحوا يتقدَّمون زحفًا، دوّى الرصاص ثانية وبعثرهم، وراحتْ رؤوس عيدان الذّرة تتساقط فوقهم قتيلةً، في حين، ظلَّ الشيء الوحيد الذي يُمسك بأيديهم ويقودهم وسط العتمة إلى حيث يريدون، هو صوت المذياع، الذي راح يزداد وضوحًا كلما اقتربوا:

يا حبيبي، أكلما ضمَّنا للهوى مكانٌ

أشعلوا النار حولنا فغدونا لها دخان؟!

هاتها ، ها ها هاتها

لكن الشيء الذي أفزعهم، بعد ذلك، أن صوتَ المذياع قد اختفى فجأة، ثمة يدٌ وصلتْ إليه وأغلقتْه، فاختفى صوت "عبد الوهاب"، وعند هذا الحدّ بالذات أصبح الموقف أكثر خطورة، إذ انطلق الرصاص في كلّ الاتجاهات، فقرّروا ألا يغادروا أماكنهم قبل أن يتأكَّدوا من أنهم لن يقعوا في كمين.

قبل منتصف الليل، وكانوا قد أنهكوا، دوّى الرصاص ثانيةً رغم التزامهم الصمتَ التام، وبدا لهم أن ثمة معركة تدور بقوة إلى جانبهم، بحيث كان يمكنهم أن يروا ملامح بعضهم البعض خطفًا، بصورة أوضح من قبل، كلما أضاء الرصاص السماء، لكنهم للمصادفة لم يكونوا طرفًا فيما يدور. وبعد زمن طويل، عاد كلّ شيء إلى ما كان عليه: الهدوء الكامل الذي لا يسمح لأحد بأن يتنفّس بصوت مسموع.

.. حين تبين لهم الخيط الأبيض من الخيط الأسود، راحت سهول القمح تمتدّ خلْفهم وتجري نحو سفوح جبال خضراء بعيدة. حدَّقوا حولهم، تقدّموا زحفًا بحذر، وهناك، بدأتِ تظهر تدريجيًّا آثار المعركة، وتقدّموا أكثر، نظر عبد الله إلى عباس كما لو أنه يريد أن يقول له شيئًا، لكنه ابتلع كلماته في اللحظة الأخيرة، وتقدّموا أكثر، لم يدوِّ الرّصاص، تقدّموا أكثر، وظلَّ الوضعُ هادئًا، إلى أن وصلوا للموقع الذي دارت فيه المعركة، وهناك، دبّ الهلع مرّة واحدة في أوصالهم، خمسة جنود شهداء انتشروا أمامهم، بدوا لهم، أنهم ليسوا أكثر من أناس فاتهم أن يستيقظوا

باكرًا، فأشرقت الشمس وهم في أسرَّتهم، وحين اندفعتِ الأعين تفتِّش عنك، لم تجدكَ هناك، لم تجد بندقيتك، و.. لم تجد المذياع.

عند هذا الحدّ أدركوا أنهم هالكون، نظروا إلى السماء يستغيثون، في محاولة أخيرة منهم لعبور سواد اللحظة، لكنهم رأوها تهبط قليلًا قليلًا، حاولوا الفرار، لكن ذلك كان مستحيلًا، إذ راحت السماء تنطبق على الأرض غير عابئة بتلك الأصوات، أصوات تهشّم عظامهم التي راحت تعلو وتعلو.

الثلاثة المهلكة... أو
ها قد توقفتَ، ولكنها ليست نهاية العالم.

حين استطعتَ أخيرًا أن تملك جرأة وقْف اندفاعك، كانت الشمس قد تجاوزت الضّحى بقليل؛ ولو كان ثمة هناك من يراك، لأدرك أن رجلًا يجري بتلك السّرعة، لن يتوقّف قبل بلوغ نهاية العالم.

وها قد توقَّفتَ، ولكنها ليست نهاية العالم.

ليلة كاملة أمضيتها مُنطلقًا كسهم وسط حقول الذّرة والقمح والشعير، حقول لا تنتهي، ولم يترك لك غموض اللحظات أن تسأل هل كنت تركض باتجاه قواتك، أم في الاتجاه المعاكس.

أمامك امتدَّ حائط من خضرة لأشجار داكنة، وأدهشك أنه بالرغم من كل ما جرى أمس، ويتراءى لك كحلم، فإن الطيور لم تزل تغني.

بحذر رحتَ تقترب، وتقترب، إلى أن وجدت نفسك على أطراف بيارة برتقال[3]، تردَّدتَ أمامها، كانت كثيفة وبلا نهاية، ولا شيء يخيفكَ مثل هذه الإتّساعات.

نظرتَ وراءك، كان ثمة ظلال شاحبة لجبال بعيدة رماديّة، وبحر حقول الذّرة والقمح والشعير الذي عبرتَ أمواجه الصّاخبة إلى أن وصلت لهذا البرّ.

أجل، كانت بيارة البرتقال أشبه ببرٍّ، ولكنك حين ستمضي مواصلًا طريقك عبرها ستكتشف أنها شكل من أشكال المحيطات، أخطر وأعمق،

---

3 - البيارة، بيارات، الاسم الذي يطلقه الفلسطنيّون على مزارع الحمضيّات.

لأن الحقول هناك، كانت تُخفي جسدك بأكمله، في حين أن الأشجار لا تُخفي سوى نصفك العلويّ.

في موسم الضياع هذا، تلعب قدماك نفس الدَّور الذي يمكن أن يلعبه رأسك! فجأة أحسستَ أنك لا تستطيع التَّنفس بسهولة، كل ذلك الرّكض ولم يخطر ببالك لحظة أنك متعب، أنك تلهث. فجأة باغتك التّعبُ، وقِلَّةُ الهواء، فارتميتَ تحت إحدى الأشجار، وبدل أن تغفو رحتَ تحاول ما استطعت التّحديق في الجبال البعيدة التي كان ارتفاع الشمس يبدد غموضها شيئًا فشيئًا.

وخطفًا، أمام عينيك مرّتْ وجوه واختلطتْ وجوه، فاستعدتَ تلك اللحظة التي صرختَ فيها: هل قتلته؟ وجملة عبد الله: وقتلتَ أباه!

***

الشيء الذي عليك أن تعرفه، أن أسعد بيك، أعلن بحزن أنك قد غدوت واحدًا من خسائر الحرب، بعد أن عاد عبد الله وعباس ومن معهما مكسورين بفقدانك.

- لم نستطع العثور له على أيِّ أثر، سيدي! قال عبد الله.

- والبندقية؟

- اختفتْ سيدي، واختفى المذياع أيضًا.

منذ هذه اللحظة ستنقلبُ الأمور بالنسبة إليهما، وسيزجّهما أسعد بيك في أكثر النقاط سخونة.

ولنعُد إليك، إلى ليلة الأمس..

شيء سريٌّ، غامض، لا تعرف كيف تسلّل إليك، وأنت هناك في ساحة المعركة، فما إن استعدتَ وعيك، حتى وجدت "عبد الوهاب" يغنّي، نعم يغنّي، وكما لو أن الأغنية موقَّتَةٌ لتبدأ مع لحظة إشراعك لعينيك:

(جفنه علَّم الغَزَل)

لكنك لم تسأل: أهذا وقته؟! تركتَه في حاله، بخاصة أنك لم تدرك مدى بعده عنك، وهمستَ: عبد الله! وكانت همستك استغاثة أكثر من أيّ شيء

آخر، وحين لم يُجب أحد، همستَ بصوت أعلى: عبّاس! لكن الأمر ظلّ على ما هو عليه. ومرَّتْ بضع دقائق دون أن تستطيع التَّحرك، شبه مشلول في مكانك؛ لكن يدك حين تجرَّأتْ وامتدت تبحث عما حولك، اصطدمتْ بجسد، خفتَ، هززتَ الجسدَ لم يتحرّك، وحين عادت يدك إليك، كان سائل لزج يغطيها، سائل لزج لم تكن بحاجة للضوء كي تعرف أنه الدّم. عند هذه اللحظة أوشكتَ أن تفقدَ الوعي مرَّة أخرى، لولا أن يدك اليمنى فاجأتك بأنها تشدّ بقوّة على بندقيتك؛ عندها عاد لك بعضُ الأمان، وقد كان يمكن أن يعود كلّه لو أن مجرد صوت، أيّ صوت أجاب استغاثتك المحمومة.

انتظرتَ عبد الوهاب أن يُنهي أغنيته، فلم يفعل، لقد بدتْ طويلة، طويلة جدًا، أطول من "نهج البُرْدة" و "سلوا قلبي" و "أهل الهوى"[4] مجتمعات. فقدتَ صبرك، فامتدّتْ يدك تبحث من جديد، وحين لم تستطع الوصول للمذياع، رحتَ تتبعها، زاحفًا خلفها! إلى أن وصلتَ إليه، وعندها، عندها فقط، أدركت أن الصّبر يمكن أن تفقده في أيّ مكان سوى في ساحات المعارك، إذ ما إن اختفى "عبد الوهاب" تاركًا جملته الأخيرة مُعَلَّقَةً في الهواء، ونعني هنا (وغدوْنا لها دخان، ها ها هاتها) حتى انطلق الرّصاص باتجاهك، فالتصقتَ بالأرض كما لو أنك قرَّرتَ، وأنت الحيُّ، العودة إلى أصلك الأول: التراب، التراب لا غير. وحين طال الأمر، رفعتَ طرف عينك، فأبصرتَ مصدر النار، عندها امتدَّتْ يدُك إلى جنبك، تحسستْ إحدى القنابل اليدويّة، وقد أدهشك أنك خفتَ منها، لكنّك تجاوزتَ خوفك واستعدتَ ما تعلَّمتَه بسرعة البرق، تذكَّرتَ: عليَّ أن أعدَّ من الواحد حتى الثلاثة، قبل أن أُلقي بها. انتزعتَ مسمار الأمان بصعوبة، وبدأتَ العدَّ: واحد، اثنان، ولم تجد في روحك قدرة الصبر حتى بلوغ الثلاثة، إذ ألقيتها كما لو أنك تريد أن تتخلّص منها، لا أن تُصيبَ بها عدوًّا يتربَّص بك ويُطلق عليك جحيم نيرانه، وحسنا فعلتَ، إذ انفجرت القنبلةُ فوق رؤوسهم تمامًا وأسكتتهم؛ لكنك لم تدرك حينها أنك لو

[4] – من أغنيات أمّ كلثوم.

واصلتَ العدَّ، لأصبحتَ في عِداد القتلى، لأن اثنين من رفاقك اللذين كانا على بعد عشرين مترًا منك، لم يقتلهما رصاص العدوِّ، بل إصرارهما على مواصلة العدّ حتى بلوغ الثلاثة المُهلكة، إذ كانت القنابل التي بين أيديكم لا تمتُّ بصلة للقنابل التي تعلَّمتم ألف باء استخدامها، لأنها ببساطة، نصف فاسدة

بعد نصف ساعة من الصمت، لم تكن بحاجة إلى أن يُسرَّ أحد إليك بأن الأمور انتهت لصالحك، وأن المذياع منذ هذه اللحظة قد أصبحَ في عهدتك، تمامًا كبندقية سيد البلاد، ولذا رحتَ تحاول أن تضعه على ظهرك وأنت تسير على أربع، حاولتَ وحاولتَ إلى أن نجحتَ، ثم بدأتَ تزحف وتزحف وتزحف، حتى تأكَّدتَ أنك قد غدوتَ بعيدًا، بما يكفي، عن تلك الليلة ومفاجآتها، فانطلقتَ تركض.

الشيء الذي لم تستطع إبعاده عن نفسك لتتأمّل ما أنت فيه لساعات قادمة، هو أنك قد قَتلتَ إنسانًا وبرصاصتك الأولى. ولو كان عبد الله إلى جانبك لأكَّد لك أن قنبلتك الأولى أيضًا، قد قتلتْ عددًا آخر لا يمكن تحديده.

ولأن عبد الله كان بعيدًا، فإن رصيدك من القتال لم يتجاوز القتيل الأول. صحيح أنه كان قادمًا لقتلك، لكنك سبقتَ وقتلته.

صحيح أنك قادم لمحاربته، ووقْفِ زحْفِ مذابحه في هذه الأرض، ولكنك قتلته.

صحيح أنه قد يكون أحد أولئك الذين اجتاحوا "دير ياسين"، "دير ياسين" التي لا يفصلها عنك سوى المسافة بين الصرخة ونهايات صداها، ولكنك قتلته.

بعد ساعات توصلتَ بنفسك لحقيقة أنك لم تدخل الحرب لكي تموت، بل لتعود منتصرًا، فما الذي يمكن أن تقوله لسيد البلاد حين تمثل بين يديه؟

- أرجو المعذرة سيدي، لقد متُّ قبل أن أحقِّق النَّصر!!

لا لن يكون هذا.

حين وصلتَ إلى هذه النتيجة، حدَّقتَ في البعيد، لترى ما ستُسفر عنه قمم الجبال، وهناك رأيتَ نخلة في الأفق، تشبه تلك النّخلة التي وراءك، وإلى جوارها أبصرتَ قامة، لكنك لم تتأكَّد من كونها قامة إنسان أم شجرة.

ومن هذه اللحظة، ستغدو أكثر تصميمًا، وأشدَّ ثقة بنفسك، وبالمهام الموكلة إليك... مُتناسيًا القنبلة ما استطعتَ، ستنظر للبندقية بإعجاب، فلولاها لما كنتَ حيًّا إلى الآن، وهكذا ستهدأ، تمتدُّ يدُك إلى المذياع وتُدير مفتاحه، فيصدح صوت المطرب الشاب "فريد الأطرش" بأغنية اسمها "نداء العُلا"؛ تسمعها للمرَّة الأولى، ولن يمرَّ الكثير من الوقت على بدء سماعك لها حتى تحسُّ بأنها غدت أغنيتك، بل نشيدك، نشيدك الخاص:

ليس معنى الصفاء والحبِّ لهوًا

فيه تفنى الحياة شيئًا فشيّا

وصفاء المُحبِّ إذ يتجلّى

ودّه في الوفاء لا في المُحيّا

وإذا لم تر البلاد وفائي

أتراني الحسانُ خِلًا وفيّا؟!!

عند هذا المقطع سيحاول خيالك أن يرحل بعيدًا، لكي يستعيد وجه حسناء من أولئك اللواتي مررن عليك، من كاتبات الرّسائل، لن تُفلحَ، وستمضي أبعد نحو ليلة الغموض التي قادك فيها المجنّد يعقوب إلى تلك الأزقة المعتمة لاستعادة وجه تلك الفتاة، الفتاة الوحيدة التي لمستَها في حياتك، ولن تُفلح، ولكنك لن تفزع، لأن الأغنية ستقطع الطريق عليك بتصاعدها:

ما لنفسي حييتُ لكن لشعبٍ

أنا منه لولاه ما كنتُ حيًّا

لكِ حبي!! وللبلاد حياتي

ولنفسي ما يعرف الناس فيّا

زوِّديني من حسن وجهك إني

سامع في العلا نداء خفيًا!!

***

إذا ما سألتني عن الأثر الذي يمكن أن تُحدِثُه أغنية في واحد من الناس، قبل سماعك لهذه الأغنية، فإنني لن أستطيع الإجابة أبدًا، لأنك ببساطة قد غدوتَ شخصًا آخر، خاصة وأن بيانًا عسكريًّا قد عزّز أثرها وعمَّقه تلاها مباشرة:

(تمكَّنتْ قواتنا الزّاحفة شمالا من دخول بلدة أسدود، وقامت مدفعيتنا بقصف مستعمرَّة "نَجْبا" فأحدثت فيها تدميرًا شديدًا، كما تمكّنتْ دورياتنا في منطقة "بيرون إسحاق" من مباغتة قافلة من عربات العدوّ المدرَّعة فدمَّرتها، في حين شنَّت طائراتنا غارة على مستعمرة "دير حاييم" ومستعمرة "كفار عام" ومستعمرة "هيلدا" فاشتعلت النيران فيها ودمّرتْ عدة منشآت عسكرية).

الشيء الوحيد الذي فاجأك أن كلّ هذه الانتصارات قد تحقّقت في غيابك، وبهذه السرعة، لذا وجدتَ نفسك تنهض من جديد، وترى النخلة تنهض في البعيد، وتردِّد البيتين الأخيرين من "نداء العُلا" غير آبه بشيء:

لكِ حبي! وللبلاد حياتي

ولنفسي ما يعرف الناس قَيّا

زودِيني من حسن وجهك إني

سامع في العُلا نداءً خفيًا

لكن أهم ما حدث لك في تلك اللحظة الخالدة، أن إحساسك كلّه كان موجَّهًا للبندقية التي في يدك، وللحقيقة، فإنك لم تشعر بذلك إلا حين وصلتَ في غنائك إلى "زوِّديني من حسن وجهك" عندها أدركتَ ألّا وجه يفوقها جمالًا، ولا قامة تفوقها طولًا، وسيمهِّدُ اكتشافك هذا الطريق لآلاف بعدك، سيغنون للبنادق أكثر مما يغنون لحبيباتهم!! وهكذا ستندفع في مجاهل هذا الغموض الذي أنت فيه، بثقة جندي، لن يقبل أن يلتئم شمله ببقية رفاقه، دون أن يكون قد حقّق من الانتصارات ما حققوه

بمُجملِهم، رغم أنهم وحدهم الآن مَن ينـالون شرف إعـلان أخبـارهم في الإذاعات.

حبل أفكارك الطويل
الذي قطعته معزاة

على الرغم من وجود المذياع على ظهرك، وبندقية سيد البلاد في يدك، إلّا أنك كنت بحاجة لدليل، ولا نعرف بالضبط ما إذا كانت السيدة الوالدة قد استشعرتْ عن بُعدٍ ما أنت فيه، فأطلقتْ دعواتِها لتظلّلك، أم أن حظّكَ - لم يزلْ كما كان دائما - يفلِقُ الصّخر كما يقال.

ابتعادك عن البيّارة كان قرارك الصّائب الأول، وبحثك عن جبل تصعده، كان قرارك الثاني، فمن هناك قد تستطيع إلقاء نظرة على هذه البلاد التي أنت فيها لكي تعرف ما يجري.

أعرف أن المذياع كان حبْل نجاة لروحك المعنويّة، إلا أنكَ قررتَ أن تُقلّص استخدامه ما أمكن، إذ إن للبطارية عمرًا مكتوبًا، تمامًا كأعمارنا! وهكذا قرّرتَ ألّا تلجأ إليه إلّا في الأوقات الحالكة لا غير، بخاصة أنك قد حفظتَ جزءًا كبيرًا من "نداء العُلا" بحيث تستطيع إعادة ترديده عن ظهْر قلب وبعث الحياة فيه بصورة أجمل، والأهمّ من هذا، أن تواصل استخدام صوتك كي لا تفقده.

للجبل صعدتَ، وألقيت نظرة؛ كانت الدّنيا تحتك كلّها، فأدركتَ أيّ خسارة يمكن أن تلحق بالمرء إن لم يصعد جبلًا في حياته!! ولذا حين أنشدتَ في قمته بصوت شبه مسموع نشيدك، أحسستَ أن النّشيد قد أصبح أكثر رِفعة وارتفاعًا.

عطشتَ، تناولتَ المطريّة الخضراء الدّاكنة الصغيرة وشربتَ جرعتين. كيف لم تعطش كلّ هذا الوقت؟! سألتَ نفسك، ولم تحتر طويلًا، إذ إن انعكاس الضوء على البحر في البعيد، لا بدّ أن يكون قد ذكَّرَكَ بالماء.

أيلزمك بحر بأكمله كي تتذكَّر عطشك؟!

ما علينا!!

أعرف أنك لم تكن متأكّدا من أن ما تراه هو البحر أم هو شيء آخر يشبهه، إذ لم يسبق أن رأيتَ بحرًا، كما لم يسبق أن صعدت جبلًا، لكن هذا الاتّساع لا بدّ أن يكون البحر آخر الأمر؛ ولم تكن مخطئًا.

باستعادة القليل من معلوماتك الجغرافية، أدركتَ أن البحر أمامك، يعني الغرب، والبرّ خلْفكَ يعني الشّرق، ولكي ترفع معنوياتك أكثر فأكثر ومعها نشيدك، همستَ قولة طارق بن زياد - التي قالها ذات يوم بأعلى صوته- محاولًا أن تتصرفَ بها بما يناسب الحال الذي أنت فيه، ولكن بشكل معكوس: البرُّ من ورائي والعدوُّ أمامي، وليس لي والله إلا النَّصر!

بعد استراحة قصيرة، صفتْ فيها أفكارك، تنازلتَ عن طموح تحقيق النصر وحدك، ولذا خطر ببالك أن تعودَ وتتبع آثار قدميك، حتى تصل إلى قواتك التي لا بدّ أنها لم تزل حيث تركْتَها؛ وتنتظرك ربما، وهذا يقتضي منك نزول الجبل، وهو أسهل من صعوده، أن تسير في البيَّارة مع احتمالات المخاطرة كلّها ونتائجها، أن تعبر الحقول، وهنا تغدو المسألةُ أصعب، إذ ليس من السّهل أن يتمكّن المرء من تتبّع أي خطى داخل الحقول؛ لكنك اهتديتَ لشيء آخر يمكن أن يقوم بالدّور نفسه، وهو أن تتبع الممرَّ الذي تركتَه حين ركضتَ كالإعصار، إذ لا بدّ أنك أحدثت دمارًا شديدًا لا يُمْحى.

حبل أفكارك الطويل، قطعتْهُ معزاةٌ بزغتْ فجأة وانتصبتْ أمامك وجهًا لوجه: ماء، ماء، ماء. انطلقتْ تردِّدُ وكأنها تستغيث. ثم التصقتْ بجنبك الأيسر وراحتْ تحكُّ رأسَها، في حركة لا تخفى عليك، إذ أدركتَ بفطنتك أنها تريد الماء، ولذا لم تتردَّد، ولعل عدم تردُّدك راجع لما قلناه عن ذلك التّواصل بين مخلوقات الله وإن اختلفتْ لغاتها وأجناسها وفصائلها

أيضًا، حين تحدَّثنا عن ذلك الفزع الذي دَبَّ في أوصال دجاجاتكم وأغنامكم في الليلة العاصفة تلك، وكان حبْل نجاة لك، إذ لم يتمكَّن أولئك الذين تسلّلوا لاختطاف عينك وذراعك، بل وربما حياتك من الوصول إليك؟

دون وعي أحسستَ بأنك مَدين لهذه المعزاة بالذات بحياتك، ولذا امتدتْ يدك دون أن ترجف من هول المُغامرَّة المُقْدِمَةِ عليها، وهي تتخلّى عن أعزّ شيء بعد البندقية والمذياع: الماء. وتنتزعَ الغطاء، وتسقيها.

ثلاث ساعات على الأقل، ستقضيها، وأنت على ثقة تامة من أنك قد عثرتَ على صديق في زمن الضيق الذي تعيش؛ راحت المعزاة تدور حولك، تحتكُّ بك، بل إنها تجاوزتْ هذا كلَّه حين أخرجتْ لسانَها ومرَّتْ به على رقبتك في موضع جعلك تضحك كما لو أن أحدًا يُدغدغك!!

حضور المعزاة كاد يُنسيكَ ما أنتَ فيه، يُنسيكَ واجبك، ينسيك المهمةَ الكبرى الملقاة على عاتقك؛ وحين تنبَّهتَ لذلك، كانت المعزاة قد ابتعدتْ بضع خطوات مردِّدةً من جديد: ماء، ماء، ماء. فنهضتَ، قرَّرتَ أن تتبعها، إذ لا بد أنها ستدلّك على مكان يمكن أن تملأ منه مطريَّتك الفارغة، على عادة الأغنام المُتَّبَعَةِ في مسألة ردّ الجميل!

استعدتَ بصعوبة ما تعرفه عن الحيوانات، فلم تتذكّر سوى نُتَفًا من ذكريات عن حمار كهل ينتمي لزمن طفولتك البعيد، فعلى الرّغم من كونه حمارًا، إلّا أنه كان يعود لبيتكم في المساء من أيّ مكان غابتْ عنه الشمسُ وهو فيه.

- لا بدّ أن يكون للماعز بعض ذكاء الحمير، بل وأكثر.

قرَّرتَ أن تتبعها، إذ لا يمكن أن تخطيء بوصَلَتُها أبدًا.

رحتَ تنحدر خلْفها وتصعد، وقد آلمك أن رجُلًا بطولكَ وعرضك، قد حرمه اللـه من رشاقةِ معزاة تتقافز أمامه دون جَهد يُذْكَر.

ثلاث مرّات سبقتْكَ، حتى ظننتَ أنك فقدتَها، وفي واحدة من المرّات، هيئ إليك أنها قد تكون معزاة عدوَّة! بعد أن وجدتَ نفسك وسط غابة من الحجارة الكبيرة، كمن وجد نفسه داخل كمين مميت، لكنّها بدّدتْ

بعضَ ظنّكَ بها حين رأيتَها تعود من جديد، ثم تعتلي صخرة كبيرة وتردِّد نداءها الأزلي: ماء، ماء، ماء.

في تلك اللحظة أدركتَ أن الواجب يقتضي أن تشد همَّتكَ أكثر، كي لا تضطرَّها ثانية للعودة وإطلاق ثغائها العالي، ثغائها الذي قد يكون مصدر هلاك لكليكما.

لم تكن المعزاة مضطرّةً للعودة لذلك الموقف لأنك لم تترك نفسكَ تغيب لحظة عن عينيها! فكانت تكتفي بلفتة سريعة ورشيقة أيضا نحوك لا غير، وهي تواصل اندفاعها.

بعد... لا تدري!! إذ فقدتَ الإحساس بالوقت، راحتِ المسافةُ التي تفصلكما تتقلّص تدريجيًّا، إلى أن رأيتها تصل إلى نقطة وتتوقّف عندها تمامًا، مُتيحةً لك المجال لأن تتقدّم على أقلّ من مهلك، لتقفَ حيث تقف هي وتنظرا معًا في الاتجاه ذاته، كعاشقين يتطلّعان للمستقبل..

ثمة قرية هناك، قرية كبيرة، على تلّين متقابلين تناثرتْ بيوتها، وحوْلها تمتدُّ داكنةَ الخضرةِ كرومُ الزيتون. حاولتَ أن ترصد أيّ حركة تنبئ عن وجود أحد في المكان، لم تستطع، أطلقتَ أُذنيك تتسمَّعان، لكنّهما لم تلتقطا غير أصوات بعيدة لطيور هائجة. الشيء الحيّ الوحيد الذي كان يتصاعد أمامك هو سحابة دخان موثقة بالأرض.

تراجعتَ خطوة، وقد أدركتَ أنك مكشوف تمامًا، واتَّخذتَ مكانًا آمنًا لك خلفَ المعزاة، وانتظرتَ، إلى أن تأكَّدتَ أن القرية خالية تمامًا.

وقفتَ، دون أن تترك لقامتك أن تأخذ كامل امتدادها، وخطوتَ خطوتين، ثلاثًا، أربعًا، وتوقّفتَ؛ إذ حيَّرك أن المعزاة لم تتبعكْ، حيَّرك أنها وقفتْ كمسمار غير عابئة بمهمتِكَ المُشَجِّعة، ودعوتك لها للحاق بك؛ فعرفتَ أنها قد وصلتْ إلى أقصى حدٍّ يُمكن لمعزاة أن تبلغه. ليس هذا فقط، بل إنك حين حاولتَ مدَّ يدك إليها لتجذبها، تراجعتْ للوراء، وظلتْ تتراجع طوال الفترة التي بقيتَ تحاول فيها إمساكها.

وهكذا عرفتَ، أن بقية الطريق، البقية الصَّعبةَ من الطريق، عليك أن تقطعها وحدك.

وبحذر، رحتَ تنحدرُ،

ثم بحذر رحتَ تصعد،

بحذر رحتَ تقترب من البيت الأوّل الذي واجهَكَ مُشرعًا نوافذَه،

ثم بوابةَ ساحته،

أبوابَ غرفه المتقابلة،

ودماءَ أهله أيضًا!!

ممزَّقة كانت الأجساد، متناثرة في كلِّ مكان، وعلى بُعد عشر خطوات منكَ رأيتَ ذراعًا مُلقى، ذراعًا لم تعرف إذا ما كان يعود لفتى أم امرأة، تراجعتَ فَزِعًا للوراء، وبقيت تتراجع إلى أن وجدتَ نفسك وسط ساحة بيت آخر. كان المشهد هو المشهد نفسه، دارت بك الأرض، ودارت، ولكنك قبل أن تسقط فوقها، كنت قد ذهبت في غيبوبة حالكة السَّواد.

حين استعدتَ وعيك بعد ساعات، أوشكتَ أن تفقده ثانية، حاولتَ أن تصرخ، أن تنادي، لكنّك لم تعثر على لسانك، وراحت الدّموع تنهمر بغزارة من عينيك، كما لو أن جسدك لم يُخلق من التراب بل من الدّموع. ودون أن تدري بدأتَ تبحث عن قشة تتمسّك بها، كي لا تغرق في بحر الخوف والدّم الذي أنت فيه، وحين لم تجدها، صوّبتَ نظرك للبعيد، عَبْرَ سحابة الدّمع، فكان بإمكانك أن ترى بصعوبة، بصعوبة بالغة، شبحَ معزاة لم تستطع امتلاك جرأتك، كي تقطع الطّريق من الجبل إلى هنا.. إلى حيث أنت.

***

بعد تلك الظهيرة الحارقة، مرَّتْ طائرةٌ في سمائك، وأنت لم تزل بين الأشلاء. انتزعتَ قدميك المتيبِّستين من الأرض بصعوبة، التصقتَ بحائط طينيٍّ وصوَّبتَ، لكنها ابتعدتْ، بعد قليل عاد صوتُها يسبقها، صوَّبتَ ثانية إلى حيث يتقدَّم الصوت، وفي اللحظة الضَّيقة تلك، رحتَ تقارن بين وقع محرِّكها والمحرك الذي سمعته وحفظته للطائرة التي حلَّقتْ فوق رؤوسكم حين وصلتم أرض فلسطين، خائفًا أن ترتكبَ حماقةَ إسقاط

طائرة عربيّة في أكثر الأوقات حساسية، أبعدتَ فوهة البندقية عشرين درجة وأطلقتَ رصاصة تحذير!!

وقد فعلتْ رصاصتُك فِعْلَها..

ابتعدت الطّائرة بسرعة، وحين تأكَّدتَ من أنها لن تملك جرأة العودة! امتدّت يدك لتسند البندقية إلى حائط آخر، حين تبين لك أنه مغطى بالدّم، بحثتَ عن غيره، عن حائط لا يثير كلّ هذا الفزع فيك، حملتَها، وأسندتَها إليه، وإلى ظلّها حملتَ المذياع.

هي المرّة الأولى التي ترى فيها بشرًا ميّتين، لم يكن يخطر ببالك يومًا أن تَعرُّفَك إلى الموت سيكون بكل هذه القسوة، سيكون ممتلئًا إلى هذا الحدّ بالأشلاء.

أدركتَ أن الرّصاص وحده لا يمكن أن يفعل هذا كلّه في جسد، لا ولا حتى القنابل ربما، أدركتَ أن سكاكين عملاقة وسواطير قد ساهمت في صُنع ما تراه.

صوَّبتَ نظرك للجبل، للبعيد، كانت المعزاةُ هناك، فتمنَّيتَ أمنية واحدة لا غير، أن يكون خالك إسماعيل إلى جانبك في لحظة كهذه، أو في مرمى نظرك على الأقلّ.

كنت تعرف أن الواجب يقضي بألّا تغادر المكان قبل أن تدفن ما فيه من الضحايا. جُلْتَ بنظرك في أرجاء السّاحة الترابية، لم تعثر على بقعة يمكن أن تحفر فيها، وهكذا رحتَ تفتّش في أفنية البيوت عن قطعة من الأرض تصلح كقبر جماعي.

يومان كاملان مرّا عليك وأنتَ تحفر وتدفن، بشرًا من كلِّ الأعمار، واريتهم ترابَهم، دون أن تفارق عيناك شبح الكائن الحيّ الوحيد هناك.. في البعيد.. على السّفح.

ومرّت طائرةٌ أخرى، لم تستطع أن تعرف إن كانت هي التي مرّت من قبل أم لا، بحثتَ عن بندقيّتك لتُطلق رصاصة تحذير، كنت نسيت أين وضعتها، وابتعدت الطائرة، وقد خيّل إليك أن بندقيتك كانت أبعد.

لقد نسيتها، نسيتها هناك، فزعتَ، إذ كيف يمكن أن تكون في مكان وبندقيتك في مكان آخر..

اندفعتَ بوهَنٍ، راكضًا، بما تبقّى لك من قوّة نحوها، كما لو أن الأعداء قد وصلوا..

***

غادرتَ المكان. ولا شيء قد دخل جوفك منه سوى ماء بئر شربتَه غير مطمئن، وحين بقيتَ حيًّا بعد المرَّة الأولى، شربتَ ثانية وثالثة منه. ملأتَ مطريَّتك، وحشوتَ جعبتك بكمية من أرغفة متيبِّسة كانت متناثرة في المكان، ما عاد أحد بحاجة إليها، ومضيتَ تصعد الجبل من جديد باتجاه شبح المعزاة الذي كان يختفي عن بصرك ويظهر كلما وارته صخرة أو منعطف.

حين وصلتَ إلى حيث كنتَ متأكِّدًا أنها هناك، لم تجدها، بحثتَ من جديد، وبحثتَ، لكنها كانت قد اختفتْ تمامًا؛ أصغيتَ، لعلكَ تسمع صوتَها، لم تسمعه. عند ذلك استدرتَ، ألقيتَ نظرةً أخيرة على القرية، ورحتَ تبتعد، وتبتعد، إلى أن وجدتَ نفسك وجهًا لوجه مع ظلٍّ شاسع، ألقيتَ بنفسك عليه، وفيه، كما لو أنه الفِراش الذي تتمنّاه، أسندتَ ظهرك إلى جذع عملاق، وما لبث النوم أن جرَّك إلى أعماقه السَّحيقة، فحلُمتَ، حلمتَ بأنك تسند ظهرك إلى جذع نخلة تعرفها، تعرفها تمامًا، وحين صحوتَ بعد عشر ساعات، على أصوات قنابل ورصاص في البعيد، كان الليل في أوجِهِ، لكنكَ لم تفزع، إذ صحوتَ على يقين أنك لم تكن تحلم أبدًا.

رياح الحرب
التي غيّرت اتجاهاتها

لم يعد بمقدوركَ أن تثق بشيء غير نفسك والمذياع الذي تحمله فيحمل لك عبر الأثير أخبار النّصر المتحقّقة على جميع الجبهات، ولولا أن فيكَ من النّخوة ما يكفي، لأعلنتَ وقف مشاركتك في هذه الحرب، لأن جيوش الإنقاذ تقوم بالمهمَّة المُوكَلة إليها، والمهمَّة الموكلة إليك، بكلّ إتقان.

نقطة الضعف هنا، كانت بندقية سيد البلاد، إذ لا يجوز لها أن تدّعي نصرًا حقّقته بنادق أخرى أقلّ شأنًا منها، وجمالًا.

امتدَّ بصرك للبعيد حتى لامسَ المستقبل، وأصبحَ بإمكانك أن تمدَّ يدك وتحفنَ من ذهبه السّاطع ما يكفي من وهج لإنعاش الرّوح؛ لقد غدتْ صورةُ سيد البلاد ماثلة أمامكَ، حوْلكَ، كما لو أنك تُعلّقها حيثما توجّهت على جدران وهميّة لا يراها أحد سواك، وكلّما رأيتَ الصّورة، وإن لم تكن بالوضوح الذي تتمناه، رأيتَ فيها طيفَ شخص يشبهك تمامًا يقوم سيد البلاد بتقليده واحدًا من الأوسمة الذهبيّة كالمستقبل أيضًا. وحين ستهمُّ بقول بضع كلمات، سيقول لك: لقد فعلتَ الكثير إلى حدٍ يمكننا معه أن نعفيك من أيٍّ كلام مدى الحياة!

لكنكَ للحقيقة لم تفعل شيئًا حتى الآن، هذا ما اكتشفتَه، لم تقُم سوى بتلك المهمّة القاسية: دفن الضحايا. التي غدتْ جرحًا في شرفك العسكريّ، لأنك تأخّرتَ في الوصول إلى القرية قبل ذبح أبنائها.

- ما المجد الذي يمكن أن يجنيه جنديٌّ لم يزد حجم مساهمته في الحرب على هذا؟!

ها أنت تتناسى رصاصتَكَ الأولى، ومن أصابتْهُ، وقنبلتك الأولى وما حَصَدتْه!!

امتدَّتْ يدك للمذياع، أدارتْ مفتاحَ الصّوت بهدوء، كنتَ تخشى أن تصدرَ عنكَ حركة ما عن طريق الخطأ، فيندفع الصوتُ بكامل قوَّته، فينكشف موقعك -لا سمح الله- وتسقط شهيدًا قبل الأوان، وتسقط بندقيتُكَ أسيرةً في يد الأعداء. جاء صوت "إذاعة القاهرة" واضحًا، وقد قرَّرتَ منذ البداية ألّا تُوجِّه مفتاح الموجات إلّا لإحدى الإذاعتين: "إذاعة القاهرة" أو "إذاعة رام الله"، لأنهما عربيتا اللسان والهوى. في البداية أوشكتَ أن تقع في أسر "إذاعة برلين" فقد كان مذيعها الشهير "يونس بحري" يشدُّكَ بقوّة إلى كل ما يقول؛ لكنك حاولت ما استطعت تحاشي الاستماع إليه أو لإذاعة "الشرق الأوسط"، بالدّرجة نفسها التي كنت تتحاشى الاستماع أيام الحرب الكبرى لإذاعة "باري" الإيطالية.

ولعلّ أحد الأسباب الأساسية لالتجائك لمحطة عربية -وكنتَ ترى إذاعة القاهرة المصدر الأهم للأخبار- أنها لا تحمل لك غير الأنباء السّعيدة؛ وبالطبع، ما الذي يريده جنديّ في ساحة الحرب غير هذا النوع من الأخبار؟!!

لو كنت تحبّ فتاة لتمنَّيتَ أن تأتيك أخبارها، ولو كان لك زوجة وأبناء لتمنَّيتَ أن تعرف ما الذي فعله غيابك بهم، وكما سبق وأن قلنا، فإن أخبار السيدة الوالدة والسيد الوالد والسيدات والآنسات شقيقاتك، لم تكن تخطر لك ببال لأنهم أبعد بكثير من أن تصلهم الحربُ ربما، كما أن كلَّ واحدة منهن تستظلّ بظلِّ رجُلها أو أبيها.

***

تسرَّب صوت المذياع إلى أذنيك بنعومة وبلا ضجيج فاضح، كما أردتَ تمامًا. لو كان المذياع آلة موسيقية لكنتَ أفضلَ من عاملها برقّة وأفضل من عزفَ عليها! حرصُكَ على أن تستمعَ إليه في الأوقات المخصَّصة لنشرات

الأخبار لم يحرمْكَ أحيانًا من الاستماع إلى نهاية أغنية، تستطيع تحديدها حينًا، وحينًا لا تستطيع. لكن الملاحظة الأساس التي ظلَّت تدفعك للتفاؤل: أن كلّ نشرة أخبار سمعتها كانت مسبوقة بأغنية على الدّوام، وغالبًا بأغنية فرحة، كأن تغني أم كلثوم "غنّي لي شويْ شويْ"، أو يغنّي المطرب الشاب فريد الأطرش أغنيته الجديدة الحلوة "الحياة حلوة للي يفهمها"!

***

(قامت القوات السُّورية بقصف مستعمرَّة "حوباد يكينا"، في الوقت الذي أغار فيه الطيران العراقي على مستعمرَّة "نولج"، وقامت القوات الأردنية بقصف قوات العصابات الصَّهيونية حول القدس، من ناحية أخرى اشتبك أحد مدافع الجيش المصري صباح اليوم مع طائرة من نوع "داكوتا" كانت تحلِّق على ارتفاع ثلاثة آلاف قدم متَّجهة من الجنوب إلى الشمال الشَّرقي، وقد أطلق المدفع طلقتي إنذار، وحين لم تُعط الطائرة إشارة اشتبك معها، وأطلق ثماني طلقات).

أغلقتَ المذياع، مكتفيًا بهذا القدر من الأخبار السّعيدة، وداهمكَ حسٌّ بأن الأمور على الأرض في أوْج كمالها، رغم أن طيران العدوّ كان يُفسدها بتحليقه بين حين وآخر في الأجواء.

وللحظة، داهمكَ حسٌّ عميق بأن بندقية كبندقية سيد البلاد يجب أن توجَّه للسماء دائمًا: أي صوب الطائرات، ولا شيء غيرها، إلى حدٍّ أنك أحسستَ بأنك ملزم بالاعتذار لها لأنك وجَّهتها ذات يوم إلى أحد الصهاينة على الأرض، وقتلته على ذمة الجندي عبد الله!

ها أنتَ على وشك أن تتذكَّر!!

ثلاثة أيام مرَّت بعد ذلك، أنستكَ صورةَ الضحايا، بل يمكننا القول إن ملامحهم تلاشتْ، امَّحتْ تمامًا، وأصبح بإمكانك أن تسير مطمئنًا من جديد، فكلّ الأخبار التي أتتك حملتْ خبر انتصار هنا أو انتصار هناك!! وبلغتْ بك الثّقة حدًّا جعلك تنتظر بلهفة خبرًا يقول: إن أهالي "دير ياسين" قد عادوا للحياة من جديد، مثلا!!

ولكن، ها هو سيلُ أفكارك ينقطع ثانية، ولكن بصورة أشدّ وأقوى من الطريقة التي قَطَعَتْهُ بها تلك المعزاة، المعزاة التي ما لبثت أن تحوَّلت إلى شبح، (ولعلها كانت شبحا منذ البداية!)، إذ رأيتَ طائرةً تقترب منك بسرعة لم تُمَكِّنْكَ حتى من إشهار سلاحك، وراحت تقترب وتقترب كأنها تريد أن تدعسَك لا أن تُطلق عليك النار، وعلى بعد خمسين مترًا منك، فقط، أخطأتكَ، فسقطتْ في جوف شجرة بلوط عملاقة.

سمعتَ مروحتَها تدور وتدور، وتُطوِّح بعيدًا برؤوس الأغصان، وقبل أن تَهدأ تمامًا، سمعتَ حشرجة قويّة جعلتكَ على يقين بأن روحها قد صعدتْ للسماء إلى غير رجعة.

بعد وقتٍ، قد يكون طال بما يكفي، أصبحَ بإمكانك أن تجدَ قدميك لتنهض مُشهرًا بندقيتك متَّجهًا نحوها، ويمكننا القول: إنه، ومنذ هذه اللحظة، سيمضي إيقاع الحرب باتجاه آخر بالنسبة لك.. إذ ستجدُ أمامك مهمَّة ما كنتَ تعتقد يومًا أنك منذور لها.

ذلك الرجل
الذي يُدعى فيليب

من جوف الشّجرة العملاقة تدلّى "جون وليام" بلون ثمرَّة بلوط ناضجة. وقبل أن تلامسَ قدماه الأرض أدركَ أنه لم ينج تمامًا من هذا السّقوط المريع لطائرة الـ "بونترا". لثوان ظلّ متعلّقًا بالغصن العملاق الذي كان يُمكن أن يحمل ثقل طائرة أخرى.

بندقيتكَ موجهةٌ إلى صدره، وفي عينيكَ تحفُّز. لم يخدعك لونه الذي غدا أقرب للون الحنطة، لأن ملامحه كانت تفضحه.

على يقين كنتَ من أنه أحد الطيارين الصّهاينة، وربما كان هو نفسه من تجرأ على قصف العاصمة وأنتَ فيها وأقلق راحة سيد البلاد! وبدوْره، انتظر إشارة منك تؤكّد له أنكَ لن تقتله، بدوْره انتظر أمرًا، وقد ظلّ مُعلّقا حيث هو، إلى أن تركتْهُ يداه يسقط أخيرًا، بعد أن أصبحتا غير قادرتين على تَحمُّل وزنه.

: "يونايتد نيشن"، قالَ لك، وأشارَ إلى نفسه، وعاد يكرر "يونايتد نيشن، يونايتد نيشن".

تحرّكتْ فوهة بندقيتك، ففهم "وليام" أن المطلوب منه إبراز هويته، فقد يكون ادعاؤه بأنه من العاملين في الأمم المتحدة مجرّد خدعة. امتدَّتْ أصابعه نحو قميصه الذي كان أبيض، وقبل أن يلمس جيبه، تحرَّكت البندقيةُ مُحذِّرةً. فهمَ الإشارة فلم يختف داخل الجيب سوى إصبعين، تناولا بطاقة الهويّة، وقدَّمها إليك ببطء جعلك أكثر اطمئنانًا.

أشارت فوهة البندقية له أن الق بها وتراجعْ، فألقاها وتراجع. عند ذلك، امتدّت يدك إليها ورفعتَها بحذر شديد، كما لو أنها لغم، قرَّبتَها من عينيك، وهناك رأيتَ شعار الأمم المتّحدة في القسم العلوي منها، وبسهولة قرأت: "جون وليام"، مُراقب هدنة، الجنسية بلجيكي.

هززتَ رأسكَ كمن يوافق على المعلومات الواردة فيها، ولكنكَ خشيتَ أن تكون مزوَّرة، فعادتْ فوهة البندقية تتحسَّس الاتجاه الذي يقفُ فيه بتصميم أشدّ، بعد أن أبديتَ طيبةَ قلب لا يمكن أن تكون صالحة لساحات الحرب.

بدوْره، حاول "وليام" أن يَتعرف على المكان الذي هو فيه، راحتْ عيناه تبحثان عن بقية سَريَّة، أو كتيبة، لا بد أنك واحد من أفرادها، وحين لم يلمح أيّ حركة، ولم يُبصر غير مذياعك الـ "جروندنغ" خلفْك، تحت الشّجرة التي كنت تستظلّها، قال بجرأة أزعجتك:

- أنتَ مجرد جندي ضائع مثلي!

لم يعجبْكَ كلامه، إذ بدا متسرِّعًا في كسر حاجز العلاقة الرّسمية بينكما، والمفروضة بقوّة الحرب، كما لم يعجبْكَ أن تكون في نظره مجرّد جنديّ، أنتَ الأرفع مرتبة من هذا بكثير. لكنكَ لم تصل لتلك الدّرجة التي تتمنّى فيها لو أن بزّة الملازم في حقيبتكَ لتُخرجها كي تريه من أنت؛ إذ لا يُعقل أن تكون حادثة كهذه قادرةً على دفعكَ لإعادة النّظر في قرار خطير كالذي اتخذتَ، أو لزجِّكَ في عتمة ما يُسمّى النّدم.

وقبل أن تنتبه، كان وليام هذا يستدير، ويعود مُسرعًا نحو الطائرة المُعلّقة بين الأغصان، وهو يهتف فَزِعا: عليك أن تساعدني!

- توقّف، توقّف. أمرتَهُ مرّتين، لكنّه انطلق يتسلّق الشّجرة دون أن يتوقّفَ عن طلب المساعدة.

ألقيتَ بطاقة هويته أرضًا وتبعته، رأيته يختفي بين الأغصان، فوهة البندقية تبحث عنه، كما يبحث طفل عن عصفور يريد اصطياده، ولسانك يهتف: توقّف، توقّف.

كان يصعد بسرعة جعلتْكَ تعتقد أنه ما إن يبلغ قمة الشجرة حتى ينشر جناحيه ويطير! لكن حركتَه هدأتْ، وسمعتَه يقول بأسى: أوه، أوه، أوه فيليب!

ثم صرخَ كما لو أنه يوجِّهُ الكلام لك: لقد قتلوه، أوه.. لقد قتلوه.

قبل أن تعرف من ذاك الذي قُتِلَ، أحسستَ بتعاطف مع ذلك الصّوت المجروح الذي يصدر في الأعلى كنواح؛ لذا، راحتْ فوهةُ البندقيّة تبحث عن مكان تلتجئ إليه، فلم تجد غير أن تَغرُسَ عينَها الوحيدة في الأرض.

تهدَّل ذراعاك، ودارتْ بك الأرض، أوشكتَ أن تسقط، لكنك تمالكتَ نفسك.

- عليك أن تساعدني، استغاثَ من جديد، وكأن حياته في خطر.

ورأيتَه، بصعوبة يحاول إخراج جسد ما من باب الطائرة، فتمنعه الأغصان، لكنه ظلَّ يحاول، في الوقت الذي بدأتْ فيه الطائرة تهتزُّ، وتهتزّ.

ابتعدتَ خائفًا، وما لبثتَ أن عدتَ حين تأكّدتَ أنكَ لن تموت سَحْقًا تحت حطامها. وأخيرًا، تمكّنَ من إخراج الجسد بأكمله مُلطخًا بالدّم.

لم يكن بإمكانك أن ترى بوضوح، لكن وليام بدأ ينزلق بما بين يديه من حِمْلٍ ثقيل، إلى أن أصبحَ الجسدان على مرمى نظرك، عندها، أعاد وليام: عليك أن تساعدني. وأضاف: أرجوك.

عند هذا الحدّ، أسندتَ بندقيتك إلى جذع شجرة البلوط، رفعتَ يديك كما لو أنك تدعو الله من أعماق قلبك، وأمسكتَ بقدمَيْ ذلك الرّجل الذي يُدعى فيليب؛ وببطء راح وليام بدوره يحاول إنزاله، وكادَ ينجح لولا أن توازنه اختلَّ في اللحظة الأخيرة، فسقطَ فيليب بقوّة فوقك، وسقطتَ معه، وحين رأيته فوق جسدك بعينيه المشرعتين الباحثتين عن سبب لما هو فيه، وبدا لك واضحًا إلى حدٍّ مرعب ذلك الثُّقبُ في منتصف جبهته، دارتْ بك الأرض ثانية، وكما لو أنك واقفٌ، أنت الملتصق بها، أحسستَ بجسدك يرتطم بترابها بعنف، وتغيب.

لقد فقدتَ وعيك مرّة أخرى!

***

على صفعاتٍ خفيفة من يديْ وليام، صحوتَ آخر الأمر. تلفتَّ حولك باحثًا عما يدلّ على أنك لم تزل حيًا، فلم تر سوى رجل الـ U.N بعينيه الزّرقاوين اللتين بدتا لك خلف نظارته أنهما الشيء الوحيد من جسده الذي لم يتلطّخ بالدّم.

لكنك ما لبثتَ أن قفزتَ -كما لو أن الأرض طوّحَتْ بك للفضاء فجأة- حين تذكرتَ بندقيتك، بندقية سيد البلاد، وحين وجدتَها قريبة هناك، مستندةً إلى جذع الشجرة نفسها، حيث تركتَها، عصفتْ بك عواطف نبيلة جعلتْك على يقين، أن واحدًا مثل جون وليام هذا، يُؤمنُ جانبه؛ ولقد أحسَّ بها أحسستَ؛ ولذا، كان عليك أن تشكره فورًا، دون تردّد، ولم تكن هناك وسيلة أفضل من أن تتجاوز ما حدثَ لك لتقوم بمساعدته في دفن ذلك الرّجل الذي يُدعى فيليب.

معارفك باللغة الإنجليزية أتاحت المجالَ لك لعرضِ فكرتكَ، لكنه، للمفاجأة قال لك: إنه لا يستطيع أن يدفنه الآن، لا يستطيع إلّا إذا فقد الأمل تمامًا بوجود مَخرَج ما. ثم التفت إليك وقال: أخفيته بعيدًا، قبل أن تستعيدَ وعيك، لقد لاحظت - وهذه كلماته- أنكَ أرقّ من أن تقفَ وجهًا لوجه مع إنسان ميت.

طويلًا صمتَّ، قبل أن تقولَ له: إنك لا تعرف حتى الآن كيف قمتَ بدفن قرية بأكملها وحدك. وأعدتَ -ما استطعتَ- سردَ ما حدث معك منذ ظهور المعزاة حتى اختفائها.

عندها ردَّ بأسى: لا أحد يعرف ما يستطيع الإنسان القيام به في لحظة ما. وبادلكَ الصمتَ طويلًا، إلى أن قال: إن آخرَ ما كان يتوقّعه هو تعرُّض الطائرة للنيران، مع أن علامة الأمم المتحدة واضحة على جنبيها وأسفل جناحيها. وفكَّر قليلًا قبل أن يضيف: أظن أن هذه العصابات لا تريد أحدًا هنا، لا أنتَ، ولا أهل البلاد، ولا نحن أيضًا. وبخاصة نحن. لأنهم لا يريدون شهودًا. إنني أعجب كيف كنّا مطمئنين، إلى ذلك الحدِّ الذي دفَعَنا فيه اطمئنانُنا للتَّحليق على ارتفاع منخفض، قبل أن نصطدم بحائط النار، وتستقرَّ تلك الرصاصة في جبهته.

للبعيد راحَ ينظر، كما لو أنه يحدِّق في شيء واضح لكنك لا تراه، وحين استدار بعينيه ثانية، خُيِّل إليكَ أن لونهما قد تغيّر خلفَ نظارته، نظارته التي لم تستطع إخفاء غمامة الدّم التي ظلّلت الأزرق..

بصمتٍ، نهضَ متوجِّهًا إلى الطائرة المُعلَّقة، وهو يقول: آخر نظرة ألقيتها من الجوِّ على الأرض تؤكِّد أننا بعيدون الآن عن مواقعنا التي يجب أن نكون فيها، أَنا، وأنت!

حاولتَ أن تتبعه، لتساعده، ولكنه طلب منك أن تبقى بعيدًا، ومتيقِّظًا أيضًا، إذ يمكن أن يكونوا قد رصدوا الموقع الذي سقطتْ فيه الطائرة.

خطوتَ نحو البندقية، استعدتَها من جذع الشّجرة، لاحتْ منك نظرة للمذياع، فأدركتَ أن خبر سقوط طائرة المراقبين الدّوليين لا بدّ سيكون في طليعة النشرات بعد ساعات، صوَّبتَ نظركَ للبعيد، تراقبُ السَّفح الممتدّ الذي يُفضي إلى سهل فسيح مُصْفَرٍّ، وعلى بعد خطوات خلْفك، كنتَ تسمع خشخشة الأوراق بفعل احتكاك جسد وليام بها؛ وبعد لحظات اهتزَّت الأغصان بعنف، لكن ذلك لم يدفعك للنظر، فقد كنتَ تتساءل: إذا كان فيليب المسكين قد تلقى رصاصة في جبهته، فأين يُمكن أن تستقرَّ رصاصتهم إذا ما أمسكوا بي؟!!

وسمعتَه يحاول الاتصال بمقرِّ قيادته عبر لاسلكي الطائرة دون جدوى، وحين فقد الصبر أطلقَ شتيمة بذيئة، ما كنت تعتقد أن الأجانب قادرون على إطلاقها بهذا الوضوح في حضرة أناس آخرين.

وسمعتَ خشخشة الأوراق ثانية..

حين عاد، كان يحمل بين يديه أشياء كثيرة، عجبتَ كيف تمكّن من إنزالها: أغطية ومعلبات، خرائط وجالون مياه.. وقبل أن يصل إليك، قال: علينا أن نغادر المكان بأسرع وقت ممكن.

توجَّهتَ للمذياع وضعتَهُ على ظهرك، وحين هممتَ أن تسير فاجأك أن وليام ابتعد تاركًا لك كلَّ ما أحضره من الطائرة على الأرض لتحمِلَه، باستثناء أحد الأغطية، عند هذا الحدّ أوشكتَ أن تعيد تقييمه من جديد، وقبل أن تتمكّن من ذلك رأيتَهُ يُلقي بالغطاء على الأرض، ينحني، ثم

يعتدل من جديد وهو يحاولُ ما استطاع أن يرفع ذلك الشيء الذي لم تكن بحاجة لكثير من النباهة كي تعرف أنه فيليب. حاول مرَّة تلو أخرى أن يدفع الجثة للوقوف على قدميها، وحين تمكنَ من ذلك أخيرًا، ألقى بها على كتفه الأيسر. وقال لك: هيا.

عبثًا، في الطريق، حاولتَ أن تقنعه أن إكرام الميت دفنه. فلم يكن مستعدًا حتى لسماعك، كان يردِّد: إنها مسؤولية، مسؤولية كبيرة، ألا تعرف ذلك مستر فؤاد؟!! ثم إنه صديقي، أعرفه من قديم، أعرف أمه، أباه.

وخشيتَ أن يُفَسَّرَ طلبُك بأنك لا تريد المشاركة في حمْل جثة فيليب، فعرضتَ عليه أن تُساعده، بعد دقائق قليلة، رفضَ بإصرار غريب؛ وكلّ ما فعله أن ألقى بالجثة على كتفه الأيمن وواصل طريقه وأنتَ على بعد خطوات خلْفه.

لم يكن حمْلُكَ أخفّ وزنًا، لكن الفارق كان كبيرًا بين العبء الذي يمكن أن يُلقى على كتفين يرزحان تحت ثِقَلِ جثة، وكتفين يحملان ما تحملُهُ..

بعد أكثر من ساعة مسير، توقّفتما في ظل صخرة، نظرتَ إلى ساعتك، كانت على وشك بلوغ الثانية من بعد الظهر ، التفتَّ إلى وليام، رأيتَ العرق يتصببُ منه؛ فأنزلتَ ما بين يديك من أشياء، كي تتمكّن من مساعدته في إنزال فيليب عن كتفه..

- لا عليك، سأُنزله وحدي. قالَ لك.

أسنده إلى الصخرة، وعندها بدا فيليب، كما لو انه تعب من المشوار الطويل أيضًا، فجلس بدوْره كي يستريح؛ وإلى جانبه ألقى وليام جسده المُنهك.

أنزلتَ المذياع، وبسرعة أدرتَ المفتاح، فكانَ بإمكانك أن تلتقط النهاية الحيرى لأغنية "صالح عبد الحي":

ليه يا بنفسج بتبهج.. وإنتَ زهر حزين؟!!

وكما توقّعتَ، كان خبر إسقاط طائرة الأمم المتّحدة، يتصدَّر النشرة. أدركَ وليام أن الأمر يخصُّه، فسألكَ: ماذا تسمع؟ فأشرتَ له أن يصمت قليلا.

لم يحمل الخبر سوى اتهامات مُتبادلة، بإسقاط الطائرة، والإعلان عن تشكيل فرق للبحث عن حطامها، على أمل العثور على أحياء.

شرحتَ له ما يدور في البعيد بالتفصيل، فنهضَ، أسندَ جثة فيليب إلى الصخرة، ألقاها فوق كتفه الأيسر، وقال: الشيء الوحيد الذي علينا أن نفعله، ألّا نقعَ في أيديهم، لأننا الدّليل الذي سيحرصون على إخفائه.

ملاحظته الذّكية بلا شك، جعلتْكَ أكثر يقظة. انحنيتَ، ألقيتَ بالمذياع على ظهرك، البندقية على كتفك، وبقية الأغراض بين يديك، وبدأتَ تُفكِّر في أفضل طريقة تُمكِّنُكَ من إشهار بندقيتك إذا ما فاجأك الأعداء.

وبصمت، واصلتما طريقكما المحفوف بالأخطار.

ألغام واستجمام
ونصيحة قاتلة

اسمح لي أن أترك السيّد جون وليام هنا، لنمضي قليلًا إلى هناك! أسمحْ لي أن أتركه يصعد الجبل، وأن أترك فيليب معه يتنقل من كتف إلى كتف بتلك النافذة التي تصل إلى عمق جمجمته ولكنها لا تكشف أيا من أفكاره.

ولكن، قبل أن نبتعد، اسمح لي أيضًا أن أقول لك: إن إيمانك بالنّصر الحتمي الذي كنت تراه كما ترى ظلّك في وضح النهار، اسمح لي أن أقول: إن هذا الإيمان قد تخلخل بسقوط طائرة وليام، لا لشيء إلا لأن ذلك يعني أن لديهم من القوات القادرة، حتى الآن، على إسقاط طائرة. لكن سقوط الطائرة وحده لم يكن كافيًا لقصم ظَهْر آمالك بالطبع، إذ إن طلب وليام اللطيف منك أن تدير مؤشر المذياع إلى محطة أخرى، واستجابتك الكريمة والفورية، رغم ما يعنيه لك ذلك كجنديّ، أقول: إن ذلك الطلب، وما تلاه قد ألقى غمامة حزن ستظلّلك لمسافات طويلة، فالأخبار التي حملتها إذاعة برلين عبر صوت مذيعها يونس بحري كانت، تمامًا، غير تلك التي تصرُّ على سماعها من إذاعة القاهرة مثلًا.

كان ثمة حديث عن سقوط مدينتيْ الرَّمْلة واللِّد، وانسحاب جيوش الإنقاذ منها بلا قتال، وقرب سيطرة العصابات الصهيونية على مدينة القدس.. و..

احتملتَ الأخبار مجاملة، لأنك كنت تريد الوصول إلى خبر تستطيع ترجمته لوليام، وظلَّ الأمر على ما هو عليه، حتى عندما رحت تستمع

مضطرا لنشرة الـ (بي بي سي) بالإنجليزية التي لم تستطع أن تفهم كل ما جاء فيها.

جون وليام، قال لك: أظن أن علينا الاتجاه شرقًا، لأننا إذا ما واصلنا طريقنا نحو الشمال، لا بدّ سنقع أسرى، وربما قتلى.

ها أنتما تقفان في حَيْرة من أمركما، دون دليل، وبجثة بدأت رائحتها تتسرَّب من تحت الغطاء.

. . . . . .

لنمض إذن إلى هناك، إلى حيث أسعد بيك، الذي لم يفقد الأمل بأن يلقاك حيًّا، أو ميتًا، رغم مرور كل هذا الوقت، أسعد بيك الذي لم يغفر، كما قلنا، لعبد الله وعباس ليلة التَّقصير، مما جعله يُلقي بهما في كلِّ جهنم تلوح أمامه.

مشغولًا كان بقطْع خطوط الإمدادات التي تصل مستعمرات المنطقة ببعضها البعض، فقد قام بتلغيم الطُّرق المؤدِّية لمستعمرَّة "جيْشَر" و "خط إيدِن"؛ تمكَّن من ذلك بسهولة أربكته. وللحقّ فإن تضارب الأوامر وغموض المعلومات، وكذلك الأهداف، جعلته غير قادر على أن يحدِّد فيما إذا كان المطلوب منه أن ينتصر أم ينكسر، أم يتشبَّث بالمكان الذي هو فيه لا أكثر.

وجاء الأمر المفاجئ الجديد ليضاعف إرباكه: كان عليه إزاحة الألغام التي زرعها قبل الهدنة الثانية، لأن قافلة من خمس وعشرين عربة يهودية ترافقها ثلاث حافلات، ومراقبون من الأمم المتحدة ستمرُّ من ذلك الطريق نحو مستعمرَّة "جيْشَر". ولم ينسوا أن يخبروه بأنه يتحمَّل أيَّ ضرر يلحق بالقافلة، نتيجة أيّ تصرف قد يصدر عن جنوده.

بسرعة صدر الأمر الغامض للجنود بإزاحة الألغام، وعلى الرّغم من أن عبد الله وعباس لم يكونا من الذين زرعوها، وبالتالي لا يعرفان مواقعها بدقّة، فقد كان عليهما المساهمة في حمْلةِ إزالتها. ولأنهما فهما الأمر كنوع من العقاب، بل طريقة للتَّخلص منهما، فقد قرّرا أن يعودا من المهمَّة القاتلة أحياء.

حين انحدر الجنود نحو الطريق العام في وضح النهار، كانوا أكثر من مكشوفين لبنادق المستعمرات المحيطة بهم، لكنهم كانوا يؤدون المهمَّة التي لا يمكن أن تُطلق النار نحوهم بسببها.

بين إزاحة لغم والانتقال لآخر، كان يمكن أن يلاحظ المرء بوضوح بركَ العرَق تغطي التراب. وحده الصَّمت انتشر سيّدًا للموقف، وفي رحمه إحساس مدمِّر بالقهر؛ كثيرون كانوا يتمنَّون تناسي أحد الألغام، لكن الرّقابة عليهم كانت أشدَّ من أن تسمح لهم بفعل ذلك.

وعاد عبد الله وعباس سالمين.. وقبل الوصول إلى موقعهما كانت أصوات محرِّكات القافلة قد ملأت الأرض، وحيَّرهم أن المسافة بين إزالة اللغم الأخير ووصول القافلة كانت ضيقة إلى هذا الحدّ، حتى لكأن العربات كانت تتقدَّم خلْفهم مباشرة بعد كل لغم يتمُّ إبعاده.

ليلة سوداء أمضاها الجنود في مواقعهم، عرَق الذُّل يتصبّبُ من أرواحهم غزيرًا، ويزداد غزارة كلّما رأوا قافلة أخرى، غير متوقّعة، تمرُّ أمامهم، دون أن يجرؤوا على إطلاق رصاصة واحدة. كانوا يعرفون أن المستعمرات تعزز قواتها تمهيدًا لمعركة ستطوِّحُ بهذه الهدنة الهشَّة إلى الجحيم.

بعد سبعة أيام، سبعة أيام قاسية، انفتحتْ أبوابُ جهنّم، وبدأ القصف؛ عندها أصدر أسعد بيك أمرًا لكبار ضباطه لكي يجتمعوا، لتدارُس أمر الرَّد على خرق الهدنة، خاصَّة أن الأمرَ الوحيد الواضح من بين الأوامر كلِّها: لا تتوانوا عن الردّ إذا ما تعرضتْ سلامتُكم للخطر.

من بين ثلاثة مواقع معادية، اختار أسعد بيك الموقع الأمنع، وكانت حجته بسيطة، إذا ما سيطرنا عليه فإن بقية المواقع ستنهار بسهولة، ولم تكن خطته هذه، سوى وصية الكولونيل غريغوري (حين زار القوات متفقِّدًا أحوالها)، وصيته التي باح بها همسًا، كما لو أنه يُفشي نصيحة لن تسامحه قيادته عليها، قيادته التي أعلنت الحياد!

تحت وابل نيران المستعمِرَّة أمرَ قواته بالتَّقدم، في لحظة لم يعد فيها الجنود قادرين على البقاء أكثر من ذلك في مواقعهم، وتلك الأحاسيس القاسية تطحنهم.

هاجموا، كما لو أنهم ينتقمون من أنفسهم، لأنهم قَبِلوا بإزالة الألغام؛ ولذا، كانت إمكانيات قَتْلِهِمْ أسهل.

حتى الساعة الثانية من بعد ظهر ذلك اليوم، كانت المعارك تدور كقطعة علكة كبيرة في فم، بلا نتائج تُذْكر. وقد ترك ذلك على أسعد بيك بعض علامات القلق، بل والإحساس القاتل بحرارة الجوّ، فأصدرَ أمره لمساعده بتولّي القيادة لأنه سيغيب بعض الوقت.

حين كان يطوف بالمنطقة قبل أيام، لاحظ أسعد بيك ذلك الجدول الصغير الرَّائق الذي يشكِّل في النهاية بركة ماء أكثر صفاء من أيّ بركة رآها في حياته، وفجأة، أثناء وجوده في مقرِّ القيادة التمع ماؤها كما لو أنه فكرة فذّة لم تخطر ببال أحد قَبْلَهُ، فسار نحوها، خلع ملابسه، طواها بعناية، ألقى بها على غصن شجرة "مشْمش"، وبكلِّ ما فيه من رغبة الخلود للراحة ألقى بنفسه، فتلقَّفه الماء بعذوبة أنْسته ما يدور هناك؛ ولن يمرَّ أكثر من نصف ساعة حتى يبدأ أزيز الرّصاص وانفجارات القذائف بالتلاشي من أذنيه شيئًا فشيئًا، رغم أن المعركة كانت تزداد شراسة.

بعد ثلاث ساعات غيَّرَ الماء دوْرَه، فبدل أن يمضي به نحو أعماق أبعدَ للاسترخاء، أحسَّ بأنه نام في فراشه، واستيقظ على أذرع تحمله وتطوِّح به إلى بركة ماء بارد.

فزعًا هبَّ لاعنًا الماء والهواء والنار والتراب كلّها مجتمعة. وعند هذا الحدّ من الصَّحو راحت أصوات المعركة تقتربُ وتقترب حتى استقرَّت بين جسده وبزَّته التي ارتداها على عجل.

في البعيد كان عبد الله وعبّاس يحاولان التّقدم بكلِّ ما فيهما من قوّة، وقد أوشكت الخطوط الدّفاعية أمامهم أن تنهار. لكن أمرًا مفاجئًا بالتَّراجع قد صدر، ما إن وصل أسعد بيك إلى مقرِّ قيادته!

بالنسبة للجنود الذين تبقّوا على قيد الحياة، كان التّراجع يعني الموت، لأن النار ستلحق بهم وتسوطهم بقوة قبل أن يتمكّنوا من بلوغ مواقعهم، ولذا رفضوا الأمر، وتعاملوا معه كقرار إعدام. وبدل أن يتراجعوا شنّوا الهجوم الأخير الذي مكّنهم من بلوغ مواقع عدوِّهم؛ لكنهم بدأوا بالتّراجع حين هبط الليل، مُدركين استحالة اجتياز التَّحصينات.

لم يستطع أسعد بيك أن يعاقبهم على عدم رضوخهم للأوامر، حين بدأوا يتوافدون فرادى من الثامنة مساء حتى بعد منتصف الليل، لأنهم ببساطة قالوا: إن الانسحاب قبل حلول الظلام كان يعني موتًا محقّقًا. وخطرتْ له تلك الفكرة الجهنميّة، إذ قرر ترفيع عدد من الجنود لشجاعتهم النّادرة في القتال، وكان هؤلاء هم الذين ماتوا، ومعاقبة بعضهم لعصيان الأوامر، وهؤلاء هم الذين عادوا، لقد خلط الأوراق بصورة أربكتهم، فتمَّ ترفيع عبد الله -ها أنا أقول لك الآن إنه استشهد- ومعاقبة عبّاس الذي عاد حيًّا. وقبل أن يفرح الموتى برتبهم الجديدة، ويدرك الأحياء ما حاق بهم، أصدر أمرًا بإعادة عدد من الجنود، من بينهم عباس، إلى العاصمة، لأن الحاجة ماسّة لهم هناك.

لم يستطع أسعد بيك أن يكتم فرحته باستشهاد عبد الله، بل وغَبَطَهُ على الجنّة التي استطاع أن يسبق قائده إليها!! وإن كان تحدّث عن الجنود الذين استشهدوا كخسارة كبيرة، في تلك الساعة المتأخرة من الليل، حين راح يتداول مع مساعده العِبَرَ المستفادة من المعركة.

في الصباح التالي تمَّ وداعهم من قبل زملائهم كما يُستقبل الأبطال!! لكن السيارات الثلاث التي أقلتهم، لم ولن تبلغ الحدود أبدًا، إذ سيتعرضون لنيران كمين، ستحصد تسعة عشر واحدًا منهم، لكن عبّاس سينجو بأعجوبة مع ثلاثة آخرين، ويتمكّنوا من بلوغ العاصمة بعد يومين نصفَ قتلى، وحين سيصِلون مقرَّ القيادة، سيُساقون إلى حيث صديقك القديم، أتذكره: يعقوب، نعم المجنّد يعقوب!!! وستكون التّهمة التي تنظرهم، هي تلك التي لا يمكن أن تخطر ببال أحدهم أبدًا: الهروب من ساحة المعركة!

سين وجيم
والصَّباح عليكم!!

رغم الحرص الذي أبديتَه طوال الأيام الماضية على المذياع، وبطاريته بالذات، إلا أنكَ لم تُوقف بحثَك المُستَميت عن خبر يؤكِّد براءتك من تهمة إسقاط طائرة المراقبين الدوليين.

لم تكتفِ بشاهد الإثبات، وصاحب القضيّة، جون وليام، لا لشيء، إلّا لأن نشرات الأخبار راحت تشهد تبادلًا في إطلاق الاتهامات بين العرب واليهود، أكثر عنفًا من نيران أيّ معركة خضتَها. لقد وُزِّعَ دمُ وليام ورفيقه على الجانبين بلا رحمة، إلى ذلك الحدّ الذي وجدتَ نفسك فيه مضطرًّا لشرح كل ما سمعته له، بل والتّضحية بساعات بثٍّ طويلة للبحث عن نشرة أخبار واحدة قادرة على قول الحقيقة للعالم.

وفكَّرتَ: ما الذي يُمكن أن يحدث لي إذا ما أصابه شيء، مثل ذلك الذي أصاب رفيقه، لا سمح الله؟

تجاوزتَ خوفك من الجثة المتنقِّلة على كتفيه، وطلبتَ منه أن يسمح لك بمساعدته؛ وبعد إلحاح كبير وافق، شريطة أن يساعدك في حمْل المذياع، لكنك رفضتَ، فالمذياع أمرٌ خاص يتعلّق بمهمّتك كمحارب، وهو في عهدتك، ولا يجوز أن يكون على ظهر أحد سواك. ثم لنفترض أنك وجدت نفسك وجهًا لوجه مع قواتك، أو مع فريق من المرّاقبين الدّوليين، فما الذي سيحدث؟ ببساطة سيعتبر الفريق الثاني أنك تسيء معاملة الأسرى، ويعتبرك الفريق الأول غير قادر على حماية بعض أملاك الجيش، التي هي في النّهاية أملاك الدّولة، وستضيع بين سين وجيم.

باختصار، انتهت المرحلة الأولى والأخيرة من المفاوضات بينكما إلى الفشل الشَّديد، دون أن تُفسد للودِّ قضيّةً.

لكن شيئًا ما، ظلَّ مُعلَّقًا في الجوِّ، يمر بينكما ويُقلق راحتيكما، دون أن تستطيعا تحديده تمامًا، ولم يكن ذلك سوى رائحة جثّة فيليب، التي ما إن أُسندتْ إلى إحدى الصّخور في المرَّة الأخيرة التي جلستما فيها، حتى تهاوتْ على جنبها، كما لو أنه خُلق بلا عامود فقريّ، ثم فاحت الرّائحةُ إلى حدٍّ دفعتْ فيه وليام لطلب مساعدتك في دفن رفيقه، وبالطّبع لم تتردّد.

في ذلك الغروب الموشّى بدم قان، وصرخاتٍ بعيدة لم تعرفا إن كانت تصدر عن بشر أم عن طيور مُلتاعة، حفرتما قبرًا في سفح يطلّ على المغيب، ويختلط به. عملتما بما تبقّى لديكما من قوّة كي تُنجزا كلّ شيء قبل حلول الظلام، ولم يكن الوضع سهلًا، فالرّصاصة التي اخترقتْ رأس فيليب في لحظة خاطفة في الفضاء، لم تكن تعرف أن مواراة فِعْلَتِها ستكلفكما كلّ هذا العناء على الأرض.

رسم وليام علامة الصَّليب، وقرأ: (*أبانا الذي في السماوات أيها الإله العليّ، إنك بتدبيرك العجيب ترسل الملائكة القديسين بغية حراستنا، فليكونوا حصنًا لنا على طريق الأرض، ولنتمتّع بجوارهم في السماء إلى الأبد.. آمين.*)

وبخشوع، رحت تحدِّق في القبر، وأنت تقرأ الفاتحة، وتختمها: آمين.

تلك الليلة نمتما قرب القبر، بالتّناوب، ولكن نصف الليل الذي جمعكما يَقِظَيْنِ، لم يبُح بشيء غير الصّمت، كما لو أن فيليب هو ثالثكما الذي غاب حاملًا معه الكلام.

كنتما على اتفاق، أن ثمة خطرًا يتهدّد حياتكما، لأن وقوعكما في الأسر يعني وقوعكما في القبر، ولا شيء غير القبر. هذا الخوف المتربِّص في الطريق أمامكما ساهم إلى حدٍّ بعيد في تجاوز مأساة فيليب. ولذا، أصبح بإمكان وليام بعد ثلاثة أيام من البحث عن الأمل، أن يبتسم لك، وأن يطلب منك أن تُعَلِّمَه معاني بعض الكلمات: صباح، مساء، التحيّة العربية التي يُلقيها الإنسان على أخيه الإنسان كلّما صادفه: السلام عليكم. وللحقّ

فقد أُعجب بها وليام كثيرًا، وبدت له مخرَجًا لما تعانيه البشريّة وعانته في الماضي من مآس. بل إنه تمنى: لو أن البشر يتعَبون من تحيتهم التي يلقونها على بعضهم منذ آلاف السنين: عليكَ الحرب!! كلما صادفت أمةٌ أمةً أخرى في طريق!!

وفي موجة صفاء، رحتَ تحدِّثه عن مشاعرك تجاه الحرب، لكنك مضطرٌّ لها، إذ إن بلدًا بأكمله...

قال لك مقاطعًا: إنه أول من دخل إلى "دير ياسين" بعد المذبحة، وإنه أصيب بفزع، إذ لم يكن يعرف أن يدَي الإنسان قادرتان على فعل شيء كذاك الذي رآه، وإنه فكر في العودة، لكنه في الوقت نفسه أحسَّ بالمسؤولية، خاصّة بعد أن حلَّق بالطائرة ورأى مئات القرى والمدن الفلسطينية، منتشرة تملأ الأرض، وقال: إنه بالغ في تقدير قوة الشَّاهِد في زمن كهذا الزمان، لأن الشَّاهِد لا يستطيع أن يدفع الموت لا عن نفسه ولا عن الآخرين.

ومرَّ صمت طويل بينكما، إلى أن فاجأته وقلت: أتدري، إن هذه البندقية تعود لسيد البلاد شخصيًا.

فصرخ: ريلي؟!! أحقيقي هذا؟!

فقلت له: أجل.

وعندها انفتح باب الكلام من جديد، إذ رحت تعيد حكاية البندقية من أولها، رُتْبَتك، والدّافع لعبورك خطوط النار ببزّة عريف.

فجأة تغيرتْ نظرة وليام إليك، وبدوتَ شخصًا غير الذي عرفه، شخصًا يشبه أبطال القصص، غامضًا، متواضعًا، ليس له من بزَّة يرتديها أعظم من بزة القضية التي يحارب من أجلها! وتجاوز الإعجاب مداه حين طلب منك، صادقًا، أن تنام، ليحرسك، مدَّعيًا أنه لن يستطيع النوم.

حين أطلتْ شمس اليوم التالي، كنتَ لم تزل نائمًا، راحتْ أشعَّتها تبدد بهدوء ذلك البردَ الذي تسرَّبَ إلى عظامك ليلًا، إذ لم يكن الغطاء الذي دثَّركَ به وليام كافيًا لردِّه، ولا ملابسك. وحين فتحتَ عينيكَ، بادَرَكَ قائلًا: الصبَّاح عليك!

ودون أن تفكِّر أجبت: وعليك الصَّباح!

لكنك بعد قليل ستوضِّح له، أن تحية كهذه، غير موجودة في الحياة اليوميّة، وأنكم تقولون: صباح الخير؟

حاول أن يردِّد وراءك، لكنه لم يقتنع في النهاية، إذ قال لك: لتكن هذه تحيَّتي الخاصّة إليك كصديق، لم يُلقها عليك أحد من قبل ولن يُلقيها عليك أحد من بَعد. وقال: إن سرَّ العلاقات الكبيرة يبدأ من شيء خاص. فوافقته، رغم أنك لا تتذكَّر أيّ شيء يؤكِّد كلامه.

رحلتْ عيناك للبعيد، فوجئتَ بنخلة طويلة، أعادت لك نخلة قريتك؛ ودون أن تدري رحتَ تحدِّق بكل ما في بصرك من قوّة، باحثًا تحتها، عن شخص لا بدّ أن يكون هناك، ولكن، دون جدوى.

لم تكتمل فرحتك.

وفي لحظة يأس حدَّثته عن نخلة في البعيد، وكيف أنك رأيتها في الأفق هنا أكثر من مرَّة. وعندها، ارتفعتَ درجتين على الأقل في سُلَّم احترام وليام لك، وهو يرى فيك شخصًا شفافًا ونادرًا في هذا الزمان. وفي موجة الأمل التي مرّت عليكما وبكما ومسحتْ كثيرًا من الأحزان في طريقها، تغيَّرَ مزاج وليام، وقال: عليك أن تحلقَ لحيتك، هل تدري كم أصبح طولها؟

فأجبتَ: لا.

راحتْ يده تبحث في داخل حقيبته، وقبل أن تخرج، كانت يدك تمتدُّ إلى جيب بزَّتك وتخرج مرآتك الخاصّة بك، حين التقت المرآتان، احترتَ أيهما تستخدم، وبلباقة متوقَّعة، أعدتَ مرآتك إلى جيبك واستخدمتَ مرآة وليام، سرَّه هذا كثيرًا، قرَّبتَها من وجهك، حدَّقتَ بصمت، وفاجأه أنك لم تُبد أيّ انفعال يُذكَر، إذ بدا ردُّ فعلك كما لو أنه لحظة تأمّل عميقة لأحوال الكون عبر تأمل ما أنت فيه. لكنك في الحقيقة كنت تحاول تقريب المسافة بين ما كنت عليه وما أُلْتَ إليه، وحين لم تستطع، انتابك حسٌّ بأن الصّورة التي تراها هي صورتك منذ ولدتَ، فلم تتعَّجب. لكن حال وليام كان غير حالك، فما إن راحت شعرات ذقنك تختفي، ويُطلُّ وجهك من تحتها

قليلًا قليلًا، حتى أدرك أنه في حضرة شخص أهم بكثير مما اعتقد، وحين مسحتَ باقي الصّابون عن وجهك، ثم غسلته بقليل من الماء، كان وليام قد غدا شخصًا آخر، شخصًا يراك للمرَّة الأولى.

الخطوة التالية التي كان لا بدَّ منها، كي تكتملَ، هي أن تستحمَّ، وبعد ثلاث ساعات من المسير وقفتما وجهًا لوجه مع أحد الينابيع الصغيرة، وتجرأتما على خلع ثيابكما واحدًا بعد الآخر لتستحمّا، ثم لتخرُجا بعد ذلك من النَّبع صافيين، كما لو أنّ الماء قد أعاد لكلٍّ منكما شفافيته الضائعة؛ وعندها، أدرك وليام، أنه أمام شخص تواضع طوال الأيام الماضية أكثر بكثير مما يحقُّ له.

خرق الهدنة
برصاصة خرساء

استطعتَ المرور عبر الأخطار المحدقة بك، وتحاشي الوقوع في الكمائن، بصورة يمكننا القول معها: لو أن خرائط العصابات الصهيونية كانت بيدك، لما بلغتَ حدودَ هذا النجاح الكبير.

لا ننكر هنا الدَّور الذي لعبه جون وليام، رفيق الرِّحلة، لكنك بعبارة أو بأخرى كنتَ قائدَ هذه القافلة المكوَّنة من رجلين، لا لشيء إلا لأن السلاح في يدك، ولأنه تحت كلِّ الظروف غير معنيٍّ أن يكون طرفًا مباشرًا في الحرب.

كنتَ تستمع إلى المذياع وهو يُعلن وقف إطلاق النار وبدء سريان الهدنة، ولم يكن المعنى غامضًا بالنسبة إليك، فمن يخرق الهدنة يتحمَّل المسؤولية الكاملة أمام مجلس الأمن والأمم المتحدة.

للحقّ، لقد زرع فيك الكولونيل غريغوري حبَّ النظام، والالتزام بالأوامر، إذ لا جيش يستطيع أن يكون جيشًا دونها.

لكن أمر هذه الهدنة لم يكن يقلقك، لأنك كنتَ على يقين - بما يحمله لك المذياع من أخبار- أن النّصر حليف العرب في معاركهم التي خاضوها حتى الآن، ويكفي أنك لم تسمع أبدًا بسقوط أيّ مدينة أو قرية فلسطينية واحدة في أيدي اليهود!

حسُّكَ بنسمة الأمان التي هبَّتْ عليك، لم يدفعك للتَّصرف كما لو أن الحرب انتهت. وحسنًا فعلتَ، إذ ستجد نفسك بعد قليل وجهًا لوجه مع

طائرة لم تمهلك لكي تتعرَّف على نوعها أو الجهة التي تنتمي إليها، فقد اندفعتْ باتجاهكما في السّهل وهي تُطلق زخَّة من رصاصها، في هجوم لا يمكن القول إلا انه مباغت فعلًا. وهكذا، وجدتَ نفسك ومعك وليام تنبطحان ملتصقَيْن بالأرض التي بدت الملجأ الأخير، وحين دارت دورتها الكاملة وعادت مرَّة أخرى، كان من المتعذَّر عليها رؤيتكما، وسط سيقان القمح الجافة التي لم تجد من يحصدها، هكذا خُيِّلَ إليكما، لكنها رأتكما، وتعجبتَ من ذلك كثيرًا، إلى أن أبصرتَ ذلك الوهج المنعكس من نظارة وليام، الوهج الناتج عن ضوء الشمس، الوهج الذي يسطع كلما رفع رأسه ونظر للسماء، فأدركتَ أنها السَّبب؛ كانت نظارته تُطلقُ كميَّة من الضوء كافية لإرشاد أيّ طيار أعمى إليكما، ودون أن تدري، وجدت نفسك تغامر وتصرخ به، غير عابئ بأن يسمعك الطيار: اخلعْ نظارتك، سنموت بسببها.

لكن الطيار كان قد أطلق زخَّة ثانية من الرّصاص إلى جواركما؛ حين حدّقتما في أثرها الذي تركته، كان أشبه ما يكون بجرح عميق كذاك الذي تُخلِّفه المحاريث في الأرض.

وكما لو أن الطيار وجدَ الأمر سهلًا، عاد أكثر ثقة في دورته الثالثة، بحيث ظلَّتْ طائرته تنخفض وتنخفض، إلى حدٍّ تخيلتَ معه أنه سيمد يده من نافذتها، يمسك بك، ثم يلقيك على ظهرها كما يفعل رعاة البقر الذين يغيرون على قرية أو قافلة، ويختطفون النساء بحركة واحدة.

رصاصتُك كانت جاهزة تمامًا هذه المرَّة، في بيت نارها، وكنت تراه، تراه فعلًا، لكنها حينما انطلقت، لم يستطع صوتها بلوغ أذنيك بسبب هدير محرك طائرة "اليوريك"، ولولا أنها بندقية سيد البلاد، لقلت: إن سلاحك فاسد.

لحظات عصيبة مرَّت، قبل أن تُدرك أن الطائرة لم تطلق زخّة رصاصها الثالثة، ولذا رحتَ تحاول فهم ما يدور بشأن الرّصاصة وبشأن الطائرة بأقصى سرعة يستطيع دماغك العمل فيها. وفجأة، جاء لك الحلُّ من الخلْف، إذ دوّى انفجار أجبركَ على أن تستدير بصورة لا إرادية، ومعك

تستدير عينا وليام، ويا هول المفاجأة، لقد ارتطمت الطائرةُ بالأرض وتناثرتْ قطعًا على بُعد مئتي متر منكما.

أول شيء فعلته: أنك أقسمتَ، هلعًا، لوليام أن رصاصتك لم تنطلق، وأن الطائرة لا بدَّ أن تكون سقطتْ وحدها، وأن في الأمر خطأ ما، ليس لك علاقة به، لأنك لستَ من أولئك الذين يمكن أن يملكوا وقاحة خرق هدنة ترعاها الأمم المتحدة بنفسها!

وراح يهدئك، دون أن تنتبه لما يقول..

بعد لحظات خلَّفكَ وحيدًا في المكان، في اندفاعة مفاجئة نحو الطائرة، مما أفزعك أكثر، فها أنتَ وبشهادة مراقب دوليٍّ ستُتَّهم بأكبر جرم يُرتكب في ساحة الحرب: خرق الهدنة والتّسبب بسقوط طائرة ومقتل من فيها.

- لو أن الرصاصة انطلقتْ، لكنتُ سمعتها. رحت تصرخ في داخلك.

وبين أن تفرَّ مبتعدًا، أو تتبعه، اتّجهتَ إليه، كما لو أنه حبْل نجاتك، فأين يمكن أن تفرَّ، وأنت مطلوب للأمم المتّحدة، لدولها وجيوشها ومراقبيها. ولوهلةٍ، وأنت تركض نحوه خُيِّلَ إليكَ أن جيوش العالم كلها تطاردك. يطاردك الرّوس والأمريكان، والبريطانيون، والهنود والعرب واليهود والفرنسيون وحتى الألمان!

وهكذا، لم تستطع التَّوقف حين حاذيته وغدا هو والطائرة على يمينك، إلى أن صاح بك: توقّفْ. فخرجتِ الصيحةُ قويةً كأمر عسكري ينطلق من حنجرة الأمم المتَّحدة كلِّها.

- توقّفْ.ف..ف..ف..

ردّدَ البرُّ ذلك، فأحسستَ بأن كلّ دولة قد راحت تصرخ بك على انفراد.

توقّفتَ.

وحين استدرتَ، فزعتَ أكثر وأكثر، إذ كانت علامة الأمم المتحدة على جانبي الطائرة الممزَّقين، وعلى واحد من أجنحتها الذي أنقلب على جانبه ولم يتفتتْ بعدُ، كما لو أنه يقول لك: أترى ما الذي فعلته؟!

عند هذا الحدّ، دارت الأرض بك فأوشكتَ أن تهوي في حفرة أحسستَ أنك لن تستطيع الخروج منها إذا ما واصلتَ الدَّوران، فأمسكت بنفسكَ، في اللحظة نفسها التي امتدَّت فيها يد وليام إليك.

- لا عليك؛ اهدأ. كان يردِّد.

ولم تكن تسمعه تمامًا.

حين فقد الأمل، طلب منك أن تستريح قليلًا، وانطلقَ راكضًا للمكان الذي كنتما فيه، أحضر قربة ماء، بلَّل يده ليمسح وجهك، تناولتها من بين أصابعه، وشربتَ جرعتين، محاولًا ما استطعتَ كبح جماح رعبك.

.. إدراكه أن مكانكما قد انكشف، دفع وليام للعمل على أن تغادراه بأسرع ما يمكن، إذ لا بدَّ أن قوات معادية ستصِل بعد وقت لن يكون طويلًا. شدّك من يدك، وراح يركض بك، وقبل أن تبتعد تخلَّصتَ من قبضته دون وعي عائدًا للمكان الذي كنتما فيه، حيث البندقية هناك والمذياع، وكلّ ما تملكانه في هذا الغموض.

وسمعتَ خطاه مسرعةً خلْفك، لكنه بدل أن يُمسكَ بك تجاوزك، ووصل إلى البندقية، وحين انحنى وأمسكها أدركتَ بأنك هالكٌ لا محالة، ومرَّت ثوان من الصمت، أحسَّ بما يدور في رأسك. حدّق في عينيك جيدًا، تحرَّكتْ يده، وفاجأك أنه لم يصوب البندقية نحوك، بل يناولك إياها، ثم ينحني ثانية، يرفع المذياع، يساعدك على حمْله، ويتناول ما بقي من أشياء مُحاذرًا ألّا ينسى شيئًا يدلّ على وجودكما. بعدها راح يركض، فعرفتَ أنه يريد بلوغ غابة الصَّنوبر التي تُغطي الجبل البعيد هناك، هل تراها؟!

- ....!

خطّ النهاية
الذي رسمته المخاوف

رسالة التّطمينات التي عملَ وليام على إيصالها إليك بكل طريقة متاحة، لم تستطعْ دفعَ مخاوفك للوراء؛ أحسستَ بأن دماغك يعمل في اتجاه آخر، إلى ذلك الحدِّ الذي بدأتَ فيه الشكَّ برفيق الدَّرب.

آلمه ذلك، آلمه كثيرًا، خاصةً عندما اصطدم بذلك الفتور الذي أبديته في الردِّ على تحيته: المساء عليك!!

غاب طويلًا قبيل الغروب، وحين عاد من جولته حاملًا بعض قطوف عِنب، وضعَها أمامك وكأنه يريد منك أن توزِّعها بالتّساوي، وظلَّ ينتظر.

... ...

نعود إلى حيث كنا...!!!

عبثًا حاول وليام -كما قلتُ لك- بعث الطمأنينة في روحك، حتى وهو يُقسمُ لك أن الطائرة صهيونية، ولا تعود لقوات الأمم المتّحدة، بل إن المسألة قائمة على الخداع، وانه سيقدم تقريرًا بذلك فور وصوله لأقرب مركز للمراقبين الدّوليين، وعندما شعر أن تطميناته لم تنفع، قال: عليَّ أن أشكرك مرتين، مرّة لأنك أنقذت حياتي ومرّة لأنك كشفتَ ألاعيبهم!!

لكن دماغك الذي راح يعمل بأقصى طاقته، كان يقول غير ذلك، بحيث أصبحتَ على يقين من أن وليام يعمل بخبثٍ على إبقائك إلى جانبه بأي وسيلة، في انتظار تسليمك للأمم المتّحدة! التي كانت صورتها في ذهنك تتمثّل في محكمة كبيرة، يملؤها مدّعون عامّون أشدّاء لا يرحمون، وقضاة غامضون ليس لديهم الوقت لكي يسألوك عن حقيقة ما حدث

(فوراءهم قضايا العالم بأسره)، وأفزعك أنهم -على الأرجح- سينقلونك بالطائرة مباشرة إلى هناك، دون أن تتمكّن من المرور بقصر سيد البلاد لإعادة البندقية، أو العودة مع أبطال الجيش المنتصرين! وبذلك، لن يُكتبَ في سجل الشَّرف أنك كنت واحدًا من الشّجعان الذين ساهموا في تحرير فلسطين وإعادة أهلها إليها!

عبر العمل الدّؤوب لدماغك المتوثِّب، رحتَ تبحث باجتهاد عن نقطة تستطيع التّسلل منها بعيدًا عنه، لكن مخططك انتهى فجأة، بحيث لم يستطع قَطْع المسافة بين رأسك وقدميك. فللمرَّة الثانية تم جرُّك لمعركة لم تكن في الحسبان! مع فرقة مطاردة، يبدو أنها استطاعت تتبُّع آثاركما.

كنتما تتقاسمان خصلات قطوف العنب بلا مودّة، حين أشار لك أن اصمتْ، وأنتَ الصّامت!! وبأذنيك اللتين انتصبتا تحاولان التقاط تكسُّرِ أوراق الصّنوبر الإبريّة الجافة تحت الأقدام على مقربة منكما، بدأتَ تتسمَّع. راحت يدك تتحسّس بندقيتك، وامتدّتْ يدك الأخرى تتحسَّس حقيبة المذياع، في الوقت الذي بدأ فيه وليام بلملمة الأغطية وما تبقّى من العنب ويزحف نحو حقيبته، وعندما أصبح على بعد أمتار منك، أشار لك بعينه أن تتبعه.

بصمتٍ، رحتما تصعدانِ السَّفح، إلى أن اعترضَ طريقكما جذعٌ هائل لشجرة صنوبر مقطوعة، جافًا كان، وبصعوبة استطعتما تجاوزه لكي تكْمُنا خلْفه، إذ أدركتما أنه أفضل خط نار منيع يمكن الالتجاء إليه. وفي تلك اللحظة فقط، فاجأك وليام، إذ اختفتْ يده داخل حقيبته، وعندما ظهرتْ ثانية، كانت ممسكة بمسدس من نوع "برابِلْو".

لاحظ الدَّهشة المرتسمة على وجهك فقال: فقط أستطيع إشهاره حين تصبحُ حياتي مهدَّدة.

مرَّتْ فرقة المطاردة بالمكان الذي كنتما فيه، توقَّفتْ قليلا، ثم واصلتِ السيرَ؛ لقد عرفوا أنكما جلستما هناك، بل إن أحدهم انحنى وتحسس الأرض كما لو أنه يريد أن يتلمَّس درجة حرارة جسديكما فيها.

لم يكن أمر تراجعكما، أكثرَ، ممكنًا، ولا أمر تقدّمهم أكثر. أشار إليك وليام أن تصمت ثانية، في إشارة واضحة بأنه سيتولّى القيادة.

كلُّ ثانية كانت تقرِّبهم منكما، وحين أصبحوا على مسافة تؤهلكما من أن تروهم أكثر وضوحًا من جذوع الأشجار، أشار لك وليام بأن تبدأ إطلاق النار، لكنك تردّدتَ، إذ لم تكن تحبُّ أن تقوم بخرق الهدنة مرَّتين متتاليتين، قبل أن تتأكَّد من أن وليام سيشارك في المعركة. أشار لك ثانية، فأشرتَ له: ابدأ أنتَ!! وفهمك. دوَّتْ رصاصتُه خارقةً الصّمتَ وتكسُّرَ أوراق الصّنوبر الإبرية الجافّة تحت أقدامهم. عندها رحتَ تُطلق النار بكل ما في بندقية سيد البلاد من عزم، وهبَّ رصاصهم نحوكما، لكن الجذع الميت امتدّ يحميكما بصورة تحسدان عليها. ومن بين أزيز الرّصاص سمعتَ وليام يقول لك: القنبلة، استخدم القنبلة! فأطعته فورًا، نزعتَ مسمار الأمان.. لم تلمس حدود الثواني الثلاث عدًّا، وحسنا فعلتَ، إذ إن خوفك منها كان السبيل الوحيد لنجاتك، حيث انفجرت كما انفجرت قنبلتك الأولى، أتذكر؟! وهدأ كلُّ شيء للحظات، قبل أن يتجدَّد إطلاق النار ثانيةً، إذ إن جذوع الأشجار لم تترك للقنبلة مجالًا كاملًا كي تحقق نتائج انفجارها كما يجب.

أدركَ وليام أن بقاءكما في المكان نفسه سيعني هلاكًا محتّمًا، فأشار إليك أن تستعدَّ للانسحاب، وشجّعه على اتخاذ قراره أن قوة نارهم قد غدتْ أقلَّ كثافة. لكنه قبل أن يفعل ذلك، طلبَ منك أن تُلقي قنبلةً ثانية، فلم تتردَّد، انفجرتْ بقوة بدتْ لك أقوى بكثير من المرَّة الأولى، بحيثُ عمَّ الصمتُ، وفي تلك اللحظة، أمركَ بالانسحاب، ألقيتَ بالمذياع على ظهرك، وتبعكَ هو بحقيبته وبالغطاءين اللذين كانا موثقين على شكل حزمة من حطب، وبدأتما الصعود بحذر، لكن الرصاص هبَّ ثانية ما أن أصبحتما على بعد عشرة أمتار أو أكثر بقليل من الجذع، فأسرعتما في زحفكما أكثر، وأنتما تحاولان الاحتماء بكل جذع يصادفكما. وفجأة، سمعتَ صرخة وليام خافتة، عميقة: لقد أُصبتُ. عدتَ إليه، فراح يدفعك بفوهة مسدَّسه طالبًا منك الابتعاد، مرَّة، مرّتين، ثلاثًا، إلى أن أطعته.

ودوَّتْ طلقةٌ سمعتَها ترتطم بك مباشرة، لا ليس في جسدك. ولم يطُل الوقت كي تدرك أنها أصابت المذياع، فتصاعد خوفك من أن تكون الإصابة قاتلة. ولولا حرصك على بندقية سيد البلاد أكثر منه لتوقَّفتَ لتفقّد إصابة مذياعك.

انطلقتَ شبه زاحف، قبل أن تبدأ قامتُك بالانتصاب قليلًا قليلًا مع ابتعاد صوت الرّصاص الذي بدأ يخفتُ ويخفتُ إلى أن تلاشى. وحين ابتعدت كان أول شيء تفعله هو تفقُّد إصابة المذياع، وكم فرحت، حين تبيّن لك أنه لم يزل يتنفّس وأن ما فيه من الأحياء كاف لتبديد وحدتك.

الآن، لا أستطيع أن أقولَ لك أكثر من أن وليام قُتِلَ هناك، فما تبقّى تعرفه، سمعتَه في نشرات الأخبار التي راحتْ تؤكِّد أن وليام قد قتل برصاص جيوش الإنقاذ العربيّة، وما كان ينقصُ المُذيعين شيء سوى أن يحدِّدوا اسمك بالذات ويقولوا: إنك قاتله!

الحقيقة الميّتة
بين جون وليام والكونت برنادوت

الشيء الذي كان يعرفه وليام لم يكن يعرفه الكونت "فولك برنادوت" ولا وكيله الجنرال "لاند ستروم"، وفي هذا كانت نهايتك.

طبعًا، كان للمذياع دور آخر، غير قيامه بتعميق جذور مخاوفك، إذ حمل إليك بعض الأخبار المهمّة، عن تحرير عدد من القرى الفلسطينية التي كانت العصابات الصهيونية قد احتلّتها مستغِلّة الهدنة؛ إلّا أن هذه الانتصارات لم تذهب بك بعيدًا إلى تلك الدّرجة من الغرور كي تهمس لنفسك: حتى لو كنت السبب في موته، فإن للمنتصر الحقّ في القيام بما يريد!!

هذا الحسّ زرعه من قديم فيك الكولونيل غريغوري، حين قال لك: مستر فؤاد، في الجيش ليس ثمة سوى القوانين والانضباط.

لكنك كنت نسيت جملته الثانية تمامًا: مستر فؤاد، في الحرب ليس ثمة مكان لقلوب الأمهات.

أتذكُر؟!!

-...!

لكن هذا القلق على مصيرك، دفعك للقيام بالبحث عبر نشرات أخبار المحطات الأخرى، التي لم يسبق لك أن استمعتَ إليها، باحثًا عن نهاية لما أنت فيه. وحين قلّبتَ الأمر، وجدتَه أكثر خطورة مما كنت تعتقد، إذ إنه

سيقود سيد البلاد إلى سين وجيم، باعتبار أن البندقية التي في يدك، هي بندقيته.

***

عندما أصبحتَ على ثقة بأن النّصر قد تحقق لجيوش الإنقاذ، تسارع كل شيء، بحيث لم تعد مهتمّا بتتبّع أخبار القتال، لأن لطخة العار الوحيدة التي كانت تنخر شرفك العسكريّ، وتلطخ جبين هذا النّصر هي التُّهمة التي تلبَّستك، ولم يعد ثمة إمكانية لدفعها بعيدًا، ونعني مقتل وليام وفيليب.

كلّ الدلائل كانت تشير إليك باعتبارك المسؤول الأول عن مقتلهما وإسقاط طائرتهما، والأخبار لا تَكْذِب، رغم كونكَ الشّاهد الذي رأى. ولذا، أدركتَ أن ذلك الخبر الذي بثته الـ "بي بي سي"، لم يكن موجَّهًا لأحد سواك: (يصل إلى القاهرة الجنرال لاند ستروم وكيل الكونت برنادوت للتّحقيق في سقوط طائرة المراقبين الدّوليين واختفاء ومقتل راكبيها).

تلك الليلة لم تستطع النّوم، ولا في الليالي التي مرّضت ثقيلة بعدها، لأن خوفك قد سمَّرك في المكان الذي أنتَ فيه طويلًا، إلى حدٍّ أنك حين هممتَ بالوقوف لم تستطع مغادرة مكانك، فبُلْتَ وقضيتَ حاجتك حيث أنت؛ لكن يدك احتفظتْ بشيء من القوة يساعدك في الوصول إلى مفتاح المذياع والتنقّل ما بين إذاعات لندن والقاهرة ورام الله وبرلين وروما كلما أحسست بالحاجة لذلك.

- يا ليتني متُّ قبله. صرختَ.

وفاجأك أن قوى صوتك لم تخُر، مثلما حدث لقدميك.

بعدَ.... لا أحد يدري -حتى أنا!!- جُعتَ، فراحتْ يدك تحاول الوصول إلى أيّ شي حولك يمكن أن يؤكل، وعندما لم تعد تجد ما تملأ به فمك، بدأتَ تحفن التراب، وتُلقي به في جوفك دون أن تستطيع وضع حدٍّ لما تقوم به.

حسُّ الطريدة سكنك، إلى درجة أنه أقعدك في النهاية، وقد كان هذا الحسّ بمثابة قدمين لك، تنطلقان بك بعيدًا عن كل خطر.

كان صوت المذياع قد بدأ يخفت قليلًا قليلًا، لفرط استخدامك له دون وعي. لكنّك استطعتَ أن تلتقطَ تلك الليلة الخبر الأخطر والمتمثِّل في وصول الكونت برنادوت نفسه ومعه مساعده إلى القدس، وهنا أصبحتَ على يقين بأنهما سيقومان بنفسيهما بتشكيل فرقة مطاردتك، وتساءلتَ: إلى أي مكان يمكن أن يهرب، ذلك الذي يطارده كونْتٌ وجنرالٌ؟!

وهكذا، بلغ بك اليأس أقصى درجاته، وخيِّل إليك أنهما لحقا بك وأنهما قتلاك، نعم بنفسيهما، ومع ذلك الإحساس العميق بأنك قُتلتَ، استطعتَ النوم رغم إرادتك، فنمتَ، نمتَ أكثر مما تتصوّر، وحين أفقتَ، باغتك شعور طاغ بأنك لست على الأرض، في مكان آخر، ربما هيئة الأمم المتّحدة؛ وعندما رأيتَ المذياع وبندقية سيد البلاد إلى جانبك، رأيتَ أن أدوات الجريمة قد وقعتْ بأيديهم.

لست تدري كم مرَّ عليك من الزَّمان وأنت في انتظار سماع النُّطق باسمك في محكمة الشّعوب هذه، ولن تدري.

أما على الجانب الآخر، فكان ثمة شيء ما يحدث، شيء لا تستطيع أن تعلن بسببه فرحك أو تكتمه، وقد حمله لك المذياع بأوهى صوت: لقد أُبيدت فرقة المطاردة، نعم قُتِلَ الكونت وقُتِلَ مساعده، في النقطة الأقرب إليك، في القدس، حين قامت سيارة جيب بقطْع الطريق على ثلاث سيارات تابعة للأمم المتحدة، عند مدخل "القَطَمُونْ"، وقام ثلاثة من أفراد منظمة ليحي بإطلاق النار عليهما من أسلحة أوتوماتيكية، بل واقترب أحدهم من سيارة برنادوت نفسه، أدخل بندقيته من نافذتها، وأطلق النار على الكولونيل "سيرو" أولا، قبل أن يُطلق النار على برنادوت، حيث قُتِلا على الفور، في حين لم يُصب الجنرال لاند ستروم بأذى؛ وقد قيل فيما قيل، إن اعتذارًا قُدِّمَ للجنرال الخارج من الموت بأعجوبة، وقد قَبِلَهُ بصورة مهذبة!

موت الكونت، فتح ثغرة في جدار الخوف الذي يربض على صدرك، لكنه لم يرفعه، فلم تكن مسألة بسيطة أن يطاردك جنرال.

لكن وصوله قد تأخَّر.

***

في اليوم ...، وجدتَ الشَّجاعة الكافية لديك لكي تجلس، تتحسّس صدرك، وتُفاجأ بوجود مرآتك الصغيرة، ارتجفتْ أصابعك قبل الوصول إلى قعر الجيب: المرآة مهشّمة. عرفتَ ذلك، لكن تلك الورقة الملصقة بها من الخلْف، الورقة المدهونة بتلك المادة السّوداء الشبيهة بالقطران، منعتْ فتاتَها من التَّبعثُر.

ما الذي يمكن أن يمنعك الآن من الانفراط؟!!

حين أخرجتَها، أحسست بأن ثمة رصاصة قد استقرَّتْ في منتصفها، حتى قبلَ أن تُقرِّبها من وجهك كي تنظر، وتغدو في أقلّ من لحظة عرضةً لمهبِّ عاصفة الفَزَع.

كانت الأيام الماضية قد فعلتْ بك الكثير، وأكملت المرآة المهشَّمة مهمَّتها دون رحمة ما إن وجدتَ نفسك تبحث عن نفسك فيها.

لقد ضاعَ كلَّ شيء، وجهك، بما فيه من عينين وجبين، وشارب سألك سيد البلاد ذات يوم عن سرِّ جماله.. ودون أن تفكر في الجهد اللازم لرجل مثلك كي يتمكَّن من النهوض، نهضتَ، حملتَ بندقيتكَ، مذياعك، وجرجرتَ قدميك كما لو أنك أنت الذي تحملهما، إلى أن وجدت نفسك بعد زمن، وجهًا لوجه، مع بركة ماء قديمة، تعود، ربما، لعصر الرُّومان.

ألقيتَ بحملك، تقدَّمتَ زحفًا نحوها؛ نزولُ ستٍّ من درجاتها، كان كافيًا كي يوصلك إلى سطح الماء، وصلتَ، وأمامك امتدَّتْ بقية الدَّرجات التي لا بدَّ تصل القاع، متموِّجة، متكسِّرة، لكنك لم تلحظها، كنتَ تبحث عن شيء واحد لا غير، عن صورتك، ووجدتَها، لكنكَ لم تتعرَّف عليها، إنها صورة واحد سواك، امتدَّت يدك لسطح الماء ماحيةً الصّورة التي تراها باحثةً عن صورتك الضائعة، لكن الأمر ازداد سوءًا، إذ أصبحت الصّورة أكثر دمامة بتموّجها.

لا، لم تكن ممن يحبون المفاجآت.

عدتَ للمرآة المهشَّمة، تقارنُ ما بين صورتك فيها وصورتك في الماء، فوجئتَ أنك لم تستطع تحديد موقف واضح، حول أيٍّ من الصّورتين

أقرب إليك؛ لكن العذابَ الأشدَّ الذي وجدتَ نفسك تغوص فيه، أنك كنت تبحث عن صورة ثالثة، كانت لك في يوم ما، ونسيتها، صورة امَّحتْ تمامًا من خيالك.

ها أنتَ تنسى كيف كنتَ.

وبدأتَ تبحث عن شيء واضح لم يتغيّر، شيء لا يمكن أن تشكَّ بأصله وأنت تستعيد صورته، لم تجد. عند هذه الحدود القصوى لضياعك، قررتَ ألا تغادر المكان قبل الاهتداء لصورتك؛ ألقيتَ بالمرآة بعيدًا، سقطتْ دون أن تتبعثر، عدتَ للبركة، نزلتَ الدَّرجات الستِّ ثانية، انطلقتْ يدك مُفتشةً داخل الماء، كما لو أنه كتاب، تُقلِّبُ صفحاته، بحثًا عن صورة، صورة قد تُشبهك في الصّفحة التالية؛ لم تصل إلى شيء، فبدأت باستخدام يديك الاثنتين، مجدّفًا بهما يمينًا ويسارًا، منطلِقًا من نقطة التقائهما، كأنك تفتّش عن صورتك داخل حفرة في التراب لا في الماء؛ أفزعك أنك لم تصل إلى شيء بعد كلّ هذا البحث؛ فانطلقتْ يداك تغوصان أعمقَ وأعمق، إلى أن وجدتَ نفسك هناك -قبل أن تنتبه- بعيدًا في الأعماق، تغوصُ وتطفو، تغوص وتطفو، تغوص، وتطفو، إلى ما لا نهاية.

هل كنت نائمًا أم ميتًا، حين مرَّتْ بك تلك السَّرِيَّة من جيش الإنقاذ الرّاحلة شرقًا؟ لا تدري، لكنَّ المؤكّد أنها كانت تبحثُ عن جرعة ماء، مجرّد جرعة ماء، للتّخلص من طعم الهزيمة الرّمليّ في أفواه جنودها.

شربوا، ومضوا بك راحلين، مُخلِّفين الشَّمس وراءهم.

***

لا أحد يستطيع الآن أن يعرف كيف وصلتَ إلى ذلك البيت الذي سكنتَه ذات يوم، لا أحد يعرف كيف وجدتَ في نفسك القوّة لكي تنهض وتمضي دون إرادة نحو المرآة، المرآة التي ما إن وصلتها حتى تغيّر كلّ شيء فجأة، بمجرّد أن لمحت طيف وجهك، وجهك البعيد البعيد، حَلَقْتَ ذقنك، وهذَّبتَ شاربك، وكم فوجئت أنك لم تزل هناك موجودًا تحت ذلك الرّكام الهائل الذي كان يغطيك.

لست تدري كيف قام الملازم فؤاد بارتداء بزَّته، وكيف تأمل نفسه، واثقًا بأنه يستطيع الآن أن يقف بشموخ أعلى بباب سيد البلاد.

تناولتَ بندقيتك، فوجئتَ بها نظيفة، كما لو أنها لم تدخل غمار حرب، وبدا لك وليام مجرد شبح في البعيد، لا تستطيع إعادته إلى أصله، صورة حيّة.. أما الجنرال لاند ستروم، فلم يكن له وجود في مخيّلتك أبدًا.. لأنك لم تره أصلًا..

في الطريق إلى قصر سيد البلاد، رأيتَ حشودًا من البشر تهتف بسقوط كلِّ شيء، حشودًا غاضبة، تجاوزتْ حدودها حين راحت تُكيلُ لك الشّتائم واحدة إثر أخرى، شتائم لا يمكن لعقلك أن يستوعبَ وجودها في هذا الكون الواسع الجميل، صبيحةَ يوم نصر!

تدَّخلتْ مجموعةٌ من قوات مقاومة الشَّعب، شقّتْ للملازم فؤاد طريقًا بين الجموع، إلى أن وصل باب القصر.. دخلتَ، فبدا كلُّ شيء هادئًا، تلاشت الأصوات تدريجيًّا، إلى أن اختفتْ تمامًا مع صعودك الدّرجات المؤدِّية إلى قاعة العرش؛ وهناك وجدتَ مكانك، الذي مضى جسدك إليه طائرًا بقوة الغريزة..

لم تدرِ كم مرَّ عليك من الساعات وأنتَ واقف بالباب، دون حراك، ولم يكن يعنيك الزمن الذي يمرُّ ما دمتَ في المكان الذي ينبغي أن تكون فيه..

وأخيرًا، فُتِحَ باب قاعة العرش، وطُلِبَ منك أن تتشرَّف بالمثول بين يدَيْ (مولانا) سيد البلاد..

دخلتَ،

فاجأكَ بابتسامته..

ابتسامة شاسعة تكفي لاستقبال جيش.

- آه .. قل لي كيف كانت البندقية؟!

- أفضل البنادق سيدي.

وامتدَّتْ يدك، ناولته الأمانة.

تفقَّدها..

- لقد اعتنيتَ بها جيدًا!

- هذا واجبي سيدي.

- ليس ثمة ضرورة لأن أسألك الآن، هل عدتَ بها منتصرة كما أوصيتُك، فالأخبار وصلتْ قبلك!

- ولكن، اسمح لي سيدي أن أقول: كأننا لم ننتصر تمامًا، فهناك متظاهرون في الشوارع!

- لا عليك.. فلولاك لضاعت بقية فلسطين!

لكن ما جرَّح كلام سيد البلاد، أن الأصوات القادمة من الخارج كانت تتصاعد متجاوزة أسوار القصر نحو البهو صعودًا حتى قاعة العرش.

عندها خيِّل إليك أنه يصرخ: أغلقوا أفواه تلك الكلاب. ومرَّتْ فترة صمت دون أن يقول أحد: حاضر سيدي. عندها استشاط غاضبًا، رفعَ البندقية، أَلقمها رصاصة، وضغطَ على الزِّناد فدوَّتْ كانفجار.

اصطدمت الرّصاصة في سقف القصر،

وسمعتَها تعودُ مرتدَّةً،

لكنك لن تتحرَّك،

سمعتها تقترب،

وتقترب

أحسستَ بسخونتها،

لكنك لم تجرؤ على إطلاق أيّ صرخة.

لسبب ما، كنت على يقين من أن صراخك أو وقوعك - في لحظة كهذه، أو سواها- تجريح وقح لمقامِهِ؛ لذا، بقيتَ واقفًا إلى أن خُيِّل إليك أنه يقول: انصرف. لكنه وقبل أن يستدير ناولك البندقية، البندقية ذاتها.

كان للفتته أثر بالغ جعلك تحسّ بالدوار..

واستدرتما معًا، كلٌّ واحد للاتجاه الذي جاء منه..

وحين وصلتَ لمكانك أمام الباب، تحسَّستَ البندقية غير مُصدِّق أنها لم تزل بين يديك، فألصقتَ رأسك بالحائط، محاولًا وقف تدفّق شيء ما تحسّه ولا تراه، نَبَعَ نهرٌ دافئ وراح يجري بتسارع عبر ظهرك.

مغالبا تلك الأحاسيس المتضاربة بالفخر وعدم تصديق ما يحدث، انتصبتَ كما يليق بك أن تكون.

تدريجيًّا راحت الأصوات تختفي.. وتختفي..

إلى أن تلاشت تمامًا..

كان السّكون شاملًا

شاملًا إلى درجة أنك لم تنتبه ما الذي يحدث..

بعد ساعات كان يمرُّ بك وزراء، وقادة جيش، وكلّهم يتعثّرون أمام تلك القامة المشوقة والعينين المشرعتين اللتين تفيضان نورًا..

ومرَّ أسعد بيك بكامل بهائه العسكري، لكن سبب تعثُّره كان مختلفًا عن أسبابهم تمامًا، إذ لم يخطر بباله لحظة أنه سيراك أمامه بعد أن رفع تقريرًا مُفصَّلًا حولك، باعتبارك واحدًا من خسائر الحرب.

كل من مرَّ بكَ، أحسّ بأنك لفرط حنينك لهذا الباب ترفض أن تغادره أبدًا. ولم يكونوا على حقٍّ تمامًا، فقد كنت تُحلِّق في البعيد.

فها أنت..

وحتى قبل أن تعود للبيت، تعود فعلًا، ولكنك قبل أن تصِله، تتنقّل ما بين الواجهات باحثًا عن شيء محدَّد، تحسُّ بأنه يلزمك، ولكنك لا تدري ما هو؛ ولذا، ها أنت تدور وتدور من واجهة لأخرى، إلى أن تجد نفسك أمامها أنتَ وبندقيتك، بندقية سيد البلاد، ولسبب ما تشعر أنك غير قادر على مغادرة المكان ما دامت صورتك فيها ساطعة إلى هذا الحدّ، تمتدُّ يدك إلى شاربك، تحاول اليد أن تفعل شيئًا ما يستدعي تحرّكها وصعودها نحوه، لكنه كامل، كما أنت والبندقية إلى جانبك.

وفجأة تهمس: وجدتُها.

إنها المرآة.

تتحرَّك باتجاه بوابة المحلّ التجاري، تتحرّك بصعوبة، كما لو انك مقيَّد إلى ظلّك فيها، لكنك بشجاعة عريف، بل ملازم خاض حربًا وانتصر! تمضي بثبات متَّجهًا لصاحب المحلِّ، تشير للمرآة الكبيرة في الواجهة، يتتبَّع الرجل حركة إصبعك، وقبل أن يَعود ببصره إليك، تمتدُّ يدك إلى جيبك، تُخرج الكثير من الأوراق النقدية متعدِّدة الألوان، تفرشها أمامه، ليأخذ ما يريد.

وتدير ظهرك له متّجها للواجهة، لكنك ستكتشف أنك لن تستطيع أن تحمل مرآة بهذا الحجم وحدك.

بعد قليل يتقدَّم رجلان، ينتزعانها من مكانها، ويخرُجان بها للشارع.

إلى جانبهما تسير، والمرآة بين أيديهما، وصورتك فيها، تفاجأ بهذا العدد من النجوم التي تُغطي كتفيك خارج المرآة وداخلها، وللحظة خاطفة يغمرك إحساس علويٌّ بأنك قد غدوت منذ الآن قطعة من سماء.

تأمُّلكَ لصورتك طوال الطريق، رغم عدم ثبات المرآة بين أيدي حامليها، أكّد لك أنك اتخذت واحدًا من أهمِّ وأعمق قرارات حياتك. وسيزداد هذا اليقين، ما إن تجد نفسك وجهًا لوجه معها، وحيدَيْن، بعد خروج الرّجلين.

تنتصب أمامها بجلال، وقد أدركتَ أنك بعد هذا اليوم لن تكون أقلَّ من هذا: الملازم فؤاد وبندقيته،

بندقية سيد البلاد،

وهذا الشّارب الذي دخل التاريخ من أوسع أبوابه، وكما لن يدخله شارب من بعد.

تمضي نحو المرآة القديمة، تنتزعها من مكانها، يطلُّ وجه يعقوب للحظة منها، لا ترتبك، أهذا شيء جديد؟!

ليس تمامًا!

فها أنت في بزّة الملازم أوّل فؤاد.

تمضي بها نحو الزاوية، تاركًا وجهها لشحوب الحائط..

ليس ثمة مكان بعد اليوم في البيت لمرآة لا تتَّسع لهذا الكمال.

الآن أقول لك: لن تدري كم من الوقت مرَّ عليك، وأنت أمامها، لكن الشيء الذي سيجعلك تنتفض وتتنبّه، أن صورتك اختفت من أمامك فجأة. ولكن لا لشيء، إلّا لأن المساء غافلكَ ومحاها.

صبيحة اليوم التالي،

تقف أمامها من جديد، كما لو أنك – ثانية- تكتشف وجودك في هذا العالم للمرَّة الأولى،

ها أنت بكاملك.

وحين ستستطيع الإفلات من سحر اللحظة الأزلية بفعل دقّات الساعة التي تشير إلى السابعة صباحًا، ستفكِّر لأول مرَّة في السبب الذي قد يدفع سيدًا للبلاد لمنح بندقيته الخاصة لواحد من جنوده، في الوقت الذي كان عليه أن يستردَّها.

ولم يطل تفكيرك، أنت الذي خُضت غمار تلك الحرب، وخرجت، كما قال لك سيد البلاد نفسه، منتصرًا رغم أهوالها: هل كان يقدِّمها وسامًا لي؟

أوشكت أن تهز رأسك موافقًا.

لكنك استدركتَ:

- ذلك لم يحدث مع بقيّة الضباط والجنود!

وعندها لمعت الفكرة الواضحة وضوحك في المرآة:

- لا شك أنه يتركها أمانة بين يديَّ استعدادًا لحروب قادمة لا بدّ!

***

.. وها أنا الآن أجلس أمامك،

لكنك لم تعد تراني، كما لم تعد تسمعني،

فمن ذاك الذي يمكن أن يرى غيره أو يسمعه، حين تكون أمامه مرآة بهذا الحجم؟!!!

في الملهاة وجذورها

لَهَا بالشيء، لهوا: أولع به.

لَهَا، لِـهْيانا عن: إذا سلوتَ عنه وتركت ذكره وإذا غفلت عنه.

ولَـهَت المرأةُ إلى حديث المرأة: أنِست به وأعجبها.

قال تعالى (لاهية قلوبهم) أي متشاغلة عما يُدعَونَ إليه. وقال (وأنت عنه تلهّى) أي تتشاغل.

وتلاهوا: أي لها بعضهم ببعض.

ولهوت به: أحببته.

والإنسان اللاهي إلى الشيء: الذي لا يفارقه. وقال: لاهى الشيء أي داناه وقاربه. ولاهى الغلامُ الفطامَ إذا دنا منه.

واللُّهوْةُ واللُّهْيةُ: العَطِيَّة. وقيل: أفضل العطايا وأجزلها.

(لسان العرب)

تنـــويـــه

اعتمدت هذه الرواية على عدد من المصادر السياسية والتاريخية وعلى كتب ومقالات صحفية ومصادر أخرى أهمها:

- شهادات شخصية حول تلك الفترة.
- (العروش والجيوش، والمفاوضات السرية بين العرب واسرائيل) محمد حسنين هيكل
- (بلادنا فلسطين) مصطفى الدباغ
- (شهادة من الميدان، وثائق عن حرب فلسطين 1948) شكيب الأموي
- (صحافي من فلسطين يتذكّر) كنعان أبو خضرا
- (يوميات الحرب 1947 ـ 1948) تأليف ديفيد بن غوريون ترجمة سمير جبور- تقديم صبري جريس.
- (حرب فلسطين 1947 ـ 1948) ترجمة أحمد خليفة تقديم وليد الخالدي.
- (والآن أتكلم) تأليف خالد محيي الدين.
- (قصة مدينة: اللد) تأليف عبد الرزاق أبو ليل
- (فلسطين النكبة الأولى 1948) الدكتور حسان حتحوت.

إبراهيم نصرالله

مواليد عمّان، من أبوين فلسطينيين أُقتلعا من أرضهما في عام 1948.

*** صــدر له شعرًا (الطبعات الأولى):**

الخيول على مشارف المدينة،1980. المطر في الداخل، 1982. الحوار الأخير قبل مقتل العصفور بدقائق، 1984. نعمان يسترد لونه، 1984. أناشيد الصباح، 1984. الفتى النهر والجنرال، 1987. عواصف القلب 1989. حطب أخضر، 1991. فضيحة الثعلب، 1993. الأعمال الشعرية- مجلد يضم تسعة دواوين، 1994. شرفات الخريف، 1996. كتاب الموت والموتى، 1997. بسم الأم والابن، 1999. مرايا الملائكة، 2001. حجرة الناي، 2007. لو أنني كنت مايسترو، 2009. أحوال الجنرال، مختارات، 2011. عودة الياسمين إلى أهله سالما، مختارات، 2011. على خيط نور.. هنا بين ليلين 2012. الحب شرير، 2017.

*** الروايــات: (الطبعات الأولى):**

براري الحُمّى، 1985. الأمواج البريّة، 1988. عَــوْ، 1990.
حارس المدينة الضائعة، 1998.

الملهاة الفلســطينية (الطبعات الأولى): (كل رواية مستقلة تماما عن الأخرى)

طيور الحذر، 1996. طفل الممحاة، 2000. زيتون الشوارع. 2002، أعراس آمنة، 2004. تحت شمس الضحى، 2004. زمن الخيول البيضاء، 2007- اللائحة القصيرة لجائزة البوكر العربية، 2009. قناديل ملك الجليل، 2012. أرواح كليمنجارو، 2015. مجرد 2 فقط، 1992. ثلاثية الأجراس، 2019.

الشــرفات: (الطبعات الأولى): (كل رواية مستقلة عن الأخرى)

. شرفة الهذيان، 2005. شرفة رجل الثلج، 2009. شرفة العار، 2010، شرفة الهاوية 2013. شرفة الفردوس، 2015. حرب الكلب الثانية، 2016.

*** كــتب أُخرى (الطبعات الأولى):**

هزائم المنتصرين - السينما بين حرية الإبداع ومنطق السوق، 2000. ديـواني - شعر أحمد حلمي عبد الباقي. إعداد وتقديم، 2002. السيرة الطائرة: أقل من عدو، أكثر من صديق، 2006. صور الوجود ـ السينما تتأمل 2008. كتاب الكتابة، 2018.

* ترجم عدد من أعماله الروائية إلى الإنجليزية، الإيطالية، الدنمركية، التركية، ونشرت قصائد له بالإنجليزية، الإيطالية، الفرنسية، الألمانية، الإسبانية، السويدية...

* أقام أربعة معارض فوتوغرافية وشارك في معرض (كتّاب يرسمون)

* عضو لجنة تحكيم في عدد من الجوائز الأدبية والمهرجانات السينمائية.

*** نال عشر جوائز عن أعماله الشعرية والروائية من بينها:**

.الجائزة العالمية للرواية العربية البوكر، 2018، عن رواية حرب الكلب الثانية.
. جائزة كتارا للرواية العربية، 2016، عن رواية أرواح كليمنجارو.
. جائزة القدس للثقافة والإبداع (الدّوْرة الأولى) 2012.
. جائزة سلطان العويس للشعر العربي، 1998.
. جائزة تيسير سبول للرواية، 1994.
. جائزة عرار للشعر، 1991.

www.ingramcontent.com/pod-product-compliance
Ingram Content Group UK Ltd.
Pitfield, Milton Keynes, MK11 3LW, UK
UKHW010629300826
14795UKWH00015B/443

9 789953 876221